Von Agatha Christie sind lieferbar:

Auch Pünktlichkeit kann töten
Der ballspielende Hund
Bertrams Hotel
Der blaue Expreß
Blausäure
Die Büchse der Pandora
Der Dienstagabend-Club
Ein diplomatischer Zwischenfall
Auf doppelter Spur
Dummheit ist gefährlich
Elefanten vergessen nicht
Das Eulenhaus
Das fahle Pferd
Fata Morgana
Das fehlende Glied in der Kette
Feuerprobe der Unschuld
Ein gefährlicher Gegner
Das Geheimnis der Goldmine
Das Geheimnis der Schnallenschuhe
Die Großen Vier
Hercule Poirots Weihnachten
Die ersten Arbeiten des Herkules
Die letzten Arbeiten des Herkules
Sie kamen nach Bagdad
Karibische Affaire
Die Katze im Taubenschlag
Die Kleptomanin
Das krumme Haus
Kurz vor Mitternacht
Lauter reizende alte Damen
Der letzte Joker
Der Mann im braunen Anzug

Die Mausefalle und andere Fallen
Die Memoiren des Grafen
Die Morde des Herrn ABC
Mord im Pfarrhaus
Mord in Mesopotamien
Mord nach Maß
Ein Mord wird angekündigt
Morphium
Mit offenen Karten
Poirot rechnet ab
Rächende Geister
Rätsel um Arlena
Rotkäppchen und der böse Wolf
Die Schattenhand
Das Schicksal in Person
Schneewittchen-Party
16 Uhr 50 ab Paddington
Das Sterben in Wychwood
Der Todeswirbel
Der Tod wartet
Die Tote in der Bibliothek
Der Unfall und andere Fälle
Der unheimliche Weg
Das unvollendete Bildnis
Die vergeßliche Mörderin
Vier Frauen und ein Mord
Vorhang
Der Wachsblumenstrauß
Wiedersehen mit Mrs. Oliver
Zehn kleine Negerlein
Zeugin der Anklage

Agatha Christie

Mord in Mesopotamien

Scherz

Bern · München · Wien

Einzig autorisierte Übertragung aus dem Englischen
Titel des Originals: «Murder in Mesopotamia»
Schutzumschlag von Heinz Looser

14. Auflage 1980, ISBN 3 502 50516-0
Alle Rechte vorbehalten
Copyright © 1954 by Scherz Verlag
Bern und München
Gesamtherstellung: Ebner Ulm

1 Einleitung

In der Halle des Tigris Palace Hotel in Bagdad saß die Krankenschwester Amy Leatheran aus London am Schreibtisch und schrieb an eine befreundete Kollegin.

«. . . Ich glaube, das sind alle Neuigkeiten. Es ist natürlich angenehm, etwas von der Welt zu sehen, aber England bleibt für mich stets das Höchste. Der Schmutz und die Unordnung in Bagdad sind unbeschreiblich — nicht ein bißchen romantisch ist es hier, wie man es sich nach der Lektüre von ‹Tausendundeine Nacht› vorstellen könnte. Am Fluß ist es sehr schön, aber die Stadt finde ich entsetzlich — es gibt nicht einen anständigen, sauberen Laden. Major Kelsey führte mich durch die Bazare — man kann nicht leugnen, daß sie eine gewisse Eigenart haben — aber es wird viel Schund und Kitsch angeboten, und das ständige Gehämmer auf die Kupferpfannen macht einem Kopfschmerzen, und ich würde kein einziges Stück benutzen, ehe ich es vorher gründlich gereinigt hätte.
Wenn aus der Stellung, von der Dr. Reilly mir sprach, etwas wird, schreibe ich Dir ausführlich. Er sagte mir, der betreffende Amerikaner sei jetzt in Bagdad und werde mich wahrscheinlich heute nachmittag aufsuchen. Er will mich für seine Frau anstellen, die, wie mir Doktor Reilly sagte, an Wahnvorstellungen leidet. (Hoffentlich hat sie nicht Delirium tremens.) Natürlich sagte Dr. Reilly nichts dergleichen, aber er zwinkerte mir so merkwürdig zu. Der Amerikaner, ein Dr. Leidner, ist Archäologe und leitet irgendwo in der Wüste Ausgrabungen für ein amerikanisches Museum.
Nun, meine Liebe, will ich schließen; Du hörst demnächst mehr von mir.

Herzliche Grüße Deine
Amy Leatheran.»

Sie steckte den Brief in einen Umschlag und adressierte ihn an Schwester Curshave, St.-Christopher Krankenhaus, London. Gerade als sie ihren Füllfederhalter zuschraubte, meldete ihr ein arabischer Hotelpage: «Ein Herr möchte Sie sprechen.»

Schwester Leatheran wandte sich um und sah einen mittelgroßen Mann mit leicht nach vorn gebeugten Schultern, braunem Bart und freundlichen, müden Augen vor sich.

Dr. Leidner seinerseits erblickte eine etwa fünfunddreißigjährige Frau mit straffer, Vertrauen einflößender Haltung, einem gutmütigen Gesicht mit leicht vorstehenden blauen Augen und glattem braunem Haar. Er fand, sie sehe aus, wie eine Krankenschwester für Nervenkranke aussehen soll: freundlich, robust, gescheit und sachlich.

Sie ist in Ordnung, dachte er.

2   Amy Leatheran stellt sich vor

Ich kann nicht behaupten, eine Schriftstellerin zu sein oder auch nur eine Ahnung von Schriftstellerei zu haben. Ich schreibe diesen Bericht lediglich deshalb, weil Dr. Reilly mich darum bat und es schwer ist, ihm etwas abzuschlagen.

«Aber Herr Doktor», rief ich, «ich verstehe doch nichts von Literatur, ich bin doch keine Schriftstellerin.»

«Ach was», erwiderte er, «stellen Sie sich einfach vor, Sie schrieben eine Krankengeschichte.»

Man kann es natürlich auch so ansehen.

Dr. Reilly sagte, man brauche einen ungeschminkten Bericht über die Ereignisse in Tell Yarimjah. «Wenn eine der interessierten Parteien ihn erstattet, überzeugt er nicht, man würde sagen, er sei beeinflußt.»

Das stimmte. Ich war schließlich, obwohl ich alles miterlebt hatte, eine Außenstehende.

«Warum schreiben Sie ihn nicht selbst, Herr Doktor?» fragte ich.

«Weil ich nicht dabei war — Sie aber waren es. Und außerdem», fügte er seufzend hinzu, «würde meine Tochter es nicht erlauben.»

Es ist wirklich eine Schande, wie er unter dem Pantoffel dieses jungen Dinges, seiner Tochter, steht. Ich wollte gerade etwas darüber bemerken, als ich sah, daß er mir zuzwinkerte; das ist das Schlimme bei Dr. Reilly: man weiß nie, wann er es ernst meint und wann er Spaß macht. Er sagt alles im gleichen langsamen, melancholischen Ton, doch oft mit einem leichten Zwinkern.

«Gut», lenkte ich zögernd ein, «ich glaube, ich schaffe es.»

«Natürlich werden Sie das!»

«Ich weiß nur nicht, wie ich anfangen soll.»

«Dafür gibt es eine gute Richtschnur. Sie fangen mit dem Anfang an, fahren bis zum Ende fort, und dann hören Sie auf.»

«Ich weiß nicht einmal genau, wo und was der Anfang war», entgegnete ich unschlüssig.

«Die Schwierigkeiten des Anfangs sind ein Kinderspiel im Vergleich zu den Schwierigkeiten des Aufhörens. Wenigstens geht es mir so, wenn ich einen Vortrag zu halten habe. Man muß mich an den Rockschößen packen und mich mit roher Gewalt zum Aufhören zwingen.»

«Sie machen Spaß, Herr Doktor.»

«Es ist mein voller Ernst. Aber was haben Sie noch auf dem Herzen?»

Nach einigem Zögern sagte ich: «Ich habe Angst, daß ich manchmal zu persönlich werden könnte.»

«Mein Gott, Schwester! Je persönlicher, desto besser! Es ist ja eine Geschichte von Menschen — nicht von Attrappen. Werden Sie persönlich, seien Sie voreingenommen, seien Sie boshaft! Schreiben Sie alles genau so, wie Sie es empfunden haben. Mann kann später immer noch das streichen, was Ihnen einen Prozeß an den Hals bringen könnte. Sie sind doch eine vernünftige Frau, und Sie werden Ihren Bericht mit gesundem Menschenverstand abfassen.»

Ich versprach also, mein Bestes zu tun.

Und nun beginne ich. Es ist aber, wie ich dem Doktor bereits sagte, sehr schwer, sich zu entscheiden, wo man beginnen soll.

Am besten schreibe ich wohl zunächst etwas über mich. Ich bin zweiunddreißig Jahre alt und heiße Amy Leatheran. Meine allgemeine Ausbildung erhielt ich im St.-Christopher Krankenhaus und arbeitete dann zwei Jahre in der Geburtshilfeabteilung. Danach war ich eine Weile als Privatpflegerin tätig, und schließlich war ich vier Jahre lang im Kinderheim von Miss

7

Bendix am Devonshire Place angestellt. Nach dem Irak kam ich mit einer gewissen Mrs. Kelsey, die ich in London bei ihrer Entbindung gepflegt hatte und die darauf ihren Mann nach Bagdad begleitete. Dort hatte man bereits eine Kinderschwester engagiert, die mehrere Jahre bei Freunden von ihr gewesen war. Da Mrs. Kelsey sehr zart ist und vor der weiten Reise mit einem Säugling Angst hatte, engagierte mich Major Kelsey als Reisebegleiterin; für den Fall, daß ich für die Heimfahrt keine Stellung als Pflegerin finden sollte, verpflichtete er sich, meine Rückreise zu bezahlen.

Das Baby war entzückend und Mrs. Kelsey recht nett, obwohl ziemlich reizbar. Ich genoß die Fahrt sehr; es war meine erste große Seereise.

Unter den Mitreisenden befand sich auch Dr. Reilly. Er ist ein schwarzhaariger Herr mit einem langen Gesicht, der mit langsamer, trauriger Stimme viel Spaßhaftes sagt. Ich glaube, es machte ihm Vergnügen, mich in Verlegenheit zu bringen; er stellte die ungewöhnlichsten Behauptungen auf und war neugierig, ob ich sie schlucken würde. Er war Regierungsarzt in einem Ort namens Hassanieh — anderthalb Tagereisen von Bagdad entfernt.

Als ich ungefähr eine Woche in Bagdad war, traf ich ihn zufällig auf der Straße. Inzwischen hatten die Wrights (Kelseys Freunde, die ich schon erwähnte) früher nach England reisen müssen als beabsichtigt, und so konnte ihre Kinderschwester sofort bei Mrs. Kelsey antreten.

Dr. Reilly, der davon gehört hatte, sagte zu mir: «Ich habe eine Stellung für Sie, Schwester.»

«Eine Krankenpflege?»

Er runzelte die Stirn. «Man kann es wohl nicht direkt einen Krankheitsfall nennen. Es handelt sich um eine Dame, die . . . sagen wir . . . an zu starker Phantasie leidet.»

«Oh!» (Im allgemeinen bedeutet das: Trinken oder Rauschgift.)

Mehr sagte Dr. Reilly nicht; er ist sehr diskret. «Es handelt sich um eine gewisse Mrs. Leidner», fuhr er fort, «ihr Mann, ein Amerikaner schwedischer Abstammung, ist Leiter einer großen amerikanischen Ausgrabungsexpedition.»

8

Er erklärte mir, daß diese Expedition am früheren Standort einer assyrischen Stadt, ähnlich wie Ninive, Ausgrabungen vornehme. Das Haus der Expedition sei nicht weit von Hassanieh entfernt, aber sehr einsam gelegen, und Dr. Leidner mache sich seit einiger Zeit Gedanken wegen der Gesundheit seiner Frau. «Er hat sich nicht klar ausgedrückt, aber es scheint, daß sie an nervösen Angstzuständen leidet.»

«Ist sie den ganzen Tag allein unter den Eingeborenen?» fragte ich.

«Nein, das nicht. Die Expedition besteht aus sieben oder acht Mitgliedern, Europäern und Amerikanern. Ich glaube nicht, daß sie je allein im Haus ist, aber anscheinend redet sie sich etwas ein, und ihre Nerven befinden sich in einer schlimmen Verfassung. Leidner ist nicht nur mit sehr viel Arbeit belastet, sondern macht sich auch, wie schon gesagt, die schwersten Sorgen um seine Frau, die er außerordentlich liebt. Es würde ihn beruhigen, wenn sich eine verantwortungsbewußte, kompetente Persönlichkeit um sie kümmerte.»

«Und was sagt Mrs. Leidner dazu?»

«Mrs. Leidner ändert von einem Tag zum andern ihre Ansicht, doch scheint sie nun einverstanden. Sie ist eine merkwürdige Frau, affektiert bis in die Knochen, und, vermute ich, eine perfekte Lügnerin ... aber Leidner scheint ernsthaft zu glauben, daß sie aus irgendeinem triftigen Grunde unter fürchterlichen Angstzuständen leidet.»

«Was hat sie zu Ihnen gesagt, Herr Doktor?»

«Oh, mich hat sie nicht konsultiert. Sie kann mich nicht ausstehen. Leidner hat mich gefragt, ob ich nicht eine Art Pflegerin für sie wüßte. — Also, Schwester, was halten Sie davon? Sie würden Land und Leute ein bißchen kennenlernen, bevor Sie nach Hause fahren ... die Arbeiten dauern noch ungefähr zwei Monate, und Ausgrabungen sind etwas Hochinteressantes.»

Ich überlegte einen Augenblick, dann antwortete ich: «Gut, ich werde es versuchen.»

«Ausgezeichnet. Leidner ist gegenwärtig in Bagdad. Ich werde ihm Ihre Adresse geben.»

Noch am Nachmittag kam Dr. Leidner zu mir ins Hotel. Er machte einen unsicheren, fast hilflosen Eindruck. Er schien seine Frau sehr zu lieben, äußerte sich aber nur unbestimmt über das, was ihr fehlte.

«Wissen Sie», sagte er und zupfte verlegen an seinem Bart, was, wie ich später feststellte, charakteristisch für ihn war, «meine Frau befindet sich wirklich in einem höchst nervösen Zustand. Ich . . . ich mache mir schwere Sorgen um sie.»

«Körperlich ist sie gesund?» fragte ich.

«Ja . . . ja, ich glaube. Ich glaube nicht, daß ihr physisch etwas fehlt. Sie . . . sie leidet an Einbildungen, verstehen Sie?»

«An was für Einbildungen?»

Er murmelte verlegen: «Sie gerät in Angstzustände wegen nichts und wieder nichts . . . meiner Ansicht nach besteht absolut kein Grund zu solchen Angstvorstellungen.»

«Angst? Wovor, Herr Doktor?»

Er antwortete unbestimmt: «Ach, einfach nervöse Angstzustände, verstehen Sie?»

Todsicher nimmt sie Rauschgift, sagte ich mir, und er weiß es nicht, wie die meisten Ehemänner in seinem Fall. Da zerbrechen sie sich dann den Kopf, warum ihre Frauen so zappelig sind und jeden Moment ihre Launen ändern.

Ich fragte, ob seine Frau mit meinem Kommen einverstanden sei.

Sein Gesicht erhellte sich. «Ja, ich war überrascht, angenehm überrascht. Sie fand es eine gute Idee. Sie sagte, sie würde sich sicherer fühlen.»

Das Wort bestürzte mich. Sicherer! Ein merkwürdiges Wort in diesem Zusammenhang. Der Verdacht stieg in mir hoch, daß es sich um eine Art Geisteskrankheit handle.

Mit knabenhaftem Eifer sprach er weiter: «Bestimmt werden Sie gut mit ihr auskommen. Sie ist eine bezaubernde Frau.» Er lächelte entwaffnend. «Sie glaubt, Sie würden eine große Hilfe für sie sein. Und ich hatte, als ich Sie sah, sofort das gleiche Gefühl. Sie machen, wenn ich so sagen darf, einen wohltuend gesunden und völlig normalen, vernünftigen Eindruck. Bestimmt sind Sie der Mensch, den Louise braucht.»

«Gut, versuchen wir es also, Herr Doktor», erwiderte ich freundlich. «Sicher werde ich Ihrer Frau nützlich sein können. Fürchtet sie sich vielleicht vor den Eingeborenen, vor Farbigen?»

«Keine Spur!» Amüsiert schüttelte er den Kopf. «Meine Frau liebt die Araber — sie schätzt ihre Einfachheit und ihren Humor. Sie ist erst das zweite Mal hier — wir sind seit zwei Jahren verheiratet — aber sie spricht schon ziemlich gut arabisch.»

Ich schwieg einen Augenblick, dann versuchte ich es noch einmal: «Können Sie mir wirklich nicht sagen, wovor Ihre Frau sich fürchtet, Herr Doktor?»

Er zögerte, dann murmelte er: «Ich hoffe, daß sie es Ihnen selbst sagen wird.»

Mehr konnte ich aus ihm nicht herausbekommen.

3 Klatsch

Wir verabredeten, daß ich in der nächsten Woche nach Tell Yarimjah übersiedeln würde.

Mrs. Kelsey richtete sich in ihrem Haus in Alwijah ein, und mir war es lieb, daß ich ihr dabei noch helfen konnte.

In dieser Zeit hörte ich ein paar Andeutungen über die Leidner-Expedition. Ein Bekannter von Mrs. Kelsey, ein junger Fliegerhauptmann, hob überrascht die Brauen und rief: «Die Schöne Louise! So, das ist also das Neueste!» Er wandte sich zu mir. «Schöne Louise ist ihr Spitzname, man nennt sie überall so.»

«Ist sie so hübsch?» fragte ich.

«Sie ist jedenfalls davon überzeugt.»

«Seien Sie nicht so boshaft, John», sagte Mrs. Kelsey. «Sie wissen ganz genau, daß nicht nur sie das findet. Viele sind ganz vernarrt in sie.»

«Vielleicht haben Sie recht. Sie hat zwar Haare auf den Zähnen, aber sie verfügt schon über eine gewisse Anziehungskraft. Und was Dr. Leidner anbetrifft, so möchte er am liebsten den Boden küssen, den sie betritt — und die andern Mitglieder der Expedition sollen sich ebenso verhalten. Man erwartet es von ihnen.»

«Wie setzt sich die Expedition zusammen?» fragte ich.

«Sie ist ein Sammelsurium der verschiedensten Nationalitäten,

Schwester», antwortete er freundlich. «Ein englischer Architekt, ein französischer Pater aus Karthago — er entziffert Keilinschriften auf Ziegelsteinen und so weiter. Und dann Miss Johnson, auch eine Engländerin, sozusagen das Mädchen für alles. Und ein kleiner dicker Bursche, der fotografiert, ein Amerikaner. Dann das Ehepaar Mercado. Der Himmel weiß, welche Nationalität sie haben, es müssen irgendwelche Südländer sein. Sie ist noch ziemlich jung, verschlagen und katzenhaft und haßt die Schöne Louise. Schließlich sind noch ein paar junge Leute dabei, das ist alles. Alles komische Vögel, aber im ganzen durchaus nett, finden Sie nicht auch, Pennyman?»

Er wandte sich an einen älteren Herrn, der nachdenklich dasaß und mit seinem Zwicker spielte. «Ja... ja... wirklich sehr nett. Jeder einzelne. Mercado ist ein merkwürdiger Kauz...»

«Er hat einen komischen Bart», warf Mrs. Kelsey ein, «er hängt so komisch herunter.»

Major Pennyman fuhr, ohne sich um ihre Worte zu kümmern, fort: «Die beiden jungen Burschen sind sehr nett. Der Amerikaner ist schweigsam, und der Engländer spricht ein bißchen zuviel. Sonst ist es meist umgekehrt. Leidner selbst ist ein prächtiger Mensch — bescheiden und anspruchslos. Ja, jeder einzelne ist reizend. Aber irgendwie — vielleicht bilde ich es mir nur ein — hatte ich, wenn ich in der letzten Zeit dort war, das Gefühl, daß etwas nicht stimmt. Ich kann nicht genau sagen, was... Aber niemand von ihnen schien sich natürlich zu geben. Es herrschte eine merkwürdig gespannte Atmosphäre. Vielleicht kann ich es am besten so erklären: Jeder reichte dem andern die Butter etwas zu freundlich.»

Errötend — denn ich dränge mich ungern in den Vordergrund — warf ich ein: «Wenn Menschen zu sehr aufeinander angewiesen sind, gehen sie einander leicht auf die Nerven. Ich kenne das — aus dem Krankenhaus.»

«Das stimmt», sagte Major Kelsey, «aber sie haben gerade erst angefangen zu arbeiten; es ist also eigentlich noch zu früh, um einander auf die Nerven zu gehen.»

«Bei einer solchen Expeditionsgruppe ist es wahrscheinlich genau wie bei unserem Leben im Kleinen», meinte Major Pennyman. «Auch da gibt es Cliquen, Rivalitäten, Eifersüchteleien.»

«Dieses Jahr scheinen viele Neue dabei zu sein», sagte Major Kelsey.

«Warten Sie mal!» Der Hauptmann zählte an den Fingern ab. «Der junge Coleman ist neu, ebenso Reiter; Emmott und die Mercados waren schon voriges Jahr da; Pater Lavigny ist neu, er kam anstelle von Dr. Byrd, der krank ist und daher dieses Jahr verhindert war. Carey gehörte schon von Anfang an dazu — seit fünf Jahren — und Miss Johnson ist mindestens ebenso lange dabei.»

«Ich fand immer, daß sie sich in Tell Yarimjah so gut vertrugen», bemerkte Major Kelsey. «Sie kamen mir wie eine glückliche Familie vor — was überraschend ist, wenn Menschen dauernd zusammen wohnen müssen. Bestimmt gibt Schwester Leatheran mir recht.»

«Ja, das stimmt. Wenn ich an die Streitigkeiten im Krankenhaus denke, die sich oft um eine Kanne Tee drehen . . .»

«In einer engen Gemeinschaft neigt man dazu, kleinlich zu werden», sagte Major Pennyman. «Aber hier muß etwas anderes im Spiele sein. Leidner ist ein so freundlicher, bescheidener Mensch, taktvoll und stets darauf bedacht, daß seine Leute in guter Stimmung sind und sich miteinander vertragen. Trotzdem habe ich neulich deutlich eine Spannung bemerkt.»

Mrs. Kelsey lachte. «Und Sie wissen den Grund nicht? Er liegt doch auf der Hand.»

«Was meinen Sie?»

«Mrs. Leidner natürlich.»

«Ach geh doch, Mary», sagte ihr Mann, «sie ist eine entzückende Frau, nicht die Spur streitsüchtig.»

«Das behaupte ich ja auch nicht; aber sie verursacht Streitigkeiten.»

«Wieso?»

«Wieso? Warum? Weil sie sich langweilt. Sie ist keine Archäologin, sie ist nur die Frau eines Archäologen. Sie langweilt sich, weil sie keine Abwechslung, keine Anregung hat, und so schafft sie sich ihr eigenes Theater und amüsiert sich damit, die Leute durcheinanderzubringen.»

«Mary, davon hast du doch keine Ahnung; das ist pure Phantasie.»

«Vielleicht ist es Phantasie, aber du mußt zugeben, daß die Schöne Louise nicht umsonst wie die Mona Lisa aussieht. Sie mag es nicht böse meinen, aber sie ist neugierig, was passieren könnte.»

«Sie liebt Dr. Leidner.»

«Das schon, und ich glaube auch nicht, daß sie Unruhe stiften will, aber sie ist eine *allumeuse*, diese Frau.»

«Ihr Frauen seid ja reizend zueinander», spottete Major Kelsey.

«Ich weiß, die Männer behaupten, wir seien Katzen. Aber im allgemeinen wissen wir über unser eigenes Geschlecht Bescheid.»

«Selbst wenn Mrs. Kelseys unfreundliche Mutmaßungen stimmten», sagte Major Pennyman nachdenklich, «würden sie die merkwürdige Spannung nicht erklären. Man hat das Gefühl, als müsse im nächsten Augenblick ein Gewitter ausbrechen.»

«Jagen Sie der Schwester keine Angst ein», entgegnete Mrs. Kelsey. «In drei Tagen muß sie dorthin gehen.»

«Oh, mir können sie keine Angst machen», widersprach ich lachend, dachte aber noch lange über alles nach. Ich mußte an Dr. Leidners merkwürdige Anwendung des Wortes «sicherer» denken. Übte die geheimnisvolle Furcht seiner Frau, ob bewußt oder unbewußt, auch auf den Rest der Gesellschaft eine Wirkung aus? Oder zerrte die vorhandene Spannung an ihren Nerven?

Ich suchte das Wort «allumeuse», das Mrs. Kelsey gebraucht hatte, im Wörterbuch, konnte den Sinn aber nicht herausfinden. Ich muß eben warten und selber sehen, dachte ich.

4   Meine Ankunft in Hassanieh

Drei Tage später verließ ich Bagdad.

Ich nahm ungern Abschied von Mrs. Kelsey und dem Baby, das reizend war und bei dem man allwöchentlich die gebührende Gewichtszunahme feststellen konnte. Major Kelsey brachte mich zur Bahn, und am nächsten Morgen kam ich in Kirkuh an, wo ich abgeholt werden sollte.

Ich hatte unruhig geschlafen und schlecht geträumt. Als ich aber am Morgen zum Fenster hinaussah, war das Wetter herrlich, und ich war gespannt und neugierig auf die Menschen, die ich kennenlernen sollte.

Zögernd stand ich auf dem Bahnsteig und hielt Ausschau, als ein junger Mann auf mich zukam; er hatte ein rundes, rosiges Gesicht und sah genau aus wie eine Gestalt aus einem Witzblatt.

«Guten Morgen, guten Morgen!» begrüßte er mich strahlend. «Sind Sie Schwester Leatheran? Sie müssen es sein, ich sehe es. Haha! Mein Name ist Coleman. Dr. Leidner hat mich hergeschickt. Wie fühlen Sie sich nach dieser scheußlichen Reise? Ich kenne diese Züge. Haben Sie wenigstens gefrühstückt? Ist das Ihr Gepäck? Das ist aber höchst bescheiden! Mrs. Leidner hatte vier mittlere Koffer und einen riesigen Schrankkoffer, gar nicht zu reden von der Hutschachtel, den Kissen und hundert anderen Kleinigkeiten. Spreche ich zuviel? Kommen Sie, mein Omnibus steht draußen.»

Später hörte ich, daß man diese Autos Stationswagen nennt. Es war ein kleiner Omnibus, ein Mittelding zwischen einem Lastauto und einem Personenwagen. Mr. Coleman half mir beim Einsteigen und empfahl mir, mich neben den Chauffeur zu setzen, weil ich da weniger durchgerüttelt würde.

Durchgerüttelt! Ich war erstaunt, daß nicht das ganze Vehikel in Stücke fiel. Es gab keine Spur einer Fahrstraße, nur eine Art Feldweg voll von Löchern und ausgefahrenen Geleisen. Glorreicher Orient! Wenn ich an die englischen Landstraßen dachte, bekam ich richtiges Heimweh.

Mr. Coleman beugte sich von seinem Sitz hinter mir vor und brüllte mir alles mögliche ins Ohr.

«Der Weg ist in ganz gutem Zustand», schrie er, nachdem wir gerade fast bis zur Decke geschleudert worden waren; offensichtlich meinte er es völlig ernst. «Das ist sehr gesund, es regt die Leber an», erklärte er. «Das sollten Sie wissen, Schwester.»

«Eine angeregte Leber würde mir wenig nützen, wenn mein Kopf gespalten wird», erwiderte ich scharf.

«Sie müssen nach einem Regen herkommen! Da schlittert der Karren! Fast die ganze Zeit liegt man auf der Seite.»

Darauf entgegnete ich nichts. Bald danach überquerten wir auf der irrsinnigsten Fähre, die man sich vorstellen kann, einen Fluß. Ich empfand es als eine Gnade Gottes, daß wir hinüberkamen, die andern schienen es aber als ganz normal anzusehen.

Nach ungefähr vierstündiger Fahrt waren wir in Hassanieh, das, zu meiner Überraschung, ein ziemlich großer Ort ist. Er sah von weitem recht hübsch aus, ganz weiß und märchenhaft mit den Minaretten. Von nahem sah ich dann die Bescherung: Lauter baufällige Lehmhütten, und alles starrte vor Schmutz.

Mr. Coleman brachte mich zum Haus von Dr. Reilly, wo ich, wie er sagte, zum Mittagessen erwartet wurde.

Dr. Reilly war so nett wie stets, auch sein Haus war nett und mit einem Badezimmer und allem Nötigen versehen. Nachdem ich gebadet und meine Tracht angezogen hatte, war mir wieder wohl zu Mute.

Das Mittagsmahl war bereit, und wir begannen zu essen, obwohl seine Tochter noch nicht da war. Es wurde gerade eine ausgezeichnete Eierspeise serviert, als sie erschien. Dr. Reilly stellte vor: «Schwester, das ist meine Tochter Sheila.»

Sie gab mir die Hand, sagte, sie hoffe, ich habe eine gute Reise gehabt, warf ihren Hut in eine Ecke, nickte Mr. Coleman kurz zu und setzte sich.

«Na, Bill», fragte sie, «was gibt es Neues?»

Er erzählte von irgendeinem Fest, das demnächst im Klub stattfinden sollte, und ich konnte sie eingehend mustern.

Sie gefiel mir nicht übermäßig; für meinen Geschmack war sie zu kühl und schnippisch. Allerdings muß ich zugeben, daß sie mit ihrem schwarzen Haar, den blauen Augen in dem blassen Gesicht und den geschminkten Lippen hübsch aussah. Ihre sarkastische Art zu sprechen mißfiel mir. Bestimmt war sie tüchtig, aber ihr Benehmen reizte mich.

Mir schien, als sei Mr. Coleman in sie verliebt. Er sprach noch mehr Unsinn als vorher, soweit das möglich war, und erinnerte mich an einen dummen großen Hund, der mit dem Schwanz wedelt, um zu gefallen.

Nach dem Essen mußte Dr. Reilly wieder ins Krankenhaus. Mr. Coleman hatte einiges in der Stadt zu erledigen, und Miss

16

Reilly fragte mich, ob ich mir lieber die Stadt ansehen oder mich ausruhen wolle, Mr. Coleman werde mich in ungefähr einer Stunde abholen.

Ich erkundigte mich, ob es in der Stadt etwas Interessantes zu sehen gäbe.

«Es gibt schon einige malerische Winkel», antwortete sie, «aber ich bezweifle, daß sie Ihnen gefallen werden, sie sind unglaublich schmutzig.»

Die Art, in der sie es sagte, ärgerte mich. Meines Erachtens ist malerische Wirkung keine Entschuldigung für Schmutz.

Schließlich führte sie mich in den Klub, der, mit Aussicht auf den Fluß, ganz gemütlich war und wo es englische Zeitungen und Zeitschriften gab.

Als wir zurückkamen, war Mr. Coleman noch nicht da, und so unterhielten wir uns ein bißchen, was aber gar nicht leicht war. Sie fragte mich, ob ich Mrs. Leidner schon kennengelernt habe. «Nein», antwortete ich, «nur ihren Mann.»

«Ich bin neugierig, wie sie Ihnen gefallen wird.» Da ich schwieg, fuhr sie fort: «Ich habe Dr. Leidner sehr gern, jeder mag ihn.»

Damit will sie also sagen, daß sie seine Frau nicht ausstehen kann, dachte ich und schwieg weiter. Plötzlich fragte sie: «Was ist eigentlich mit ihr los? Hat Dr. Leidner es Ihnen gesagt?»

Da ich es nicht schätze, über meine Patienten zu klatschen, noch dazu bevor ich sie kennengelernt habe, antwortete ich ausweichend: «Es scheint, daß sie leidend ist und jemanden braucht, der sich um sie kümmert.»

Sie lachte — es war ein unangenehmes Lachen — hart und kurz.

«Mein Gott», sagte sie, «genügen neun Menschen, die sich um sie kümmern, immer noch nicht?»

«Ich nehme an, daß sie alle zu arbeiten haben», erwiderte ich.

«Zu arbeiten? Natürlich haben sie zu arbeiten, aber trotzdem kommt zuerst Louise... dafür sorgt sie schon. Ich verstehe wirklich nicht, wozu sie eine Krankenschwester braucht. Ich denke, sie braucht nur den Beistand irgendeines Menschen, nicht aber jemanden, der ihr ein Thermometer in den Mund steckt, den Puls fühlt und unangenehme medizinische Feststellungen macht.»

Ich muß zugeben, daß ich neugierig war. «Sie glauben, daß sie keine wirkliche Krankheit hat?» fragte ich.

«Keine Rede davon. Die Frau hat eine Roßnatur. ‹Die liebe Louise hat nicht geschlafen. Sie hat blaue Ringe unter den Augen.› Ja, mit dem Stift hat sie sich welche gezogen. Alles nur, um die Aufmerksamkeit auf sich zu lenken, um Mittelpunkt zu sein, um sich wichtig zu machen.»

Daran konnte etwas Wahres sein. Ich hatte schon verschiedentlich Patienten gehabt (welche Krankenschwester hat sie nicht?), deren Entzücken es war, den ganzen Haushalt in Atem zu halten. Und wenn ein Arzt oder eine Krankenschwester sagte: «Ihnen fehlt gar nichts», wollten sie es nicht glauben und waren schwer beleidigt.

Es war leicht möglich, daß Mrs. Leidner ein solcher Fall war. Der Ehemann ist natürlich der erste, der sich täuschen läßt. Ehemänner sind, was Krankheiten ihrer Frauen anbelangt, immer sehr leichtgläubig; aber es schien mir mit dem, was ich bisher gehört hatte, nicht recht zusammenzupassen, vor allem nicht mit dem Wort «sicherer».

Seltsam, wie sich dieses Wort in mir festgesetzt hatte. Ich fragte: «Ist Mrs. Leidner nervös? Macht es sie zum Beispiel nervös, in einer so abgelegenen Gegend zu leben?»

«Was sollte sie daran nervös machen? Es sind doch zehn Menschen im Haus. Dazu kommen noch die Wächter, wegen der vielen Altertümer. Nein, nervös ist sie nicht . . . wenigstens . . .»

Ihr schien etwas eingefallen zu sein, sie hielt einen Moment inne und fuhr dann langsam fort: «Es ist merkwürdig, daß Sie das sagen.»

«Wieso?»

«Neulich ritt ich mit Leutnant Jervis von den Fliegern zu ihr. Die andern waren auf dem Ausgrabungsplatz. Sie schrieb in der Veranda einen Brief und hörte uns anscheinend nicht kommen. Der Boy, der einen sonst anmeldet, war nicht da, und so gingen wir direkt zu ihr. Anscheinend hatte sie Jervis' Schatten an der Wand gesehen und schrie laut auf. Sie entschuldigte sich natürlich und sagte, sie habe geglaubt, es sei ein Fremder. Komisch, nicht wahr? Warum hat sie solche Angst vor einem Fremden?»

Ich nickte nachdenklich. Miss Reilly schwieg einen Augenblick und fuhr dann fort: «Ich weiß überhaupt nicht, was dieses Jahr dort drüben los ist. Alle sind sie durcheinander. Miss Johnson geht mürrisch umher und macht kaum den Mund auf. David spricht nur, wenn es unbedingt sein muß. Bill hört natürlich nie auf zu quatschen, und sein Geschnatter scheint den andern die Sprache noch mehr zu verschlagen. Carey schleicht herum, als stünde das Weltende bevor, und alle beobachten sich gegenseitig, als ob . . . als ob . . ., ach, ich weiß nicht, ich weiß nur, daß etwas nicht stimmt.»

Es ist eigenartig, dachte ich, daß zwei so verschiedene Menschen wie Miss Reilly und Major Pennyman genau dasselbe empfinden.

In dem Augenblick tobte Coleman herein. Hereintoben ist das richtige Wort. Wenn seine Zunge ihm geifernd zum Mund herausgehangen und er mit einem Schwanz zu wedeln begonnen hätte, wäre ich nicht überrascht gewesen.

«Hallo, hallo!» rief er. «Ich bin der beste Einkäufer der Welt. Haben Sie der Schwester alle Schönheiten der Stadt gezeigt?»

«Sie war nicht sehr beeindruckt», entgegnete Miss Reilly.

«Das kann ich verstehen», sagte Mr. Coleman freundlich. «Ein dreckiges Mistnest.»

«Sie scheinen keinen Sinn für Altertümer und malerische Winkel zu haben, Bill. Ich verstehe nicht, wieso Sie Archäologe geworden sind.»

«Dafür müssen Sie meinen Vormund verantwortlich machen; er ist ein gelehrtes Haus . . . ein Bücherwurm, der in Pantoffeln durch seine Bibliothek schlurft. Es war ein schwerer Schlag für ihn, daß ich, sein Mündel, so ganz anders bin.»

«Ich finde es höchst albern von Ihnen, sich einen Beruf aufzwingen zu lassen, an dem Ihnen nichts liegt», sagte das Mädchen scharf.

«Nicht aufgezwungen, Sheila, meine Gute, nicht aufgezwungen. Der alte Herr fragte mich, ob ich einen bestimmten Beruf gewählt hätte, und als ich nein sagte, hat er mich mit List und Tücke für ein Jahr hierher verfrachtet.»

«Aber haben Sie wirklich keine Idee, was Sie gern tun möchten?»

«Natürlich habe ich das. Mein Ideal wäre, nichts zu tun. Ich möchte gern viel Geld haben und Motorrennen fahren.»

«Das ist ja lächerlich», rief Miss Reilly. Sie schien richtig böse zu sein.

«Oh, ich weiß, daß das nicht in Frage kommt», sagte Mr. Coleman freundlich. «Da ich leider etwas arbeiten muß, ist es mir egal, was, wenn ich nur nicht den ganzen Tag im Büro sitzen muß. Ich hatte Lust, mir ein bißchen die Welt anzuschauen, und so bin ich hierhergekommen.»

«Ich nehme an, daß Sie sich sehr nützlich machen.»

«O ja. Auf dem Ausgrabungsplatz passe ich auf die arabischen Arbeiter auf und brülle sie mit ‹Y Allah› an. Auch vom Zeichnen verstehe ich etwas. Handschriften zu kopieren war in der Schule meine Spezialität; ich würde einen erstklassigen Fälscher abgeben. Vielleicht tue ich das auch noch eines Tages. Wenn Sie je von meinem Rolls Royce mit Dreck bespritzt werden, während Sie auf den Autobus warten, wissen Sie, daß ich ein Verbrecher geworden bin.»

Sie entgegnete kühl: «Finden Sie nicht, daß es Zeit wäre, sich auf den Weg zu machen, statt soviel zu reden?»

«Ausgesprochen gastfreundlich, nicht wahr, Schwester?»

«Ich bin sicher, daß Schwester Leatheran gern endlich an Ort und Stelle sein möchte.»

«Sie sind immer sicher», erwiderte Coleman grinsend.

‹Das stimmt›, dachte ich. ‹Eine selbstsichere kleine Hexe!›

Laut sagte ich: «Mir wäre es recht, wenn wir jetzt fahren würden, Mr. Coleman.»

«Gut, Schwester.»

Ich bedankte mich bei Miss Reilly und verabschiedete mich; dann fuhren wir fort.

«Sheila ist ein verdammt hübsches Mädchen», sagte Mr. Coleman, «aber sie muß einen immer ärgern.»

Nachdem wir die Stadt verlassen hatten, gelangten wir auf eine Art Weg, der durch grüne Felder führte; er war holprig und voll ausgefahrener Geleise.

Nach ungefähr einer halben Stunde zeigte Mr. Coleman auf einen großen Grabhügel am Ufer direkt vor uns und verkündete: «Das ist Tell Yarimjah.»

Ich sah kleine schwarze Gestalten wie Ameisen herumwimmeln. Plötzlich rannten sie alle auf die andere Seite des Hügels.

«Feierabend», erklärte Mr. Coleman. «Eine Stunde vor Sonnenuntergang ist Feierabend.»

Das Haus der Expedition lag etwas hinter dem Fluß. Der Chauffeur bog um eine Ecke, polterte dann durch einen unglaublich engen Torbogen, und wir waren angelangt.

Das Haus war um einen Hof gebaut. Früher war nur die Südseite des Hofes bebaut gewesen, abgesehen von ein paar armseligen Schuppen an der Ostseite. Die Expedition hatte dann auch die anderen Seiten mit Baulichkeiten versehen.

Alle Zimmer führten auf den Hof, ebenso die meisten Fenster — nur das ursprüngliche, südlich gelegene Gebäude hatte auch Fenster aufs Land, die aber stark vergittert waren. In der Südwestecke des Hofes führte eine Treppe zu einem großen flachen Dach mit einem Geländer, das die ganze Südseite des Hauses einnahm, die höher war als die anderen drei Seiten.

Mr. Coleman ging mit mir zu einer großen Veranda in der Mitte der Südseite, öffnete eine Tür, und wir traten in ein Zimmer, in welchem mehrere Personen um einen Teetisch saßen.

«Dideldidei», rief Mr. Coleman, «hier ist die gute Samariterin.»

Die Dame, die am Kopf des Tisches saß, erhob sich und kam mir zur Begrüßung entgegen.

Es war Louise Leidner.

5 Tell Yarimjah

Ich muß zugeben, daß mein erster Eindruck von Mrs. Leidner ein völlig anderer war, als ich erwartet hatte. Man macht sich natürlich von einem Menschen, von dem man viel hört, eine gewisse Vorstellung, und ich hatte mir eingeredet, Mrs. Leidner müsse eine unzufrieden wirkende, hochgradig nervöse, dunkelhaarige Frau sein. Auch hatte ich angenommen, ich muß es gestehen, sie wäre etwas gewöhnlich.

Sie entsprach jedoch keineswegs diesem Bild. Mit ihrem hellblonden Haar und ihrer schlanken Figur war Mrs. Leidner eine wirkliche Schönheit. Sie war nicht mehr jung — ich schätzte sie zwischen dreißig und vierzig — hatte ein schmales Gesicht und große dunkelviolette Augen. Sie sah zart, ja fast gebrechlich aus, und wenn ich sage, daß sie sowohl unglaublich müde wie sehr lebendig wirkte, so hört sich das wie Unsinn an, aber das war der Eindruck, den man von ihr hatte. Außerdem fühlte ich sofort, daß sie wirklich eine Dame war, und das will heutzutage viel heißen.

Freundlich lächelnd streckte sie mir die Hand entgegen und sagte mit sanfter, leiser Stimme, die einen leicht amerikanischen Akzent aufwies: «Ich freue mich, daß Sie gekommen sind, Schwester. Wollen Sie Tee trinken oder sich erst Ihr Zimmer ansehen?»

Ich antwortete, daß ich gerne Tee trinken würde, und sie stellte mir die Anwesenden vor.

«Das ist Miss Johnson . . . Mr. Reiter . . . Mrs. Mercado . . . Mr. Emmott . . . Pater Lavigny. Mein Mann muß jeden Augenblick kommen. Wollen Sie sich bitte zwischen Pater Lavigny und Miss Johnson setzen.»

Miss Johnson, die mich an die Oberin des Krankenhauses, in dem ich gelernt hatte, erinnerte und mir gefiel, fragte, ob ich eine gute Reise gehabt hatte. Sie mochte etwa fünfzig Jahre alt sein. Das kurzgeschnittene Haar verlieh ihr etwas Männliches, ihre Stimme war ziemlich tief, aber sehr angenehm. Ihr häßliches Gesicht war verwittert, und sie hatte eine drollig nach oben gebogene Nase, die sie zu reiben pflegte, wenn sie etwas beunruhigte oder wenn sie über etwas nachdachte. Sie trug ein herrenmäßig geschnittenes Tweedkostüm und erzählte mir gleich, daß sie aus Yorkshire stamme.

Pater Lavigny fand ich direkt aufregend. Er war ein großer Mann mit einem langen schwarzen Bart und trug einen Kneifer. Mrs. Kelsey hatte mir gesagt, daß bei der Expedition ein französischer Mönch wäre, und ich sah jetzt, daß er eine weiße, wollene Mönchskutte trug. Seine Anwesenheit überraschte mich sehr, weil ich bisher geglaubt hatte, daß Mönche ihre Klöster nicht verlassen dürften.

Mrs. Leidner unterhielt sich meist französisch mit ihm, aber mit mir sprach er in einem recht guten Englisch. Er hatte verschlagene, unangenehm beobachtende Augen, und seine Blicke sprangen von einem Gesicht zum andern.

Mir gegenüber saßen die übrigen drei. Mr. Reiter war ein dikker junger Mann mit einer Brille, ziemlich langen blonden welligen Haaren und kugelrunden blauen Augen. Ich dachte, er müsse ein hübsches Baby gewesen sein, jetzt sah er eher wie ein kleines Schwein aus. Der andere junge Mann hatte kurzgeschorenes Haar, ein längliches, vergnügtes Gesicht, schöne Zähne und wirkte, wenn er lächelte, sehr anziehend. Er sprach wenig, nickte nur ab und zu und antwortete, wenn nötig, mit einem Wort. Er und Mr. Reiter waren Amerikaner. Mrs. Mercado konnte ich kaum ansehen, da ich immer, wenn ich zu ihr hinsah, feststellen mußte, daß sie mich merkwürdig anstarrte, was mich, gelinde gesagt, unangenehm berührte. Es war, als sei eine Krankenschwester ein wildes Tier. Sie hatte keine Manieren!

Sie war noch jung, höchstens fünfundzwanzig, hatte schwarze Haare und wirkte irgendwie ausgehungert, wenn Sie verstehen, was ich meine. Eigentlich war sie ganz hübsch, aber meine Mutter hätte von ihr gesagt: «Sie hat bestimmt Negerblut.» Der Pullover, den sie trug, war sehr bunt, und ihre Nägel waren lackiert. Sie hatte ein dünnes vogelartiges, lebhaftes Gesicht, große Augen und einen mißtrauischen schmalen Mund.

Der Tee war ausgezeichnet — eine schöne, starke Mischung, nicht der schwarze China-Aufguß, den Mrs. Kelsey stets verwendete und der eine wahre Heimsuchung für mich gewesen war.

Es gab Toast und Marmelade und eine Platte mit Buttergebäck und einen Cake. Mr. Emmott war immer höflich darauf bedacht, mir wieder eine Schüssel zu reichen, sowie mein Teller leer war.

Auf einmal kam Mr. Coleman hereingeplatzt und setzte sich Miss Johnson gegenüber. *Seine* Nerven schienen in keiner Weise angegriffen zu sein, er sprach unaufhörlich.

Mrs. Leidner seufzte einmal tief und warf ihm einen unwilligen Blick zu, doch ohne Erfolg. Auch störte es ihn nicht, daß Mrs.

Mercado, an die er sich hauptsächlich wandte, viel zu sehr damit beschäftigt war, mich zu beobachten, und ihm kaum antwortete.

Gerade als wir unsern Tee getrunken hatten, kamen Dr. Leidner und Mr. Mercado vom Ausgrabungsplatz.

Dr. Leidner begrüßte mich in seiner freundlichen Art. Ich sah, daß er einen besorgten Blick auf seine Frau warf und augenscheinlich über ihr Aussehen befriedigt war. Dann nahm er am anderen Ende des Tisches Platz, während Mr. Mercado sich neben Mrs. Leidner setzte. Er war ein melancholisch dreinblikkender, hagerer großer Mann, wesentlich älter als seine Frau, hatte eine gelbliche Gesichtsfarbe und einen weichen, dünnen Bart. Ich war froh, daß er da war, denn nun hörte seine Frau auf, mich anzustarren und wandte ihre Aufmerksamkeit ihm zu. Sie betrachtete ihn ängstlich, während er träumerisch seinen Tee rührte und überhaupt nichts sagte; ein Stück Kuchen lag unangetastet auf seinem Teller.

Gerade stellte ich fest, daß noch ein Platz leer war, als sich schon die Tür öffnete und ein Mann eintrat: Mr. Richard Carey. Auf den ersten Blick fand ich, daß er einer der bestaussehenden Männer war, den ich seit langem gesehen hatte — und dennoch zweifle ich, daß mein Eindruck richtig war. Zu sagen, ein Mann sehe gut aus, und gleichzeitig zu behaupten, er habe einen Totenschädel, scheint ein glatter Widerspruch zu sein, doch bei ihm stimmte es. Sein Kopf sah aus, als sei die Haut straff über die Knochen gespannt — aber es waren wunderschöne Knochen. Die Linien der Backenknochen, der Schläfen und der Stirn waren so scharf umrissen, daß er an eine Bronzestatue gemahnte. Und aus diesem mageren braunen Gesicht leuchteten die glänzendsten, dunkelblauen Augen, die ich je gesehen habe. Er war etwa einen Meter achtzig groß und wahrscheinlich noch nicht ganz vierzig Jahre alt.

Dr. Leidner stellte vor: «Mr. Carey, unser Architekt ... Schwester Leatheran.»

Er murmelte einige unverbindliche Worte und setzte sich neben Mrs. Mercado.

«Es tut mir leid, der Tee ist schon kalt geworden, Mr. Carey», sagte Mrs. Leidner.

«Oh, das macht nichts, Mrs. Leidner», erwiderte er. «Es ist meine Schuld, daß ich zu spät komme. Ich wollte aber die Pläne der neuen Gräben fertigstellen.»

Mrs. Mercado fragte: «Etwas Marmelade, Mr. Carey?»

Mr. Reiter reichte ihm den Toast.

Ich mußte an Major Pennyman denken: «Ich kann nur sagen, daß sie sich die Butter etwas zu freundlich reichen.»

Irgend etwas war merkwürdig . . .

Man hätte sie für eine Gesellschaft halten können, die gerade erst zusammengekommen war, nicht aber für Menschen, die einander gut kannten, zum Teil schon seit Jahren.

6 Der erste Abend

Nach dem Tee erhob sich Mrs. Leidner, um mir mein Zimmer zu zeigen.

Am besten beschreibe ich bei dieser Gelegenheit die Anlage des Hauses:

Von der an der Südseite des Hofes gelegenen großen Veranda führten Türen in die zwei Haupträume; die rechte zum Eßzimmer, wo wir Tee getrunken hatten, die andere zum ebenso großen Wohnzimmer, das häufig auch als Arbeitsraum benutzt wurde, namentlich zur Anfertigung kleiner Zeichnungen und zum Kitten von zerbrochenen Vasen, Statuetten und kostbaren Töpfereien. Vom Wohnzimmer aus kam man in den Antiquitätensaal, wo sämtliche Funde auf Regalen, in Nischen, auf langen Bänken und Tischen verwahrt wurden. Zu diesem Raum gab es nur eine Tür vom Wohnzimmer aus.

Neben dem Antiquitätensaal lag Mrs. Leidners Schlafzimmer, dessen Tür auf den Hof führte; es hatte, wie die andern Zimmer auf dieser Seite des Hauses, zwei vergitterte Fenster, von denen aus man die kahlen gepflügten Felder sehen konnte. Anstoßend, im Ostflügel, befand sich Mr. Leidners Zimmer, dessen einzige Tür auch auf den Hof ging; die Zimmer der beiden Ehegatten hatten also keine direkte Verbindung miteinander. Das nächste Zimmer auf der Ostseite war meines, dann kam das von Miss Johnson, anschließend die zwei Schlafzimmer von Mr. und Mrs. Mercado und die beiden sogenannten Badezimmer.

Ich sage «sogenannt», weil es mir, die ich an Badezimmer mit richtigen Wannen, Wasserhähnen und so weiter gewöhnt bin, seltsam vorkommt, Löcher mit Lehmwänden und -böden, in denen je eine blecherne Sitz-Badewanne steht, als Badezimmer zu bezeichnen.

Diese Seite des Hauses war von Dr. Leidner an das ursprüngliche arabische Haus angebaut worden. Alle Schlafzimmer waren gleich groß, ihr einziges Fenster ging auf den Hof, an dessen Nordseite sich der Plan- und Zeichensaal, dann der große Torbogen, durch den wir hereingefahren waren, das Laboratorium und das Fotoatelier befanden.

Die Nordwestecke des Hauses war von der Dunkelkammer eingenommen, dann folgten an der Westseite des Hofes die vier kleinen Schlafzimmer der jungen Herren — Coleman, Reiter, Emmott und Carey — schließlich kam die Küche, daneben die Treppe, die zu dem flachen Dach hinaufführte.

An der Südseite befand sich in der Ecke erst das große Schlafzimmer von Pater Lavigny, in welchem er auch die Keilschrifttafeln entzifferte — oder wie man das nennt. Dann folgten das Büro und das Eßzimmer. Zum Büro konnte man nur vom Eßzimmer aus gelangen.

Außerhalb des Gebäudes waren die Schlafquartiere der eingeborenen Soldaten und der Dienerschaft, sowie die Garage und die Pferdeställe.

Ich habe die Anlage des Hauses so ausführlich beschrieben, weil ich es später nicht wiederholen möchte.

Mrs. Leidner zeigte mir das ganze Gebäude und brachte mich schließlich in mein Schlafzimmer, wo sie der Hoffnung Ausdruck verlieh, daß ich es gemütlich fände und alles hätte, was ich brauchte.

Das Zimmer war nett, wenn auch einfach möbliert — ein Bett, eine Kommode, ein Waschtisch und ein Stuhl.

«Die Boys werden Ihnen vor dem Essen immer warmes Wasser bringen — und natürlich auch am Morgen. Wenn Sie sonst etwas wünschen, brauchen Sie nur auf den Hof zu gehen, in die

Hände zu klatschen, und wenn der Boy kommt, zu sagen ‹Jib mai har›. Glauben Sie, daß Sie sich das merken können?»

Ich nickte und wiederholte es langsam.

«So ist es richtig. Aber sagen Sie es laut. Die Araber verstehen uns nicht, wenn wir in unserer üblichen Lautstärke sprechen.»

«Sprachen sind eine merkwürdige Sache», sagte ich, «es ist doch eigenartig, daß es so viele verschiedene gibt.»

Sie lächelte. «In Palästina gibt es eine Kirche, in der das Vaterunser — ich glaube, in neunzig — verschiedenen Sprachen an den Wänden geschrieben steht.»

«Das muß ich meiner alten Tante schreiben, das wird sie bestimmt sehr interessieren.»

Mrs. Leidner fingerte wie geistesabwesend am Krug und an der Waschschüssel und schob die Seifenschale ein wenig beiseite.

«Ich hoffe, daß Sie sich hier wohl fühlen und sich nicht zu sehr langweilen werden», sagte sie.

«Ich langweile mich nur sehr selten», versicherte ich ihr, «dazu ist das Leben viel zu kurz.»

Sie antwortete nicht, sondern spielte wieder mit den Waschgeräten. Plötzlich blickte sie mich aus ihren tiefvioletten Augen durchdringend an. «Was hat Ihnen mein Mann gesagt, Schwester?»

Auf eine solche Frage antwortet unsereins immer das gleiche. «Daß Sie jemanden brauchen, der sich um Sie kümmert und Ihnen behilflich ist», sagte ich wie am Schnürchen. «Sie wären ein bißchen angegriffen.»

Sie nickte langsam, nachdenklich. «Ja, das wird sehr gut sein.»

Es klang ein bißchen rätselhaft, aber ich wollte nichts fragen, sondern sagte statt dessen: «Ich hoffe, ich werde Ihnen im Haushalt helfen können, ich möchte nicht faulenzen.»

Sie lächelte leicht. «Ich danke Ihnen, Schwester.»

Dann setzte sie sich auf mein Bett und begann zu meiner Überraschung, mich gewissermaßen zu verhören. Ich war erstaunt, denn vom ersten Augenblick an hatte ich Mrs. Leidner für eine Dame gehalten, und gemäß meinen Erfahrungen zeigen Damen selten Neugierde für das Privatleben ihrer Mitmenschen.

Doch Mrs. Leidner schien unbedingt alles über mich wissen zu wollen: Was für eine Ausbildung ich genossen habe, wo und wie lange. Wieso ich in den Orient gekommen sei. Warum Dr. Reilly mich empfohlen habe. Sie fragte mich sogar, ob ich schon einmal in Amerika gewesen sei oder Verwandte dort habe. Sie stellte noch ein paar Fragen, die mir damals völlig unwichtig erschienen, deren Bedeutung ich aber später erkannte. Dann änderte sie plötzlich ihr Verhalten, sie lächelte reizend und sagte, wie froh sie wäre, daß ich da sei, und daß sie bestimmt glaube, ich könne ihr sehr viel helfen. Schließlich stand sie auf und fragte: «Hätten Sie Lust, mit aufs Dach zu kommen und sich den Sonnenuntergang anzusehen? Es ist meist wunderschön.»

Ich stimmte zu, und beim Hinausgehen erkundigte sie sich: «Waren viele Leute im Zug von Bagdad nach hier? Männer?»

Ich sagte, daß ich niemand besonderen bemerkt hatte.

Wieder nickte sie und seufzte leicht, es schien ein Seufzer der Erleichterung zu sein.

Auf dem Dach saß Mrs. Mercado am Geländer, und Doktor Leidner beschäftigte sich mit Steinen und zerbrochenen Tongeräten, die in Reihen ausgebreitet lagen. Da gab es große runde Steinbrocken, die er als Getreide-Handmühlen bezeichnete, und Mörser und Steinäxte und Tonscherben mit seltsamen Mustern, wie ich sie noch nie gesehen hatte.

«Kommen Sie hierher», rief Mrs. Mercado. «Ist das nicht entzückend, zauberhaft?»

Es war wirklich ein herrlicher Sonnenuntergang. Hassanieh sah in dieser Entfernung im Schein der untergehenden Sonne richtig märchenhaft aus, und der Tigris erschien mir wie ein Traumfluß.

«Ist es nicht wunderbar, Eric?» fragte Mrs. Leidner.

Ihr Mann blickte zerstreut auf, murmelte flüchtig: «Wunderbar, wunderbar», und sortierte dann wieder seine Steine und Scherben.

Lächelnd sagte sie: «Archäologen sehen nur das, was unter ihren Füßen liegt, Himmel und Horizont existieren nicht für sie.»

Mrs. Mercado kicherte. «Ja, Archäologen sind wirklich merkwürdige Menschen. Sie werden das auch bald herausfinden, Schwester.» Sie machte eine Pause und fügte dann hinzu: «Wir sind ja so froh, daß Sie gekommen sind. Wir machen uns alle soviel Sorge um unsere liebe Mrs. Leidner, nicht wahr, Louise?»

«So?» Mrs. Leidners Stimme klang nicht ermutigend.

«Natürlich. Sie war wirklich sehr schlecht dran, Schwester. Es gab soviel Aufregungen. Wenn zu mir jemand sagt: ‹Ach, es sind nur die Nerven›, sage ich immer: ‹Was kann es denn Schlimmeres geben? Nerven sind der Kern, das Zentrum des Menschen.› Stimmt es nicht?»

Schlange, dachte ich bei mir.

Mrs. Leidner entgegnete trocken: «Sie brauchen sich jetzt meinetwegen keine Sorgen mehr zu machen, Marie, die Schwester kümmert sich um mich.»

«Ich bin sicher, daß sich nun alles ändert», fuhr Mrs. Mercado fort. «Wir waren alle der Ansicht, daß sie einen Arzt oder so etwas Ähnliches braucht. Ihre Nerven waren doch wirklich in einem schlimmen Zustand, nicht wahr, liebe Louise?»

«So sehr, daß ich ihnen anscheinend auf die Nerven gegangen bin», erwiderte Mrs. Leidner. «Aber wollen wir jetzt nicht über etwas Interessanteres sprechen als über meine lächerliche Gesundheit?»

Ich verstand nun, wieso sich Mrs. Leidner leicht Feinde machte. Ihr Ton war so kalt, so verletzend (ich konnte es ihr in diesem Fall nicht verdenken), daß Mrs. Mercados bleiches Gesicht rot wurde. Sie stammelte etwas, doch Mrs. Leidner war bereits aufgestanden und zu ihrem Mann am anderen Ende des Daches gegangen. Ich glaube, er hörte sie nicht kommen; erst als sie die Hand auf seine Schulter legte, blickte er auf und sah sie liebevoll und fragend an.

Sie schob ihren Arm unter den seinen, und zusammen gingen sie die Treppe hinunter.

«Er liebt sie sehr», sagte Mrs. Mercado.

«Ja, es ist schön, das zu sehen.»

Sie blickte mich von der Seite an. «Was glauben Sie wirklich, daß mit ihr los ist, Schwester?» fragte sie, die Stimme senkend.

«Ich glaube, nichts Besonderes», antwortete ich freundlich, «wahrscheinlich ist sie nur ein bißchen nervös.»

Ihre Augen durchbohrten mich fast. Dann fragte sie unvermittelt: «Sind Sie eine Schwester für Nervenkranke?»

«Um Gottes willen, nein. Wie kommen Sie darauf?»

Sie schwieg einen Augenblick, dann fragte sie: «Wissen Sie, wie merkwürdig sie gewesen ist? Hat Dr. Leidner es Ihnen gesagt?»

Ich liebe es nicht, über meine Patienten zu klatschen; doch andererseits ist es oft schwer, von den Angehörigen die Wahrheit über die Krankheit zu erfahren, und so lange man nicht Bescheid weiß, tappt man im dunkeln und vermag nicht zu helfen. Wenn sich der Patient in ärztlicher Behandlung befindet, ist es natürlich etwas anderes: da wird einem von berufener Seite gesagt, was man wissen muß. Doch in diesem Fall war kein Arzt vorhanden. Dr. Reilly war nicht zugezogen worden, und ich war nicht überzeugt, daß Dr. Leidner mir alles gesagt hatte. Mrs. Mercado, die ich für eine gehässige kleine Katze hielt, brannte sichtlich darauf zu reden. Und offen gestanden wollte ich sowohl aus menschlichem wie aus beruflichem Interesse alles wissen, was sie zu erzählen hatte. Aber man kann es auch schlechtweg als Neugierde von mir bezeichnen. So sagte ich: «Ich vermute, daß Mrs. Leidner in der letzten Zeit nicht ganz so war, wie sie normalerweise ist?»

«Normal?» Mrs. Mercado lachte unangenehm. «Sie hat uns schon ein paarmal einen großen Schrecken eingejagt. In einer Nacht wurde angeblich an ihr Fenster geklopft, es soll eine Hand ohne Arm gewesen sein. Und als sie schließlich ein gelbes Gesicht an ihrem Fenster gesehen haben wollte, das, als sie zum Fenster stürzte, verschwunden war, fanden wir alle, daß es doch etwas unheimlich sei.»

«Vielleicht wollte ihr jemand einen Streich spielen?»

«Aber nein. Sie hat sich alles nur eingebildet. Als vor drei Tagen während des Abendessens im Dorf — das über einen Kilometer entfernt ist — geschossen wurde, sprang sie auf und schrie so, daß wir uns alle zu Tode erschreckten, und Dr. Leidner stürzte zu ihr und benahm sich höchst lächerlich. ‹Es ist nichts, Liebling, es ist nichts›, sagte er immerfort. Sie wissen es wahrscheinlich, Schwester, daß Männer ihre Frauen oft in ihren hysterischen Einbildungen noch bestärken. Das ist sehr schlimm, man darf das nicht tun.»

«Nicht, wenn es wirklich Einbildungen sind», entgegnete ich.

«Was sollte es denn sonst sein?»

Ich schwieg, weil ich nicht wußte, was ich sagen sollte. Es hörte sich merkwürdig an. Das Schreien nach dem Schießen war die natürliche Reaktion eines nervösen Menchen gewesen; aber die Geschichte mit dem gespenstischen Gesicht und der Hand war etwas anderes. Entweder hatte Mrs. Leidner die Geschichte erfunden, wie ein Kind, das sich wichtig machen will, oder jemand hatte sich, was ich eher annahm, einen dummen Scherz erlaubt. Zu so etwas wäre ein Bursche wie zum Beispiel Mr. Coleman durchaus fähig. Ich beschloß, ein Auge auf ihn zu halten. Nervöse Patienten können durch alberne Scherze an den Rand des Wahnsinns gebracht werden.

Mrs. Mercado sagte mit einem Seitenblick auf mich: «Sie sieht romantisch aus, Schwester, finden Sie nicht? So wie Frauen, die immer etwas erleben.»

«Hat sie schon viel erlebt?» fragte ich.

«Ihr erster Mann ist im Krieg gefallen, als sie zwanzig Jahre alt war. Ich finde das schon romantisch, nicht?»

Da es dunkel wurde, schlug ich statt einer Antwort vor, hinunterzugehen. Sie stimmte zu und fragte, ob ich das Laboratorium ansehen wolle. «Mein Mann wird dort arbeiten.»

Wir machten uns auf den Weg. Im Laboratorium brannte zwar Licht, aber es war niemand dort. Mrs. Mercado zeigte mir die Apparate und einige Kupferornamente, die gesäubert wurden, und ein paar mit Wachs bedeckte Knochen.

«Wo wohl Joseph steckt?» fragte sie und ging in den Zeichensaal, wo Carey arbeitete. Er blickte kaum auf, als wir eintraten; mir fiel der merkwürdig gespannte Ausdruck seines Gesichtes auf, und ich dachte sofort: Der Mensch ist am Ende seiner Kraft, der klappt bald zusammen. Und ich erinnerte mich, daß jemand behauptet hatte, er sei in einem stark gereizten Zustand. Als wir hinausgingen und ich mich noch einmal umwandte, saß er mit zusammengepreßten Lippen tief über die Arbeit gebeugt da, und die Ähnlichkeit mit einem Totenkopf war frappierend. Ich fand, er sehe aus wie ein mittelalterlicher Ritter, der in die Schlacht zieht und weiß, daß er fallen wird.

Und wieder mußte ich unwillkürlich seine außergewöhnliche Anziehungskraft feststellen.

Mr. Mercado war im Wohnzimmer und erklärte Mrs. Leidner, die Blumen in einen feinen Seidenstoff stickte, irgendeine neue chemische Behandlungsmethode. Ich war von neuem von ihrer eigenartig zarten, unirdischen Erscheinung hingerissen; sie glich mehr einer Fee als einem Wesen aus Fleisch und Blut.

Mrs. Mercado stieß schrill hervor: «Ach, hier bist du, Joseph. Ich dachte, du seiest im Laboratorium.»

Er sprang erschrocken und verwirrt auf, als habe sie einen Zauber gebrochen, und stammelte: «Ich . . . ich muß jetzt gehen. Ich bin mitten . . . mitten in . . .» Er sprach nicht zu Ende, sondern ging zur Tür.

Mrs. Leidner sagte in ihrem sanften, gedehnten Tonfall: «Sie müssen mir das ein anderes Mal weitererklären, es hat mich sehr interessiert.»

Sie sah zu uns auf, lächelte reizend und abwesend und beugte sich wieder über ihre Handarbeit. Nach einer kleinen Weile sagte sie: «Da drüben finden Sie Bücher, Schwester, einige davon sind ganz gut. Nehmen Sie sich eins und setzen Sie sich zu mir.»

Ich ging zum Bücherregal. Mrs. Mercado blieb ein paar Augenblicke stehen, dann wandte sie sich mit einem Ruck um und ging mit wutverzerrtem Gesicht hinaus.

Unwillkürlich fielen mir einige boshafte Bemerkungen ein, die Mrs. Kelsey über Mrs. Leidner gemacht hatte. Ich wollte nicht daran glauben, weil mir Mrs. Leidner sehr gut gefiel, dennoch dachte ich, ob nicht vielleicht ein Körnchen Wahrheit daran sein mochte.

Es war bestimmt nicht ihr Fehler, aber die Tatsache stand fest, daß weder die gute, häßliche Miss Johnson noch die ordinäre, gehässige Mrs. Mercado Mrs. Leidner, was Anziehungskraft anbelangte, auch nur das Wasser reichen konnten. Und schließlich, Männer sind Männer, das ist in der ganzen Welt das gleiche. Das erfährt man in meinem Beruf.

Mercado war ein armer Teufel, und ich glaube nicht, daß Mrs. Leidner auch nur das Geringste an seiner Bewunderung gelegen war — aber seiner Frau war sehr viel daran gelegen, und ich hatte den Eindruck, daß sie nur zu gerne Mrs. Leidner etwas antun würde.

Als ich jetzt Mrs. Leidner betrachtete, die, ihre schönen Blumen stickend, so unberührt und fernab von allem dasaß, hatte ich das Gefühl, ich müßte sie warnen, denn vielleicht wußte sie nicht, wie dumm und unvernünftig und gefährlich Eifersucht und Haß sich auswirken können — und wie wenig dazu gehört, diese Leidenschaften anzufachen.

Dann ermahnte ich mich aber: Amy, sei nicht blöd. Mrs. Leidner ist kein Kind. Sie ist bald vierzig und wird das Leben kennen.

Trotzdem kam es mir vor, als kenne sie es nicht. Sie hatte einen so merkwürdig unberührten Blick.

Wie mochte ihr Leben verlaufen sein? Ich wußte, daß sie Dr. Leidner erst vor zwei Jahren geheiratet hatte, und nach den Erzählungen von Mrs. Mercado war ihr erster Mann vor mehr als fünfzehn Jahren gestorben.

Ich setzte mich mit meinem Buch neben sie, und bald war es Zeit, die Hände fürs Abendessen zu waschen. Es gab einen ausgezeichneten Reis mit Curry, und alle gingen früh zu Bett, was mir sehr gelegen kam, denn ich war müde.

Dr. Leidner begleitete mich zu meinem Zimmer, um zu sehen, ob mir nichts fehle. Beim Abschied drückte er mir herzlich die Hand und sagte lebhaft: «Sie mag Sie, Schwester, Sie haben ihr sofort gefallen. Ich bin so froh und hoffe, daß nun alles gut werden wird.»

Ich hatte auch das Gefühl, daß Mrs. Leidner mich mochte, und freute mich darüber, doch ich konnte seine Hoffnung nicht teilen. Es schien mir, als ob hinter allem mehr stecke, als er wußte. Es war irgend etwas ... irgend etwas, das in der Luft lag und nicht zu greifen war.

Das Bett war gut, trotzdem schlief ich schlecht, ich träumte zuviel.

7 Der Mann am Fenster

Von vornherein möchte ich erklären, daß mein Bericht keine sogenannten Milieu-Schilderungen enthalten wird. Ich verstehe nichts von Archäologie und interessiere mich auch nicht dafür. Sich wegen Menschen und Städten, die seit Jahrtausenden ver-

sunken sind, den Kopf zu zerbrechen, halte ich für Unsinn.
Mr. Carey sagte mir des öfteren, ich hätte keinen archäologi-
schen Verstand, und damit hat er vollkommen recht.

Am Morgen nach meiner Ankunft fragte er mich, ob ich mit
ihm kommen wolle, um den Palast zu sehen, den er «plane»,
wie er sich ausdrückte. Ich verstehe zwar nicht, wie man etwas
planen kann, das vor ewigen Zeiten bestanden hat, ging aber
mit ihm. Um der Wahrheit die Ehre zu geben, muß ich gestehen, daß ich neugierig darauf war, den fast dreitausend Jahre
alten Palast zu sehen. Es interessierte mich, was für Paläste es
damals gegeben hatte, und ob er den Bildern von Tut-anch-
Amons Grabeinrichtung, die ich gesehen hatte, glich. Doch es
war nichts zu sehen als Lehm! Schmutzige, etwa einen halben
Meter hohe Lehmmauern — das war alles. Mr. Carey führte
mich herum und erklärte mir, daß hier der große Hof sei, daß
sich dort einige Gemächer befänden, und behauptete an einer
anderen Stelle, es gebe dort ein oberes Stockwerk und Gemächer, die an einem zentralen Hof lägen. Ich dachte die ganze
Zeit nur: Woher weiß er das?, obwohl ich natürlich zu höflich
war, das zu äußern. Es war eine große Enttäuschung für mich.

Die ganze Ausgrabung schien mir nur aus Lehm zu bestehen,
weder Marmor noch Gold noch sonst etwas Hübsches gab es
zu sehen ... Das Haus meiner Tante in Cricklewood würde
wesentlich schönere Ruinen geben. Und diese alten Assyrier,
oder was sie waren, nannten sich «Könige»! Nachdem Mr.
Carey mir seinen «Palast» vorgeführt hatte, übergab er mich
Pater Lavigny, der mir den Rest des Hügels zeigte. Ich fürchtete mich ein wenig vor ihm, weil er ein Mönch war und ein
Ausländer und eine so tiefe Stimme hatte, aber er war sehr
freundlich, obwohl ein wenig vage in seinen Erklärungen. Ihm
schienen die feinen Ausgrabungen ebenso unwirklich vor-
zukommen wie mir.

Mrs. Leidner erklärte mir das später. Sie sagte, daß Pater
Lavigny nur an «geschriebenen Dokumenten», wie sie sich aus-
drückte, interessiert sei. Diese Menschen hatten alles auf Ton
aufgeschrieben; es waren merkwürdige, heidnisch aussehende
Zeichen, aber ganz deutlich. Es gab sogar Schultafeln ... die
Lektion des Lehrers auf der einen, die entsprechenden Arbei-

ten der Schüler auf der anderen Seite. Ich muß gestehen, daß mich das wirklich interessierte ... es war so menschlich, wenn sie verstehen, was ich damit meine.

Pater Lavigny ging mit mir durch das ganze Ausgrabungsgelände und zeigte mir Tempel, Paläste und Privathäuser und einen Platz, den er als einen frühen altbabylonischen Kirchhof bezeichnete. Er sprach in einer merkwürdig sprunghaften Art, eben noch von einer Sache, dann schon wieder von einer anderen.

Nach einer Weile sagte er: «Es ist merkwürdig, daß Sie hergekommen sind. Ist denn Mrs. Leidner ernsthaft krank?»

«Nicht direkt krank», antwortete ich vorsichtig.

«Sie ist sonderbar», sagte er, «eine gefährliche Frau, glaube ich.»

«Was meinen Sie damit?» fragte ich. «Gefährlich? Wieso gefährlich?»

Nachdenklich den Kopf schüttelnd sagte er: «Ich glaube, sie ist grausam ... ja, ich glaube, sie kann grausam sein.»

«Entschuldigen Sie bitte, aber das ist doch Unsinn», entgegnete ich.

Wieder schüttelte er den Kopf. «Sie kennen die Frauen nicht, wie ich sie kenne.»

Das war ein merkwürdiger Ausspruch für einen Mönch, fand ich, aber wahrscheinlich hat er im Beichtstuhl viel gehört. Doch dann überlegte ich, ob Mönche auch Beichten hören, oder ob das nur Pfarrer tun. Ich nahm jedenfalls an, daß er ein Mönch war wegen seiner langen, wollenen Kutte — die den Staub fegte — und wegen des Rosenkranzes und so weiter.

«Jawohl, sie kann grausam sein», wiederholte er nachdenklich. «Ich bin ganz sicher. Und doch, obwohl sie kalt ist wie Stein, wie Marmor, hat sie Angst. Wovor fürchtet sie sich?»

Das möchten wir alle gern wissen, dachte ich. Vielleicht wußte es ihr Mann, aber sonst bestimmt kein Mensch.

Plötzlich warf er mir einen scharfen Blick aus seinen dunklen Augen zu. «Sind die Zustände hier nicht unheimlich? Oder finden Sie alles ganz normal?»

«Nicht ganz», gab ich zu. «Man lebt hier unter den gegebenen Umständen zwar verhältnismäßig bequem, aber man hat kein angenehmes Gefühl.»

35

«Ich habe ein sehr unangenehmes Gefühl», sagte er, «mir kommt es nicht geheuer vor, mir ist, als ob etwas Drohendes in der Luft hinge. Auch Dr. Leidner ist verändert, etwas beunruhigt ihn.»

«Die Gesundheit seiner Frau?»

«Vielleicht. Aber es ist noch etwas anderes. Es ist irgend etwas ... wie soll ich es ausdrücken? ... Unheimliches.»

Das stimmte: Es war unheimlich.

Wir sprachen nicht weiter, denn Dr. Leidner trat zu uns. Er zeigte mir das Grab eines Kindes, das gerade entdeckt worden war. Es hatte etwas Rührendes an sich — die kleinen Gebeine, ein paar Töpfe und einige Kügelchen, die eine Perlenkette gewesen waren.

Über die Arbeiter mußte ich lachen. Es waren ausgesprochene Vogelscheuchen, völlig zerlumpt; sie trugen lange Röcke, und ums Gesicht hatten sie ein Tuch gewickelt, als ob sie Zahnschmerzen hätten. Ab und zu, während sie Erde in Körben wegschleppten, sangen sie — ich nehme an, es sollte Gesang darstellen — es war eine seltsame, monotone Melodie, die sie wieder und wieder plärrten. Ich bemerkte, daß die meisten entzündete, tränende Augen hatten, einige schienen halb blind zu sein, und ich dachte gerade, was für jämmerliche Kerle das seien, als Dr. Leidner ausrief: «Sind das nicht fabelhafte Burschen?» Wie merkwürdig ist doch die Welt! Wie völlig verschieden können zwei Menschen ein und dieselbe Sache beurteilen!

Nach einer Weile sagte er, er wolle nach Hause gehen, um eine Tasse Tee zu trinken; wir gingen zusammen fort. Unterwegs erklärte er mir die Ausgrabungen, und es wurde mir nun alles verständlicher. Ich sah gewissermaßen die Straßen und die Häuser; er zeigte mir Backöfen und sagte, daß die Araber noch heute in solchen Öfen ihr Brot backen.

Mrs. Leidner war bereits aufgestanden, als wir zu Hause ankamen; sie sah heute besser aus, viel weniger verhärmt. Dr. Leidner erzählte ihr, was sich am Morgen am Ausgrabungsplatz ereignet hatte, und ging nach dem Tee gleich wieder zu seiner Arbeit zurück. Mrs. Leidner fragte mich, ob ich Lust hätte, mir die bisherigen Funde anzusehen. Natürlich sagte ich

«Ja», und so gingen wir in den Antiquitätensaal, wo allerlei Gegenstände herumlagen, hauptsächlich zerbrochene Töpfe, wie es mir vorkam — einige waren bereits wieder zusammengesetzt. Ich fand, daß dies alles weggeworfen werden könnte.

«Was für ein Jammer», sagte ich, «daß das alles zerbrochen ist. Hat es wirklich Sinn, das aufzuheben?»

Lächelnd erwiderte sie: «Lassen Sie das nicht Eric hören. Töpfe interessieren ihn mehr als alles andere, und einige von diesen sind die ältesten, die es gibt; sie sind vielleicht siebentausend Jahre alt. Aber ich werde Ihnen jetzt etwas Interessanteres zeigen.» Sie holte eine Schachtel vom Gestell und nahm einen schönen goldenen Dolch, mit dunkelblauen Steinen am Griff, heraus.

Ich rief begeistert: «Wie herrlich!»

Sie lachte. «Gold liebt jeder, nur mein Mann nicht.»

«Warum nicht?»

«Erstens, weil es sehr teuer ist. Man muß den Arbeitern, die es finden, das Gewicht des Gegenstandes in Gold bezahlen.»

«Mein Gott!» rief ich, «warum?»

«Das ist üblich; es schützt vor Diebstahl. Wenn diese Leute etwas stehlen, stehlen sie es nicht aus archäologischem Interesse, sondern wegen des Goldwertes, und sie würden es einfach schmelzen. So machen wir es ihnen leicht, ehrlich zu bleiben.»

Dann zeigte sie mir einen wunderschönen goldenen Trinkbecher, in den ein Widderkopf eingraviert war. Wieder war ich begeistert.

«Ja, er ist wirklich schön, er stammt aus dem Grab eines Prinzen. Wir fanden noch mehr königliche Gräber, aber die meisten waren geplündert. Dieser Becher ist unser schönster Fund, es ist das schönste, was bisher überhaupt gefunden wurde, frühbabylonisch, ganz einmalig.»

Plötzlich betrachtete Mrs. Leidner den Becher stirnrunzelnd und kratzte vorsichtig mit ihrem Nagel daran. «Wie merkwürdig! Das ist Wachs. Jemand muß mit einer Kerze hier gewesen sein.» Sie entfernte die dünne Wachsschicht und stellte den Becher wieder zurück.

Danach zeigte sie mir einige seltsame kleine Terrakotta-Figuren, die ich nur unanständig fand. Eine verdorbene Phantasie hatten diese Alten!

Als wir in die Veranda zurückkamen, saß dort Mrs. Mercado, die sich ihre Nägel lackierte; sie hielt sie etwas von sich ab und bewunderte den Effekt. Ich finde, es gibt nichts Scheußlicheres als orangefarbene Nägel.

Mrs. Leidner hatte aus dem Antiquitätensaal ein dünnes Tonschüsselchen mitgenommen, das in mehrere Teile zerbrochen war; sie versuchte, es wieder zusammenzusetzen. Nachdem ich ihr eine Weile zugesehen hatte, fragte ich, ob ich helfen könne. «Ja, gern; es gibt noch viele.» Sie holte noch ein paar zerbrochene Tongegenstände, und wir machten uns an die Arbeit. Ich begriff bald, worauf es ankam, und sie lobte meine Geschicklichkeit. Ich glaube, daß die meisten Krankenschwestern manuell begabt sind.

«Wie fleißig alle sind», sagte Mrs. Mercado. «Ich komme mir schrecklich faul vor, aber ich *bin* auch faul.»

«Warum nicht, wenn es Ihnen Spaß macht», entgegnete Mrs. Leidner gleichgültig.

Um zwölf Uhr aßen wir zu Mittag. Nach dem Essen reinigten Mr. Leidner und Mr. Mercado einige Töpfe, indem sie Salzsäure darübergossen. Bald zeigte einer der Töpfe eine schöne Pflaumenfarbe, während auf einem anderen Stierhörner zum Vorschein kamen. Es war, als hätten sie gezaubert.

Mr. Carey und Mr. Coleman gingen zum Ausgrabungsplatz und Mr. Reiter ins Fotoatelier.

«Was tust du, Louise?» fragte Dr. Leidner. «Wirst du dich ein wenig hinlegen?»

Ich entnahm aus diesen Worten, daß sich Mrs. Leidner jeden Nachmittag hinlegte.

«Ich werde mich eine Stunde ausruhen und dann vielleicht einen kleinen Spaziergang machen.»

«Gut. Schwester, Sie begleiten sie doch, nicht wahr?»

«Natürlich», sagte ich.

«Nein, nein», wehrte Mrs. Leidner ab. «Ich gehe gern allein.»

«Ich komme aber gern mit», sagte ich.

«Nein, bitte nicht.» Es klang sehr entschieden. «Ich muß ab und zu allein sein. Ich brauche das.»

Natürlich insistierte ich nicht, doch kam es mir merkwürdig vor, daß Mrs. Leidner in ihren nervösen Angstzuständen allein, ohne Schutz, spazierengehen wollte.

Als ich gegen halb vier — ich hatte mich ein wenig hingelegt — in den Hof kam, war nur ein Araberjunge dort, der in einem großen Kupferkessel Tongeräte wusch, und Mr. Emmott, der sie sortierte. Gerade kam Mrs. Leidner durch den Torbogen. Sie sah frischer aus denn je, ihre Augen glänzten, und sie blickte zufrieden, fast vergnügt drein. Dr. Leidner kam aus dem Laboratorium und zeigte ihr eine große Schale mit einem Stierhorn.

«Wir haben Glück gehabt», erklärte er, «daß wir dieses Jahr gleich zu Beginn das Grab gefunden haben. Der einzige, der sich beklagen wird, ist Pater Lavigny, wir haben sehr wenig Keilschrifttafeln für ihn.»

«Und mit den wenigen scheint er nicht viel anzufangen», entgegnete Mrs. Leidner trocken. «Er mag ein ausgezeichneter Schriftenkenner sein, aber er ist ausgesprochen faul. Er schläft den ganzen Nachmittag.»

«Uns fehlt Byrd», sagte Dr. Leidner. «Der Pater scheint kein großer Wissenschaftler zu sein, allerdings kann ich es nicht recht beurteilen. Aber ein paar seiner Resultate fand ich überraschend, um mich gelinde auszudrücken. Zum Beispiel kann ich kaum glauben, daß er letzthin diese eine Tafel richtig entziffert hat. Eigentlich müßte er es doch können!»

Nach dem Tee fragte mich Mrs. Leidner, ob ich mit ihr zum Fluß gehen wolle. Sie fürchtete anscheinend, daß ich gekränkt sein könnte, weil sie mich nach Tisch nicht mitgenommen hatte, und da ich ihr zeigen wollte, daß ich nicht überempfindlich bin, erklärte ich mich sofort bereit.

Es war ein herrlicher Abend. Wir gingen auf einem Pfad zwischen Gerstenfeldern und dann unter blühenden Obstbäumen und kamen schließlich zum Tigris. Links von uns war der Hügel mit den Arbeitern, die ihre monotonen Lieder sangen, zu unserer Rechten klapperte ein großes Wasserrad und vollführte einen Höllenlärm. Ich gewöhnte mich aber bald daran, ja allmählich gefiel es mir ganz gut, und ich fand, es wirke sogar beruhigend. Hinter dem Wasserrad war das Dorf, in dem die meisten Arbeiter wohnten.

«Es ist schön hier, nicht wahr?» fragte Mrs. Leidner.
«Es ist so friedlich. Aber es kommt mir merkwürdig vor, so weit von der Zivilisation entfernt zu sein.»
«Weit fort von der Zivilisation», wiederholte Mrs. Leidner. «Ja, hier sollte man meinen, sicher zu sein.»
Es schien, als spreche sie zu sich selbst, und vermutlich war ihr gar nicht klar, daß ihre Worte mir etwas enthüllt hatten.
Langsam machten wir uns auf den Rückweg. Plötzlich, kurz vor dem Haus, packte sie meinen Arm so heftig, daß ich fast geschrien hätte. «Wer ist das, Schwester? Was tut er?»
Ein Mann in europäischer Kleidung stand auf den Zehenspitzen am Haus und versuchte, in Mrs. Leidners Fenster zu schauen. Als er sich beobachtet fühlte, ging er weiter, uns entgegen. Mrs. Leidners Griff wurde fester. «Schwester», flüsterte sie, «Schwester . . .»
«Es ist nichts, meine Liebe, es ist nichts», sagte ich beruhigend.
Der Mann kam an uns vorbei. Es war ein Eingeborener, und als sie ihn aus der Nähe sah, beruhigte sie sich.
«Er ist wirklich ein Eingeborener», sagte sie.
Als wir zum Haus kamen, betrachtete ich im Vorübergehen die Fenster. Sie waren nicht nur vergittert, sondern auch zu hoch, als daß man vom Boden aus, der hier tiefer war als im Hof, etwas hätte sehen können.
«Es war bestimmt nur Neugierde», sagte ich.
Mrs. Leidner nickte. «Sicher. Aber einen Augenblick dachte ich . . .» Sie brach ab.
Was dachte sie? Das hätte ich gerne gewußt. Was dachte sie?
Aber ich wußte nun etwas: Mrs. Leidner fürchtete sich vor einem Menschen aus Fleisch und Blut.

8   Alarm in der Nacht

Ich weiß nicht genau, was ich über meine erste Woche in Tell Yarimjah berichten soll.
Rückblickend erkenne ich eine Menge Zeichen und Andeutungen, für die ich damals blind war. Ich muß aber die Ereignisse von meinem damaligen Gesichtspunkt aus niederschreiben.

Zunächst stand ich vor einem Rätsel; mir war unbehaglich zu Mute, und mir wurde immer mehr bewußt, daß etwas nicht stimmte. Denn eines war sicher: die in diesem Kreise herrschende Befangenheit und Spannung beruhte nicht auf Einbildung, es gab triftige Gründe dafür. Sogar Bill Coleman, dieser Dickhäuter, machte Bemerkungen darüber. «Die Atmosphäre hier geht mir auf die Nerven», hörte ich ihn einmal sagen, «ist man hier immer so mürrisch und gereizt?»

Diese Frage stellte er David Emmott, dem andern Assistenten, der mir gut gefiel; seine Schweigsamkeit war bestimmt nicht auf Unfreundlichkeit zurückzuführen. Von ihm ging inmitten dieser Menschen, von denen man nicht wußte, was sie fühlten oder dachten, etwas Sicheres, Zuverlässiges aus.

«Ich weiß es nicht», antwortete Mr. Emmott, «voriges Jahr war es nicht so.» Mehr sagte er nicht.

«Ich verstehe nur nicht, was es ist», fuhr Mr. Coleman in beleidigtem Tone fort.

Emmott zuckte nur die Achseln und schwieg.

Ich hatte ein ziemlich aufschlußreiches Gespräch mit Miss Johnson, die ich sehr schätzte; sie war tüchtig, sachlich und intelligent und empfand offensichtlich eine Art Heldenverehrung für Dr. Leidner.

Sie erzählte mir seine Lebensgeschichte von seiner Jugend an; sie wußte über seine archäologische Laufbahn genau Bescheid, über seine sämtlichen Ausgrabungen und deren Resultate, und ich war sicher, daß sie von jedem Kolleg und jedem Vortrag, die er je gehalten hatte, Zitate bringen könnte. Wie sie mir sagte, hielt sie ihn auf Grund seiner Ausgrabungsarbeiten für einen der bedeutendsten Archäologen der Gegenwart.

«Und dabei ist er so einfach, so uneigennützig. Er kennt nicht einmal die Bedeutung des Wortes ‹Einbildung›; nur ein wirklich großer Mann kann so einfach sein.»

«Das stimmt», sagte ich, «große Menschen plustern sich nie auf.»

«Und er kann so lustig sein; Sie können sich gar nicht vorstellen, wie vergnügt wir zusammen waren — er und Richard Carey und ich — in den ersten Jahren hier draußen; wir waren eine glückliche Familie. Richard Carey arbeitete bereits in

41

Palästina mit ihm, sie sind schon seit zehn Jahren befreundet, und ich kenne ihn seit sieben Jahren.»

«Was für ein gutaussehender Mann Mr. Carey ist», sagte ich.

«Aber er ist sehr ruhig, nicht wahr?»

«Früher nicht», antwortete sie, «er ist es erst seit . . .» Sie hielt inne.

«Seit wann?» fiel ich schnell ein.

Sie zuckte in einer für sie charakteristischen Art die Achseln. «Ach, es hat sich in letzter Zeit viel geändert.»

Ich schwieg, in der Hoffnung, sie würde weitersprechen, was sie auch tat — nachdem sie ihre Bemerkung mit einem kurzen Lachen abgetan hatte, als wolle sie deren Unwichtigkeit betonen.

«Ich bin nun einmal etwas altmodisch. Manchmal denke ich, daß Frauen von Archäologen, wenn sie nicht wirklich an der Arbeit interessiert sind, besser zu Hause blieben und ihre Männer nicht zu den Ausgrabungen begleiteten; es führt oft zu Reibereien.»

«Mrs. Mercado . . .» deutete ich an.

«Ach, die!» Miss Johnson machte eine wegwerfende Handbewegung. «Ich dachte an Mrs. Leidner. Sie ist wirklich eine bezaubernde Frau, und man kann verstehen, daß Dr. Leidner sich in sie verliebt hat, aber ich kann mir nicht helfen, ich finde sie hier fehl am Platze. Sie . . . sie bringt Unruhe.»

Miss Johnson war also ebenso wie Mrs. Kelsey der Meinung, daß Mrs. Leidner für die gespannte Atmosphäre verantwortlich sei. Aber was war der Grund für Mrs. Leidners nervöse Angstzustände?

«Sie hat ihn verändert», fuhr Miss Johnson ernst fort. «Ich bin zwar ein bißchen wie ein eifersüchtiger alter Hund, aber ich kann es nicht mit ansehen, wie er sich aufreibt und vor Sorgen um sie vergeht. Er sollte sich völlig auf die Arbeit konzentrieren können und nicht durch seine Frau und ihre albernen Ängste davon abgehalten werden. Wenn es ihr auf die Nerven geht, an so weltentlegenen Orten zu leben, hätte sie in Amerika bleiben sollen. Ich habe nichts übrig für Menschen, die freiwillig an einen Ort gehen und sich dann dauernd darüber beschweren.» Dann, als fürchte sie, zu weit gegangen zu

sein, fügte sie hinzu: «Natürlich schätze ich sie sehr. Sie ist eine entzückende Frau, sie kann reizend sein, wenn sie will.»
Damit ließ sie das Thema fallen.
Ich dachte bei mir, daß es immer das gleiche sei: wo Frauen zusammen sind, gibt es Eifersucht. Miss Johnson mochte offensichtlich die Frau ihres Chefs nicht (was verständlich war), und Mrs. Mercado haßte Mrs. Leidner, wenn ich mich nicht sehr irrte.
Auch Sheila Reilly konnte Mrs. Leidner nicht leiden. Sie kam ein paarmal zum Ausgrabungsplatz, einmal im Auto und zweimal mit jungen Leuten zu Pferd. Ich glaube, sie hatte eine Schwäche für den jungen Amerikaner, Mr. Emmott. Wenn er am Ausgrabungsort zu tun hatte, pflegte sie haltzumachen und mit ihm zu plaudern.
Einmal, recht unüberlegt, wie ich fand, machte Mrs. Leidner bei Tisch eine Bemerkung darüber. «Das Reilly-Mädchen ist hinter Ihnen her, David», sagte sie lachend. «Armer David, sie sucht Sie sogar bei der Arbeit heim. Wie albern Mädchen sind!»
In Mr. Emmotts sonnengebräuntes Gesicht stieg eine Blutwelle. Er antwortete nicht, sondern hob nur die Brauen und blickte sie durchdringend, fast herausfordernd an. Sie lächelte leicht und blickte dann fort.
Ich hörte Pater Lavigny etwas murmeln, doch als ich ihn fragte: «Wie bitte?» schüttelte er nur den Kopf.
Am Nachmittag sagte Mr. Coleman zu mir: «Es ist komisch, aber ich mochte Mrs. Leidner zuerst gar nicht besonders. Wenn ich den Mund auftat, wischte sie mir eins aus; aber jetzt verstehe ich sie besser. Sie ist wirklich eine großartige Frau, und man kann ihr alles sagen. Sie benimmt sich etwas boshaft Sheila Reilly gegenüber, aber Sheila war auch ein paarmal verdammt ungezogen zu ihr. Das ist das schlimmste an Sheila . . . sie hat überhaupt kein Benehmen und ist boshaft wie der Teufel.»
Das war auch meine Ansicht; Dr. Reilly verwöhnte sie zu sehr.
«Es ist ihr natürlich zu Kopf gestiegen, daß sie das einzige junge Mädchen hier in der Gegend ist. Das gibt ihr aber nicht das Recht, mit Mrs. Leidner zu sprechen, als wäre sie ihre

Großtante. Mrs. Leidner ist kein Küken mehr, aber eine verdammt gut aussehende Frau, fast wie eine von den Elfen, die einen nachts auf dem Heimweg mit Irrlichtern locken.» Bitter fügte er hinzu: «Sheila wird nie jemanden locken, sie kann sich nur über einen lustig machen.»

Zwei aufschlußreiche Vorfälle habe ich noch gut in der Erinnerung.

Eines Tages ging ich ins Laboratorium, um mir Azeton zu holen, da meine Finger vom Kitten der Tonscherben klebrig waren. Mr. Mercado saß in einer Ecke, den Kopf in den Armen vergraben und schlief, wie ich annahm. Ich nahm die Flasche und ging hinaus.

Am Abend fragte mich Mrs. Mercado zu meiner großen Überraschung höchst unfreundlich: «Haben Sie aus dem Laboratorium Azeton geholt?»

«Ja», antwortete ich.

«Sie wissen doch ganz genau, daß im Antiquitätensaal ständig ein Fläschchen steht.» Sie war offensichtlich wütend.

«So? Das wußte ich nicht.»

«Doch, Sie wußten es genau. Sie wollten nur spionieren, ich kenne ja Krankenschwestern.»

Ich starrte sie an und entgegnete würdevoll: «Ich weiß nicht, wovon Sie reden, Mrs. Mercado — aber jedenfalls pflege ich nicht zu spionieren.»

«Nein, natürlich nicht! Meinen Sie, ich wisse nicht, wozu Sie hier sind?»

Einen Augenblick glaubte ich, sie sei betrunken. Ich ging ohne ein Wort der Erwiderung hinaus, fand das Ganze aber äußerst merkwürdig.

Der andere Vorfall war auch ziemlich belanglos. Ich wollte einem Hündchen ein Stück Brot geben; da es, wie alle Araberhunde, scheu war, traute es dem Frieden nicht und rannte aus dem Hof; ich folgte ihm durch den Torbogen, der Hausmauer entlang, und als ich rasch um die Ecke bog, prallte ich mit Pater Lavigny und einem anderen Mann zusammen . . . zu meinem Erstaunen bemerkte ich sofort, daß der andere derselbe Mann war, den Mrs. Leidner und ich kürzlich beobachtet hatten, als er durch ihr Fenster zu schauen versuchte.

Ich entschuldigte mich, Pater Lavigny lächelte, verabschiedete den Mann mit einem kurzen Wort und ging mit mir ins Haus zurück.

«Wissen Sie», begann er, «ich muß mich schämen. Ich bin Orientalist und dabei versteht mich keiner der Arbeiter. Das ist doch beschämend? Ich versuchte jetzt mein Arabisch an diesem Mann, der ein Städter ist, um zu sehen, ob er mich verstünde, aber es ging auch nicht. Leidner sagt, mein Arabisch sei zu rein.»

Das war alles. Es kam mir nur flüchtig in den Sinn, es sei merkwürdig, daß derselbe Mann wieder hier herumlungere.

In der folgenden Nacht erlebten wir dann einen großen Schrekken.

Es muß gegen zwei Uhr morgens gewesen sein. Wie die meisten Pflegerinnen habe ich einen leichten Schlaf und bin oft wach. Ich saß gerade aufrecht in meinem Bett, als sich die Tür öffnete.

«Schwester! Schwester!» rief Mrs. Leidner leise und dringlich.

Schnell zündete ich die Kerze an und sah Mrs. Leidner in einem langen blauen Morgenrock unter der Tür stehen. Sie war vor Angst fast versteinert.

«Im Zimmer neben mir ist jemand . . . ich hörte ihn . . . an der Wand kratzen.»

Ich sprang aus dem Bett. «Sie brauchen keine Angst zu haben», sagte ich, «ich bin ja bei Ihnen.»

«Holen Sie bitte Eric», flüsterte sie.

Ich eilte hinaus und klopfte an Dr. Leidners Tür. Im Augenblick war er bei uns. Mrs. Leidner saß schwer atmend auf meinem Bett. «Ich habe ihn gehört!» stieß sie hervor. «Ich habe deutlich gehört, wie er an der Wand kratzte.»

«Im Antiquitätensaal?» rief Dr. Leidner.

Er eilte hinaus, und ich mußte denken, wie verschieden die beiden reagierten: Mrs. Leidners Furcht war ganz persönlich, die Dr. Leidners galt nur seinen Schätzen.

«Es war im Antiquitätensaal! Natürlich!» murmelte Mrs. Leidner. «Wie dumm ich war.»

Sie stand auf, zog den Morgenrock enger um sich und bat mich, mit ihr zu kommen. Ihre Furcht schien verschwunden zu sein.

45

Im Antiquitätensaal fanden wir Dr. Leidner und Pater Lavigny, der, da er auch etwas gehört hatte, aufgestanden war; er hatte geglaubt, Licht im Antiquitätensaal zu sehen, war in seine Pantoffeln geschlüpft und hatte eine Taschenlampe genommen; er war aber zu spät gekommen, er hatte niemanden mehr gesehen. Zudem war die Tür wie jede Nacht ordnungsgemäß verschlossen gewesen.

Nachdem Dr. Leidner sich überzeugt hatte, daß nichts fehlte, kam er wieder zu uns. Nichts war festzustellen. Das Hoftor war verschlossen, und die Wächter schworen, daß niemand von außen hätte hereinkommen können, doch da sie wahrscheinlich geschlafen hatten, war das kein schlagender Beweis.

Vielleicht war Mrs. Leidner von dem Geräusch geweckt worden, das Pater Lavigny gemacht hatte, als er Schachteln von den Regalen nahm, um sich zu überzeugen, daß alles in Ordnung sei.

Andererseits behauptete der Pater steif und fest, Schritte vor seinem Fenster gehört und ein Licht, vielleicht eine Taschenlampe, im Antiquitätensaal gesehen zu haben; doch sonst hatte niemand etwas gesehen oder gehört.

Der Vorfall ist darum wichtig, weil er dazu führte, daß Mrs. Leidner mir am nächsten Tag ihr Herz ausschüttete.

9 Mrs. Leidners Geschichte

Nach dem Mittagessen ging Mrs. Leidner wie immer in ihr Zimmer, um sich auszuruhen. Ich brachte sie mit vielen Kissen und einem Buch zu Bett, und als ich hinausgehen wollte, hielt sie mich zurück. «Bleiben Sie bitte, Schwester, ich möchte mit Ihnen sprechen . . . machen Sie die Tür zu.»

Sie schwieg einige Sekunden, dann erhob sie sich und begann im Zimmer auf und ab zu gehen. Offensichtlich schien sie sich einen Entschluß abzuringen. Schließlich forderte sie mich auf, Platz zu nehmen, und als ich mich still an den Tisch gesetzt hatte, fragte sie zögernd: «Bestimmt haben Sie sich über all das, was hier vor sich geht, gewundert?»

Schweigend nickte ich.

«Ich habe mich entschlossen, Ihnen alles zu erzählen. Ich muß mich jemandem anvertrauen, sonst werde ich verrückt.»

«Ich glaube auch, daß es am besten wäre», stimmte ich zu. «Es ist schwer, einem Menschen zu helfen, wenn man im dunkeln tappt.»

Sie blieb stehen und fragte: «Wissen Sie, wovor ich mich fürchte?»

«Vor einem Mann.»

«Ja, aber ich meinte nicht vor wem, sondern vor was.» Ich wartete. «Ich fürchte, daß ich umgebracht werde.»

Es war heraus. «Mein Gott», sagte ich. «Das ist es also?»

Sie lachte und lachte, daß ihr die Tränen die Wangen hinunterliefen. «Wie Sie das sagen . . . wie Sie das sagen . . .» keuchte sie.

«Hören Sie auf», fuhr ich sie an, schob sie in einen Sessel, ging zum Waschtisch, nahm einen nassen Schwamm und befeuchtete ihr Stirn und Puls. «Jetzt reden Sie keinen Unsinn mehr, sondern erzählen mir ruhig alles.»

Das wirkte. Sie richtete sich auf und sprach wieder ganz natürlich. «Sie sind ein Engel, Schwester. Bei Ihnen kommt man sich wieder wie ein kleines Kind vor. Ich werde Ihnen alles erzählen.»

«Das ist vernünftig», sagte ich.

Sie sprach nun langsam, überlegt. «Als ich 1918 heiratete, war ich zwanzig Jahre alt. Mein Mann arbeitete im Außenministerium.»

«Ich weiß», unterbrach ich sie, «Mrs. Mercado hat es mir erzählt. Er fiel im Krieg.»

Mrs. Leidner schüttelte den Kopf. «Das glauben alle, aber es stimmt nicht. Ich war damals sehr patriotisch und kriegsbegeistert und entdeckte nach einigen Monaten durch einen Zufall, daß mein Mann Spion in deutschen Diensten war. Ich erfuhr, daß durch seine Informationen ein amerikanisches Transportschiff versenkt worden war, wobei mehrere hundert Menschen umkamen. Ich weiß nicht, was andere an meiner Stelle getan hätten . . . ich jedenfalls ging sofort zu meinem Vater, der im Kriegsministerium arbeitete, und sagte es ihm. Die Folge war, daß Frederick im Krieg umgekommen ist, aber in Amerika . . . er wurde als Spion erschossen.»

«Mein Gott!» stieß ich aus. «Wie entsetzlich!»

«Ja», sagte sie, «es war entsetzlich. Er war so gut ... so lieb, so reizend ... und die ganze Zeit über ... aber ich zögerte keinen Augenblick. Vielleicht hatte ich unrecht.»

«Das ist schwer zu beurteilen. Ich wüßte nicht, was ich in einem solchen Fall tun würde.»

«Was ich Ihnen jetzt sage, Schwester, hat kein Mensch außerhalb des Ministeriums erfahren. Offiziell war mein Mann an die Front gegangen und ist gefallen. Ich wurde allgemein als Kriegswitwe bedauert.» Ihre Stimme klang bitter, und ich nickte verständnisvoll. «Viele Männer wollten mich heiraten, aber ich konnte nicht. Ich hatte einen zu schweren Schlag erlitten, ich glaubte, ich könnte nie mehr einem Manne trauen.»

«Das kann ich verstehen.»

«Dann verliebte ich mich trotzdem in einen jungen Mann. Noch während ich überlegte, ob ich ihn heiraten sollte, geschah etwas Unheimliches, Unglaubliches ... ich bekam einen anonymen Brief ... von Frederick ... in dem stand, daß er mich umbringen würde, wenn ich wieder heiratete.»

«Von Frederick? Von Ihrem toten Mann?»

«Ja. Natürlich dachte ich zuerst, ich sei verrückt geworden oder ich träume ... schließlich ging ich zu meinem Vater, der mir nun die Wahrheit sagte. Mein Mann war nicht erschossen worden, es war ihm gelungen zu entfliehen ... aber seine Flucht hatte ihm nichts genützt, denn einige Wochen später war er bei einem Eisenbahnunglück umgekommen ... man fand in den Trümmern seine Leiche. Mein Vater hatte mir seine Flucht verheimlicht, und da Frederick dann ohnehin umgekommen war, fand er es nicht für nötig, mir die Wahrheit zu sagen. Aber der Brief eröffnete neue Möglichkeiten. Sollte mein Mann doch noch leben?

Mein Vater versuchte, die Wahrheit genau zu ergründen, und erklärte nach einiger Zeit, daß nach menschlichem Ermessen der verbrannte Leichnam tatsächlich der Fredericks gewesen sei. Die Leiche war zwar stark entstellt, so daß keine hundertprozentige Sicherheit bestand, aber er wiederholte stets seine feste Überzeugung, daß Frederick tot und dieser Brief ein grausamer, gemeiner Streich sei.

Es blieb jedoch nicht bei diesem einen Schreiben. Sowie ich mit einem Mann in freundschaftliche Beziehungen trat, erhielt ich einen Drohbrief.»

«In der Handschrift Ihres Mannes?»

Langsam antwortete sie: «Das ist schwer zu sagen. Ich besaß keine Briefe mehr von ihm, ich konnte mich nur auf mein Gedächtnis stützen.»

«Es gab keinen Hinweis auf bestimmte Wörter, die Ihnen Gewißheit verschafften?»

«Nein. Es gab bestimmte Wörter ... Kosenamen, die wir einander gaben ... wenn eines von diesen benutzt worden wäre, hätte ich nicht mehr gezweifelt.»

«Ja», sagte ich nachdenklich, «das ist merkwürdig. Das würde eigentlich darauf schließen lassen, daß die Briefe nicht von Ihrem Mann stammten. Aber von wem sonst?»

«Es gibt noch eine Möglichkeit. Frederick hatte einen jüngeren Bruder, der damals zehn bis zwölf Jahre alt war. Er hing ungemein an Frederick, und Frederick liebte ihn sehr. Ich weiß nicht, was aus diesem Jungen, William hieß er, geworden ist. Es wäre möglich, daß er, der seinen Bruder leidenschaftlich liebte, mich für dessen Tod verantwortlich macht. Er war immer eifersüchtig auf mich gewesen und wollte sich vielleicht auf diese Weise an mir rächen.»

«Das wäre möglich», gab ich zu. «Es ist erstaunlich, woran Kinder sich erinnern können.»

«Ja, und vielleicht hat dieser Junge sein ganzes Leben der Rache geweiht.»

«Was ist weiter geschehen?»

«Nicht viel. Vor drei Jahren lernte ich Eric kennen. Ich war damals entschlossen, nicht mehr zu heiraten, aber Eric gelang es, mich umzustimmen. Bis zu unserer Hochzeit wartete ich auf einen Drohbrief. Als keiner kam, nahm ich an, daß, wer auch der Schreiber sein mochte, er entweder tot sei oder genug des grausamen Spiels habe.»

Aus einer verschließbaren Schreibmappe, die sie öffnete, nahm sie einen Brief und reichte ihn mir. «Zwei Tage nach der Hochzeit erhielt ich diesen Brief.»

Die Tinte war etwas verblaßt, die Schrift weiblich und schräg.

49

Du hast nicht gehorcht. Du entgehst mir nicht. Du darfst nur Frederick Bosners Frau sein! Du mußt sterben!

«Ich war entsetzt, aber nicht so sehr wie beim ersten Brief. Das Zusammensein mit Eric verlieh mir ein Gefühl der Sicherheit. Dann, einen Monat später, kam der zweite Brief.

Ich habe nichts vergessen, ich schmiede meine Pläne. Du mußt sterben. Warum hast du nicht gehorcht?

«Weiß Ihr Mann davon?» fragte ich.

«Ich sagte es ihm», antwortete sie langsam, «aber erst, als der zweite Brief kam. Er hielt das Ganze für einen üblen Scherz oder für einen Erpressungsversuch.» Sie machte eine kleine Pause. «Ein paar Tage, nachdem ich den zweiten Brief erhalten hatte, wären wir beinahe durch Gas vergiftet worden. Jemand muß in der Nacht in unsere Wohnung gedrungen sein und den Gashahn aufgedreht haben. Zum Glück wachte ich auf und roch das Gas. Danach verlor ich die Nerven. Ich erzählte Eric, daß ich seit Jahren verfolgt werde, und sagte ihm, daß dieser Wahnsinnige, wer immer es sei, mich tatsächlich umbringen wolle. Damals glaubte ich zum erstenmal, daß es wirklich Frederick sein könnte. Es hatte stets etwas Grausames hinter seiner Liebe und Freundlichkeit gelauert.

Eric war anscheinend weniger beunruhigt als ich. Er wollte zur Polizei gehen; doch davon wollte ich nichts wissen. Schließlich kamen wir überein, daß ich ihn hierher begleiten würde und daß es besser sei, wenn ich auch im Sommer nicht nach Amerika zurückginge, sondern in London und Paris bliebe.

Wir führten unseren Plan aus, und alles ging gut. Ich war sicher, daß ich nun Ruhe haben würde. Schließlich hatten wir ja die halbe Welt zwischen uns und meinen Feind gebracht.

Und da — vor ungefähr drei Wochen — erhielt ich diesen Brief mit einer irakischen Briefmarke.»

Sie gab mir den dritten Brief.

Du dachtest, Du könntest mir entkommen. Du hast Dich geirrt. Du wirst nicht am Leben bleiben, nachdem Du mir untreu geworden bist. Das habe ich Dir immer gesagt. Bald bist Du tot!

«Und vor einer Woche ... das da! Der Brief lag hier auf dem Tisch, er ist nicht einmal mit der Post gekommen.»
Ich nahm den Briefbogen, auf dem nur drei Worte standen:

Ich bin angekommen!

Sie starrte mich an. «Sehen Sie das? Verstehen Sie? Er wird mich umbringen. Es kann Frederick sein ... oder der kleine William ... aber er wird mich umbringen!» Ihre Stimme zitterte. Ich ergriff ihre Hand.
«Aber, aber Mrs. Leidner», redete ich ihr zu, «lassen Sie sich nicht unterkriegen. Wir passen ja auf. Haben Sie nicht etwas Brom?»
Sie wies auf den Waschtisch, und ich gab ihr eine gute Dosis.
«Es geht schon besser», sagte ich, als etwas Farbe in ihre Wangen zurückkehrte.
«Ja, danke. Verstehen Sie jetzt, warum ich in einem solchen Zustand bin? Als ich den Mann in mein Fenster schauen sah, dachte ich: *Er ist gekommen* ... Sogar als *Sie* ankamen, war ich zunächst mißtrauisch. Ich dachte, Sie könnten ein verkleideter Mann sein ...»
«Was für eine Idee!»
«Ich weiß, es klingt absurd, aber Sie hätten ja in seinem Auftrag kommen können ... wären gar keine Krankenschwester.»
«Das ist doch Unsinn!»
«Ja, aber ich bin eben nicht mehr bei Sinnen.»
Plötzlich kam mir ein Gedanke, und ich fragte: «Würden Sie Ihren Mann wiedererkennen?»
«Ich weiß nicht einmal das», antwortete sie zögernd. «Es sind ja fünfzehn Jahre her. Ich würde sein Gesicht vielleicht nicht erkennen.» Sie zitterte. «Ich sah es einmal nachts, aber es war ein *totes* Gesicht. Es wurde an mein Fenster geklopft, und dann sah ich sein Gesicht, ein totes Gesicht, grauenvoll, gespenstisch grinste es durch die Scheibe. Ich schrie und schrie ... und dann sagten die andern, es sei nichts gewesen.»
Ich erinnerte mich an Mrs. Mercados Erzählung und fragte vorsichtig: «Könnten Sie nicht geträumt haben?»
«Bestimmt nicht!»

Ich war nicht so sicher. Es handelte sich wahrscheinlich um einen typischen Alpdruck — sehr verständlich unter diesen Umständen — den sie als Wirklichkeit aufgefaßt hatte. Aber ich widerspreche Patienten prinzipiell nicht. Ich beruhigte sie, so gut ich konnte, indem ich vor allem darauf hinwies, daß man es bestimmt erfahren hätte, wenn in der Gegend ein Fremder aufgetaucht wäre, und ich glaube, daß sie etwas gefaßter war, als ich sie verließ, um Dr. Leidner unsere Unterhaltung zu berichten.

«Ich bin froh, daß sie es Ihnen gesagt hat», erklärte er. «Sie können sich vorstellen, wie mich all das beunruhigt hat. Ich bin überzeugt, daß sie sich das Klopfen an ihr Fenster und das Gesicht an der Scheibe nur einbildet. Ich wußte nicht mehr, was ich tun sollte. Was halten Sie denn von der ganzen Sache?»

Ich wunderte mich zwar etwas über seinen sachlichen Ton, antwortete aber prompt: «Es ist möglich, daß die Briefe nur ein bösartiger, übler Scherz sind.»

«Das wäre möglich. Aber was sollen wir tun? Das treibt sie doch zum Wahnsinn. Ich weiß nicht, was man davon halten soll.»

Auch ich wußte es nicht. Mir kam der Gedanke, daß vielleicht eine Frau dahinterstecke, die Briefe hatten etwas Weibliches an sich, und ich dachte an Mrs. Mercado. Durch einen Zufall hatte sie die Wahrheit über Mrs. Leidners erste Ehe erfahren können und befriedigte nun ihren Haß, indem sie die arme Frau terrorisierte.

Ich wollte Dr. Leidner nichts davon sagen, weil man nie weiß, wie so etwas aufgefaßt wird. So sagte ich herzlich: «Wir müssen das Beste hoffen. Ich glaube, es hat Ihre Frau etwas erleichtert, daß sie mit jemandem darüber gesprochen hat. Das hilft immer.»

«Ich bin sehr froh, daß sie es Ihnen erzählt hat», wiederholte er. «Das ist ein gutes Zeichen, es beweist, daß sie Sie schätzt und Ihnen vertraut. Ich war am Ende meiner Weisheit angelangt.»

Es lag mir auf der Zunge, ihn zu fragen, warum er nicht der Polizei einen diskreten Wink gebe; aber bald danach war ich froh, daß ich es nicht getan hatte. Es ereignete sich nämlich folgendes: Am nächsten Tag sollte Mr. Coleman nach Hassanieh fahren, um bei der Bank die Arbeiterlöhne in kleiner Münze zu holen. Er nahm unsere Post mit, damit sie rechtzeitig zum Flugzeug kommen sollte. Wir pflegten die Briefe in einem Holzkasten auf der Fensterbank im Eßzimmer zu deponieren, und er ordnete sie dann. Plötzlich rief er: «Unsere entzückende Louise hat wirklich einen Stich. Sie adressiert einen Brief an irgend jemanden nach 42nd Street, Paris, Frankreich. Das kann doch nicht stimmen? Würden Sie so gut sein und sie fragen? Sie ist gerade zu Bett gegangen.»

Ich lief zu Mrs. Leidner, und sie verbesserte die Adresse. Dabei sah ich zum erstenmal ihre Handschrift, und ich überlegte, wo ich sie schon gesehen haben könnte, denn sie kam mir so bekannt vor.

Mitten in der Nacht fiel es mir auf einmal ein.

Abgesehen davon, daß sie größer und unordentlicher war, glich sie genau der des anonymen Briefschreibers. Ich überlegte: Hatte Mrs. Leidner die Briefe selbst geschrieben? Vermutete Dr. Leidner die Wahrheit?

10 Samstag nachmittag

Am Freitag hatte mir Mrs. Leidner ihre Geschichte erzählt.

Am Samstag morgen hing eine merkwürdige Spannung in der Luft. Mrs. Leidner war mir gegenüber sichtlich verlegen und schien bewußt ein Alleinsein mit mir zu vermeiden. Das überraschte mich nicht. So etwas passiert mir wieder und wieder. Es kommt oft vor, daß Patientinnen in einem Anfall von Vertraulichkeit ihren Krankenschwestern alles mögliche erzählen, und später ist es ihnen unangenehm. Das ist nur menschlich. Ich bemühte mich, sie in keiner Weise an das zu erinnern, was sie mir gesagt hatte, und hielt meine Unterhaltung so natürlich und sachlich wie möglich.

Mr. Coleman war, mit zahlreichen Aufträgen versehen, für den ganzen Tag nach Hassanieh gefahren und wurde nicht vor dem Abend zurückerwartet; ich hatte ihn im Verdacht, daß er mit Sheila Reilly zu Mittag essen würde.

Der Araberjunge Abdullah, dessen Aufgabe es war, die Tongeräte zu waschen, hatte sich wie üblich singend im Hof etabliert. Dr. Leidner und Mr. Emmott arbeiteten an ihren Tonscherben, und Mr. Carey begab sich zum Ausgrabungsplatz.

Mrs. Leidner wollte sich ein wenig ausruhen. Ich half ihr wie gewöhnlich und ging dann mit einem Buch in mein Zimmer; es war ein Viertel vor eins, und die Stunden vergingen mir wie im Fluge. Ich las «Tod im Säuglingsheim», einen wirklich aufregenden, spannenden Kriminalroman, obwohl der Autor meiner Ansicht nach keine Ahnung hat, wie es in einem Säuglingsheim wirklich zugeht. Jedenfalls kenne ich keines, das so ist, wie er es schildert. Ich hatte gute Lust, ihm zu schreiben und ihn über einige Punkte aufzuklären.

Als ich schließlich die Geschichte zu Ende gelesen hatte (es war das rothaarige Zimmermädchen, und ich hatte es bis zum Schluß nicht in Verdacht gehabt!) und auf die Uhr sah, war es bereits zwanzig vor drei.

Ich stand auf, glättete die Falten meiner Tracht und ging in den Hof. Abdullah schrubbte noch immer und sang seine traurigen Lieder, und David Emmott sortierte die gewaschenen Töpfe. Ich wollte mich gerade zu ihnen gesellen, als Dr. Leidner die Treppe vom Dach herunterkam.

«Kein schlechter Nachmittag», sagte er freundlich. «Ich habe ordentlich aufgeräumt. Louise wird sich freuen. Sie hat sich erst neulich darüber beklagt, daß oben kein Platz mehr zum Spazierengehen ist. Ich werde ihr die gute Nachricht überbringen.»

Er klopfte an ihre Tür und trat in das Zimmer.

Es waren, schätze ich, anderthalb Minuten verflossen, als er herauskam. Ich blickte gerade zufällig zur Tür und glaubte meinen Augen nicht zu trauen. Ein munterer, fröhlicher Mann war hineingegangen, und heraus kam er wie ein Betrunkener, er hielt sich kaum auf den Beinen und sah wie betäubt aus.

«Schwester» . . . rief er merkwürdig heiser. «Schwester . . .»

Ich wußte sofort, daß etwas geschehen war, so entsetzt sah er aus, sein Gesicht war grau und zuckte, ich dachte, er würde jeden Augenblick in Ohnmacht fallen.

«Meine Frau . . .!» stieß er hervor. «Meine Frau . . . o Gott . . .!»

Ich stürzte in ihr Zimmer; mir stockte der Atem. Mrs. Leidner lag zusammengekrümmt neben ihrem Bett. Ich beugte mich über sie: sie war tot, tot und starr...! Sie mußte mindestens seit einer Stunde tot sein. Die Todesursache war völlig klar... ein furchtbarer Schlag auf den Kopf, gerade über der rechten Schläfe. Sie mußte vom Bett aufgestanden und dann niedergeschlagen worden sein.

Ich faßte sie nicht an, sondern blickte mich im Zimmer, Aufschluß suchend, um, doch alles schien an Ort und Stelle zu sein, nichts war in Unordnung. Die Fenster waren geschlossen, es gab keinen Platz, wo sich der Mörder hätte verstecken können.

Er war dagewesen und nun längst wieder verschwunden.

Ich verließ das Zimmer und machte die Tür hinter mir zu.

Dr. Leidner war nun völlig zusammengebrochen. David Emmott bemühte sich um ihn und wandte mir sein weißes Gesicht fragend zu. Mit wenigen Worten sagte ich ihm, was geschehen war.

Er war, wie ich angenommen hatte, der richtige Mann für schwierige Situationen, völlig ruhig und beherrscht, obwohl er mich aus seinen blauen Augen entsetzt ansah. Er dachte einen Augenblick nach und sagte dann: «Wir müssen sofort die Polizei benachrichtigen. Bill wird ja jeden Augenblick zurückkommen. Doch was machen wir mit Leidner?»

«Helfen Sie mir, ihn in sein Zimmer zu bringen.»

«Zuerst wollen wir aber die Tür zuschließen», sagte er, drehte den Schlüssel von Mrs. Leidners Tür um, zog ihn heraus und gab ihn mir. «Am besten nehmen Sie ihn an sich, Schwester.»

Zusammen trugen wir dann Dr. Leidner in sein Zimmer und legten ihn aufs Bett. Mr. Emmott ging hinaus, um Kognak zu holen, und kam in Begleitung von Miss Johnson zurück.

Sie sah blaß und erschüttert aus, war aber ruhig, so daß ich Dr. Leidner unbesorgt ihrer Fürsorge überlassen konnte.

Als ich in den Hof trat, fuhr gerade der Stationswagen durch den Torbogen. Es war für uns alle ein Schock, Bills fröhliches rosiges Gesicht zu sehen und ihn vergnügt rufen zu hören: «Hallo, Hallo! Der Zaster ist da!» Und munter plapperte er weiter: «Kein Straßenräuber...» Doch plötzlich hielt er inne und rief: «Was ist denn los? Ist was passiert? Ihr seht aus, als ob die Katze euren Kanarienvogel gefressen hätte.»

Mr. Emmott erwiderte kurz: «Mrs. Leidner ist tot ... ermordet!»

«Was?» Bills vergnügtes Gesicht veränderte sich jäh. Er starrte uns an, die Augen traten ihm förmlich aus dem Kopf. «Mutter Leidner tot! Ihr wollt mich wohl verkohlen?»

«Tot?» ertönte nun ein greller Schrei. Ich wandte mich um und sah Mrs. Mercado hinter mir stehen. «Mrs. Leidner ist tot?»

«Ja», antwortete ich, «ermordet!»

«Nein!» keuchte sie. «Nein, das kann ich nicht glauben; wahrscheinlich hat sie Selbstmord begangen.»

«Selbstmörder schlagen sich nicht den Schädel ein», erwiderte ich trocken. «Es ist Mord, Mrs. Mercado.»

Mit einem Ruck setzte sie sich auf eine umgestülpte Kiste. «Das ist ja entsetzlich ... *entsetzlich* ...!»

Natürlich war es entsetzlich. Das brauchte sie uns nicht zu sagen. Ich überlegte, ob sie vielleicht Gewissensbisse wegen ihres Hasses auf die tote Frau und wegen ihrer bösartigen Äußerungen über sie empfinde. «Was werden Sie tun?» fragte sie schließlich atemlos.

Mr. Emmott sagte ruhig: «Bill, du fährst am besten sofort wieder nach Hassanieh. Ich weiß nicht genau, was man tun muß. Hole Hauptmann Maitland, er ist ja der Polizeichef. Aber erst geh zu Dr. Reilly, er wird wissen, was man tun soll.»

Mr. Coleman nickte. Er sah gar nicht mehr drollig aus, sondern nur jung und erschrocken. Wortlos sprang er wieder in den Wagen und fuhr davon.

Mr. Emmott sagte unsicher: «Wir müssen mit der Untersuchung anfangen.» Er hob seine Stimme und rief: «Ibrahim!»

«Na' am.»

Der Hausboy kam gelaufen, und Mr. Emmott sprach mit ihm arabisch. Eine lebhafte Unterhaltung entspann sich, der Bengel schien etwas heftig zu leugnen.

Schließlich erklärte Mr. Emmott verblüfft: «Er behauptet, es sei keine Menschenseele hier gewesen, kein einziger Fremder. Wahrscheinlich hat sich der Kerl eingeschlichen, ohne daß die Burschen ihn gesehen haben.»

«Bestimmt!» rief Mrs. Mercado. «Er hat sich eingeschlichen, als die Boys nicht achtgaben.»

«Wahrscheinlich», sagte Mr. Emmott.

Ich sah ihn fragend an. Er wandte sich nun zu dem anderen Araberjungen, dem Töpferputzer Abdullah, und fragte ihn etwas. Mr. Emmott sah immer erstaunter drein. «Ich verstehe es nicht», murmelte er. «Ich verstehe es nicht.»

Aber er sagte uns nicht, was er nicht verstand.

11 Eine unheimliche Angelegenheit

Ich will hier nur meinen persönlichen Anteil an der Geschichte festhalten und übergehe die Geschehnisse der nächsten zwei Stunden, die Ankunft von Dr. Reilly und von Hauptmann Maitland mit ein paar Polizisten. Es herrschte ein großes Durcheinander, Verhöre wurden angestellt und so weiter; wie das bei Mordfällen üblich ist, nehme ich an.

Gegen fünf Uhr bat mich Dr. Reilly ins Büro. Er machte die Tür zu, setzte sich in Dr. Leidners Sessel, bot mir ihm gegenüber Platz an und sagte energisch: «So, Schwester, jetzt wollen wir mal vernünftig miteinander reden. Das Ganze ist ein grauenhaftes Rätsel.» Ich zog meine Manschetten zurecht und blickte ihn fragend an.

Er zog sein Notizbuch hervor. «Was ich Sie jetzt frage, ist zunächst für meine persönliche Information. Wieviel Uhr war es genau, als Dr. Leidner seine Frau tot fand?»

«Es muß ein Viertel vor drei gewesen sein.»

«Wieso wissen Sie das so bestimmt?»

«Weil ich auf die Uhr sah, als ich aufstand, und da war es zwanzig vor drei.»

«Darf ich einmal Ihre Uhr sehen?»

Ich streifte sie vom Handgelenk und gab sie ihm.

«Sie geht auf die Minute genau. Tüchtige Frau. Gut, das hätten wir. Wie lange war sie ihrer Ansicht nach tot?»

«Ich möchte mich nicht festlegen, Herr Doktor.»

«Wir sprechen privat. Ich möchte nur wissen, ob Ihre Feststellungen mit den meinen übereinstimmen.»

«Ich würde annehmen, mindestens eine Stunde.»

57

«Das könnte stimmen. Ich habe die Leiche gegen halb vier untersucht und glaube, daß der Tod zwischen ein Uhr fünfzehn und ein Uhr fünfundvierzig eingetreten ist. Sagen wir halb zwei.» Er hielt inne und trommelte nachdenklich mit den Fingern auf den Tisch. «Eine verdammte Geschichte, Schwester. Können Sie mir irgend etwas sagen? Sie haben Ihr Mittagsschläfchen gehalten? Haben Sie irgend etwas gehört?»

«Um halb zwei? Nein, Herr Doktor. Ich habe weder um halb zwei noch später etwas gehört. Ich lag von Viertel vor eins bis zwanzig vor drei auf meinem Bett und habe nichts gehört außer dem plärrenden Gesang des Araberjungen; und ab und zu rief Mr. Emmott etwas zu Dr. Leidner hinauf, der auf dem Dach war.»

«Der Araberjunge . . . ja.» Er runzelte die Stirn. In dem Augenblick ging die Tür auf und Dr. Leidner und Hauptmann Maitland, ein kleiner Wichtigtuer mit schlauen grauen Augen, traten ein.

Dr. Reilly stand auf und drückte Dr. Leidner in den Sessel. «Setzen Sie sich, Leidner. Ich bin froh, daß Sie gekommen sind, wir brauchen Sie. Wir stehen vor einem Rätsel.»

Dr. Leidner nickte. «Ich weiß.» Er blickte mich an. «Meine Frau hatte sich Schwester Leatheran anvertraut. Schwester, wollen Sie bitte Hauptmann Maitland und Dr. Reilly sagen, was meine Frau Ihnen mitgeteilt hat.»

Ich bemühte mich, unsere Unterhaltung wörtlich wiederzugeben.

Hauptmann Maitland grunzte ab und zu erstaunt und wandte sich, als ich mit meinem Bericht zu Ende war, an Dr. Leidner. «Und das ist alles wahr, Leidner?»

«Jedes Wort.»

«Was für eine phantastische Geschichte. Sie können die Briefe beibringen?» fragte Dr. Reilly.

«Bestimmt werden sie unter den Sachen meiner Frau sein.»

«Sie nahm sie aus ihrer verschließbaren Schreibmappe, die auf dem Tisch lag», erklärte ich.

«Dann werden sie wohl noch dort sein.» Er wandte sich zu Hauptmann Maitland; sein sonst so freundliches Gesicht wurde hart und finster. «Diese Geschichte darf unter keinen Umstän-

58

den vertuscht werden, Maitland. Der Mann muß gefunden und bestraft werden.»

«Glauben Sie wirklich, daß es Mrs. Leidners erster Mann ist?» fragte ich.

«Glauben *Sie* es nicht, Schwester?» fragte Hauptmann Maitland.

«Man könnte Zweifel haben», antwortete ich zögernd.

«Auf jeden Fall ist der Mensch ein Mörder», sagte Dr. Leidner, «und ein gefährlicher Geisteskranker dazu. Er muß gefunden werden, Maitland! Er muß! Es dürfte nicht schwierig sein.»

Dr. Reilly entgegnete langsam: «Es könnte schwieriger sein, als Sie denken . . . nicht wahr, Maitland?»

Hauptmann Maitland zupfte an seinem Schnurrbart, ohne zu antworten.

Plötzlich rief ich: «Entschuldigen Sie, aber mir fällt etwas ein!» Und ich erzählte die Geschichte von dem Iraker, den wir gesehen hatten, als er durch das Fenster blicken wollte, und der vor zwei Tagen wieder um das Haus herumgelungert war und Pater Lavigny hatte aushorchen wollen.

«Wir werden das notieren», sagte der Hauptmann. «Es ist ein Anhaltspunkt für die Polizei, möglicherweise hat der Mann mit der Sache etwas zu tun.»

«Vielleicht sollte er ausspionieren, wann die Luft rein sein würde», warf ich ein.

Inzwischen hatte sich Hauptmann Maitland zu Dr. Leidner gewandt. «Wir wollen noch einmal die Daten feststellen, Leidner. Nach Tisch, etwa fünf Minuten nach halb eins, begab sich Ihre Frau, begleitet von Schwester Leatheran, in ihr Zimmer. Sie selbst gingen aufs Dach, wo Sie die nächsten zwei Stunden blieben. Stimmt das?»

«Jawohl.»

«Sind Sie in dieser Zeit einmal heruntergekommen?»

«Nein.»

«Ist jemand zu Ihnen heraufgekommen?»

«Ja, Emmott ging zwischen mir und dem Jungen, der unten Töpfe säuberte, hin und her.»

«Haben Sie selbst öfter in den Hof geschaut?»

«Vielleicht ein- oder zweimal, um Emmott etwas zuzurufen.»

«Und immer saß der Junge mitten im Hof und säuberte Töpfe?»

«Ja.»

«Wie lange war Emmott jeweils bei Ihnen?»

«Das ist schwer zu sagen ... einmal vielleicht zehn Minuten. Aber wenn ich in meine Arbeit vertieft bin, ist mein Zeitgefühl schwach.»

Der Hauptmann zog ein kleines Notizbuch hervor und öffnete es. «Ich möchte Ihnen vorlesen, Leidner, was jedes Ihrer Expeditionsmitglieder zwischen ein und zwei Uhr getan hat.»

«Aber ...»

«Einen Moment! Sie werden gleich verstehen, was ich im Sinn habe. Zunächst Mr. und Mrs. Mercado. Mr. Mercado gab an, er habe im Laboratorium gearbeitet, Mrs. Mercado, sie habe sich in ihrem Zimmer das Haar gewaschen. Miss Johnson sagt, sie habe im Wohnzimmer Abdrücke von Tonzylindern gemacht. Mr. Reiter erklärt, er habe in der Dunkelkammer Platten entwickelt, Pater Lavigny hat in seinem Zimmer gearbeitet. Carey war am Ausgrabungsplatz und Coleman in Hassanieh. Das sind die Expeditionsmitglieder. Nun zum Personal. Der Koch — Ihr indischer Bursche — saß vor dem Torbogen, plauderte mit der Wache und rupfte zwei Hühner. Ibrahim und Mansur, die Hausboys, kamen gegen ein Uhr fünfzehn zu ihm und blieben dort lachend und schwatzend bis zwei Uhr dreißig ... zu dem Zeitpunkt war Ihre Frau bereits tot.»

Dr. Leidner beugte sich vor «Ich verstehe Sie nicht ... worauf wollen Sie hinaus?»

«Gibt es außer der Tür zum Hof noch eine Zugangsmöglichkeit zum Zimmer Ihrer Frau?»

«Nein. Es gibt die beiden Fenster, die aber fest vergittert sind, außerdem standen sie nicht offen.» Er sah mich fragend an.

«Sie waren von innen zugemacht», erklärte ich sofort.

«Aber auch wenn sie offen gewesen wären», fuhr der Hauptmann fort, «hätte niemand auf diese Weise das Zimmer betreten oder verlassen können, ich habe mich mit meinen Leuten davon überzeugt, ebensowenig wie durch die Fenster der anderen Zimmer, die aufs Feld gehen. Alle haben Eisengitter, die in gutem Zustand sind. Um in das Zimmer Ihrer Frau zu

60

gelangen, mußte ein Fremder durch das Tor in den Hof gehen. Aber sowohl die Wachen wie der Koch und die Hausboys haben versichert, daß dort niemand durchgekommen sei.»

Dr. Leidner sprang auf. «Was meinen Sie damit? Was meinen Sie damit?»

«Nehmen Sie sich zusammen, Leidner», sagte Dr. Reilly ruhig. «Ich verstehe, es ist ein Schlag für Sie, aber Sie müssen sich damit abfinden. Der Mörder kam nicht von außen, er kam aus dem Haus. Es sieht so aus, als sei Mrs. Leidner von einem Mitglied Ihrer Expedition ermordet worden!»

12   «Ich kann es nicht glauben . . .»

«Nein! Nein!» Dr. Leidner ging aufgeregt auf und ab. «Das ist unmöglich, Reilly . . . völlig unmöglich. Einer von uns? Alle liebten Louise.»

Es zuckte um Dr. Reillys Mundwinkel. Unter diesen Umständen war es schwer zu widersprechen, doch wenn je ein Schweigen beredt war, so war es seines.

«Völlig unmöglich!» wiederholte Dr. Leidner. «Alle liebten sie. Louise war bezaubernd, und das fand jeder.»

Dr. Reilly seufzte. «Entschuldigen Sie, Leidner, aber das ist nur Ihre Meinung. Wenn ein Mitglied der Expedition Louise nicht mochte, hätte man es Ihnen natürlich nicht gesagt.»

Dr. Leidner blickte unglücklich drein. «Ja . . . das stimmt; trotzdem haben Sie unrecht, Reilly. Bestimmt hatte jeder Louise gern.» Er schwieg einen Augenblick, dann brach es aus ihm heraus: «Dieser Gedanke ist entsetzlich, ist . . . unglaublich.»

«Die Tatsachen können Sie nicht bestreiten», entgegnete Hauptmann Maitland.

«Tatsachen! Tatsachen! Lügen von einem indischen Koch und von zwei Araberbengels. Sie kennen diese Burschen ebensogut wie ich, Reilly, und Sie auch, Maitland. Für die gibt es keine Wahrheit, die sagen aus purer Höflichkeit das, was man gern hören möchte.»

«In diesem Fall», wandte Dr. Reilly ein, «sagen sie das, was wir nicht hören wollen. Außerdem kenne ich die Gewohnheiten

Ihres Personals sehr gut. Vor dem Tor haben sie so eine Art Klub etabliert. Jedesmal, wenn ich am Nachmittag herkam, saß fast die ganze Bande dort, es war sozusagen ihr Klubhaus.»

«Trotzdem vermuten Sie etwas Falsches. Warum sollte dieser Kerl ... dieser Teufel ... nicht schon vorher hereingekommen sein und sich irgendwo versteckt haben?»

«Ich gebe zu, daß das nicht völlig ausgeschlossen wäre», erwiderte Dr. Reilly kühl. «Wenn wir annehmen, daß ein Fremder sich eingeschlichen hat, muß er sich bis zum entscheidenden Moment versteckt gehalten haben — bestimmt nicht in Mrs. Leidners Zimmer, wo es kein Versteck gibt — und das Risiko eingegangen sein, beim Betreten oder Verlassen des Zimmers gesehen zu werden, da Emmott und der Boy fast die ganze Zeit im Hof gewesen waren.»

«Der Boy. Ich habe den Boy vergessen», sagte Dr. Leidner. «Ein aufgeweckter kleiner Bursche; er muß den Mörder ins Zimmer meiner Frau gehen gesehen haben, Maitland.»

«Das haben wir aufgeklärt. Er hat mit einem kurzen Unterbruch die ganze Zeit über Töpfe gewaschen. Gegen halb eins war Emmott — auf die Minute genau kann er es nicht sagen — etwa zehn Minuten bei Ihnen auf dem Dach gewesen. Stimmt das?»

«Ich weiß die genaue Zeit nicht, aber ungefähr wird es stimmen.»

Diese zehn Minuten hat der Bengel benutzt, um mit den andern vor dem Tor zu schwatzen. Als Emmott herunterkam, war der Bursche nicht da, und Emmott schimpfte ihn tüchtig aus. Soweit ich es beurteilen kann, muß Ihre Frau in diesen zehn Minuten ermordet worden sein.»

Stöhnend setzte sich Dr. Leidner und verbarg den Kopf in den Händen.

«Das stimmt mit meinen Feststellungen überein», erklärte Dr. Reilly. «Sie war ungefähr drei Stunden tot, als ich sie untersuchte. Die Frage aber bleibt: Wer war der Täter?»

«Ich muß mich Ihren Beweisen beugen, Reilly», sagte Dr. Leidner, der sich wieder aufgerichtet hatte, ruhig und fuhr sich über die Stirn. «Es *scheint* wirklich, als hätten Sie recht. Aber irgendwo muß ein Fehler stecken. Irgendwo muß es eine Lücke geben. Sie nehmen an, daß sich ein erstaunlicher Zufall ereignet hat.»

«Merkwürdig, daß Sie gerade dieses Wort gebrauchen», sagte Dr. Reilly.

Ohne sich beirren zu lassen, sprach Dr. Leidner weiter: «Meine Frau erhält Drohbriefe. Sie hat Grund, einen gewissen Menschen zu fürchten. Sie wird . . . ermordet. Und da soll ich glauben, daß sie nicht von diesem Menschen, sondern von einem ganz andern ermordet wurde . . . das ist lächerlich.»

«So scheint es», sagte Dr. Reilly nachdenklich und blickte zu Maitland. «Zufall? Was sagen Sie dazu, Maitland? Halten Sie etwas von meiner Idee? Sollen wir Leidner fragen?»

Hauptmann Maitland nickte.

«Haben Sie je von einem Mann namens Hercule Poirot gehört, Leidner?»

Dr. Leidner starrte ihn verblüfft an. «Ich glaube, ich habe den Namen schon gehört. Mr. van Aldon schwärmte von ihm. Das ist doch ein Privatdetektiv?» — «Ja.»

«Aber er lebt doch wahrscheinlich in London, wie kann er uns da helfen?»

«Er lebt in London, das stimmt, aber das ist eben der Zufall, daß er zur Zeit nicht in London, sondern in Syrien ist und morgen, auf der Durchreise nach Bagdad, nach Hassanieh kommt.»

«Woher wissen Sie das?»

«Von Jean Bérat, dem französischen Konsul. Er war gestern abend bei uns zum Essen und erzählte im Laufe der Unterhaltung, daß Poirot in Syrien irgendeinen Fall aufgedeckt hat und auf der Heimreise Bagdad besuchen will. So kommt er hier vorbei. Ist das nicht ein merkwürdiger Zufall?»

Dr. Leidner zögerte einen Augenblick und sah Hauptmann Maitland fragend an. «Was meinen Sie dazu, Maitland?»

«Ich würde es begrüßen», antwortete der Hauptmann prompt. «Meine Leute sorgen gut für Ordnung hier im Land und können Blutfehden der Araber aufklären, aber diesem Fall werden sie, offengestanden, nicht gewachsen sein. Mir wäre es sehr lieb, wenn dieser Poirot uns helfen würde.»

«Sie meinen, ich soll Poirot bitten, uns zu helfen?» fragte Dr. Leidner. «Und wenn er ablehnt?»

«Das wird er nicht tun», sagte Dr. Reilly.

«Wieso sind Sie so sicher?»

«Weil ich auch ein von meinem Beruf Besessener bin. Wenn ich zu einem wirklich schweren Fall, sagen wir einer Hirnhautentzündung, hinzugezogen werden sollte, wäre ich nicht imstande abzulehnen. Und das hier ist kein alltägliches Verbrechen, Leidner.»

Dr. Leidner verzog schmerzlich die Lippen. «Wollen Sie also so gut sein, Reilly, und Poirot in meinem Namen um Beistand bitten?»

«Gut.»

Dr. Leidner sagte langsam: «Ich kann es immer noch nicht glauben, daß Louise wirklich tot ist.»

Nun konnte ich nicht mehr länger an mich halten. «Ach, Herr Doktor», rief ich, «ich kann Ihnen gar nicht sagen, wie entsetzlich mir zu Mute ist. Ich habe so schmählich versagt. Es war meine Pflicht, Ihre Frau vor Unheil zu bewahren.»

Er schüttelte ernst den Kopf. «Nein, Schwester, Sie haben sich nichts vorzuwerfen. Ich muß mir Vorwürfe machen ... ich habe es nicht geglaubt ... ich habe mir nicht einen Augenblick träumen lassen, daß wirkliche Gefahr drohte ...» Er stand auf, sein Gesicht zuckte. «Ich bin an ihrem Tod schuld ... jawohl, ich habe die Schuld ... ich hatte es nicht geglaubt ...» Taumelnd verließ er das Zimmer.

Dr. Reilly sah mich an.

«Ich fühle mich auch schuldig», sagte er. «Ich dachte, daß die gute Dame mit seinen Nerven spiele.»

«Auch ich nahm es nicht sehr ernst», gestand ich.

«Wir hatten alle drei unrecht», sagte Dr. Reilly trübe.

«Es scheint», bestätigte Hauptmann Maitland.

13   Hercule Poirot trifft ein

Nie werde ich den Eindruck vergessen, den Hercule Poirot zuerst auf mich machte. Zwar gewöhnte ich mich bald an ihn, aber zunächst empfand ich ihn als unangenehm, und ich glaube, daß alle andern die gleiche Empfindung hatten.

Ich kann mich nicht mehr erinnern, wie ich ihn mir vorgestellt hatte, wahrscheinlich so ähnlich wie Sherlock Holmes ... als einen schlanken großen Mann mit lebendigem gescheiten Gesicht. Daß er ein Ausländer war, wußte ich natürlich, aber so ausländisch hatte ich ihn mir doch nicht vorgestellt; Sie werden verstehen, was ich damit sagen will.

Zuerst wirkte er einfach lächerlich. Er sah aus wie auf der Bühne oder wie ein Bild aus einem Witzblatt. Er war höchstens ein Meter fünfzig groß und ziemlich dick. Mit seinem eiförmigen Kopf und dem enormen Schnurrbart glich er einer Figur aus einem Lustspiel. Und dieser Mann sollte herausfinden, wer Mrs. Leidner umgebracht hatte?

Ich glaube, meine Enttäuschung muß sich in meinem Gesicht widergespiegelt haben, denn er sagte sofort mit leichtem Zwinkern: «Ich gefalle Ihnen nicht, *ma soeur*? Vergessen Sie aber nicht, daß man erst merkt, ob der Pudding gut ist, wenn man ihn ißt.»

Das stimmte, aber er flößte mir trotzdem nicht mehr Vertrauen ein. Dr. Reilly kam am Sonntagnachmittag mit ihm an, und als erstes bat er uns alle, ins Eßzimmer zu kommen. Wir ließen uns um den Tisch nieder. Monsieur Poirot saß am Kopfende zwischen Dr. Leidner und Dr. Reilly.

«Ich nehme an, Sie haben alle schon von Monsieur Hercule Poirot gehört», sagte Dr. Leidner in seiner freundlichen, zögernden Art. «Er kam heute zufällig durch Hassanieh und unterbricht liebenswürdigerweise seine Reise, um uns zu helfen. Die irakische Polizei und Hauptmann Maitland tun ihr möglichstes, aber es sind ... es ist in diesem Fall ...» Er stotterte und blickte Dr. Reilly hilfesuchend an. «... es kann, scheint es ... Schwierigkeiten ...»

«Oh, man *muß* ihn bekommen!» rief Mrs. Mercado. «Es wäre unerträglich, wenn er davonkäme.»

Ich merkte, daß der kleine Ausländer sie prüfend betrachtete.

«Wer? Wer ist *er*, Madame?» fragte er.

«Der Mörder natürlich.»

«Ach so, der Mörder!» Er sprach, als ob der Mörder völlig unwichtig sei!

Wir starrten ihn an, und er betrachtete uns nacheinander. «Mir scheint, daß keiner von Ihnen bisher mit einem Mord zu tun gehabt hat?»

Alle schüttelten den Kopf. Hercule Poirot lächelte. «Dann ist es natürlich klar, daß Sie das ABC eines Verbrechens nicht verstehen. Es ist unerfreulich! Es wird eine Menge unerfreulicher Dinge geben! Zuerst der Verdacht ...»

«Verdacht?» wiederholte Miss Johnson fragend. Monsieur Poirot blickte sie nachdenklich an, ich glaube, sie gefiel ihm. Er sah aus, als denke er: Das ist eine vernünftige, intelligente Frau.

«Ja, Mademoiselle», bestätigte er. «Verdacht. Wir wollen uns nichts vormachen. Sie alle in diesem Haus sind verdächtig. Der Koch, die Hausboys, der Küchenjunge, ja, und auch alle Mitglieder der Expedition.»

Mrs. Mercado sprang auf, ihr Gesicht zuckte, und sie schrie: «Das ist ja unerhört! Wie können Sie sich erlauben, so etwas zu sagen? Das ist empörend! Dr. Leidner ... Sie können nicht dasitzen und zugeben, daß dieser Mensch ...»

Dr. Leidner entgegnete müde: «Bitte, beruhigen Sie sich, Marie.»

Auch Mr. Mercado stand auf, seine Hände zitterten, seine Augen waren blutunterlaufen. «Meine Frau hat vollkommen recht. Es ist eine Unverschämtheit ... eine Beleidigung ...»

«Aber nein», schnitt ihm Monsieur Poirot das Wort ab. «Ich beleidige Sie nicht. Ich bitte Sie nur, sich die Tatsachen vor Augen zu halten. In einem Haus, in dem ein Mord geschehen ist, steht jeder Bewohner unter Verdacht. Ich frage Sie, was für einen Beweis gibt es, daß der Mörder von außerhalb kam?»

«Natürlich ist er von außerhalb gekommen», fauchte Mrs. Mercado. «Das steht außer Zweifel ...» Sie hielt inne und fügte dann leiser hinzu: «Alles andere wäre unfaßbar.»

«Sie haben zweifellos recht, Madame», sagte Poirot mit einer Verbeugung. «Ich erkläre Ihnen nur, wie die Sache angepackt werden muß. Erst muß ich mich versichert haben, daß jeder der hier Anwesenden unschuldig ist. Dann suche ich den Mörder anderswo.»

«Wir sind in Ihrer Hand», mischte sich jetzt Pater Lavigny resigniert ein. «Ich hoffe, Sie werden sich bald von unserer Unschuld überzeugen.»

«So schnell wie möglich. Es ist aber meine Pflicht, Ihnen die Situation klarzumachen, damit Sie sich später nicht über die Unverschämtheit der Fragen, die ich Ihnen stellen muß, beklagen. Vielleicht, *mon père*, ist die Kirche bereit, ein Beispiel zu geben?»

«Bitte, fragen Sie mich», antwortete Pater Lavigny ernst.

«Sie sind zum erstenmal hier?»

«Ja.»

«Wann sind Sie gekommen?»

«Vor drei Wochen, am 27. Februar.»

«Von wo kamen Sie?»

«Vom Orden der Pères Blancs in Carthago.»

«Vielen Dank, *mon père*. Kannten Sie Mrs. Leidner, bevor Sie hierherkamen?»

«Nein.»

«Würden Sie mir sagen, was Sie zur Zeit des Mordes getan haben?»

«Ich arbeitete in meinem Zimmer an der Entzifferung von Keilinschriften.»

Ich stellte fest, daß Poirot eine Skizze des Gebäudes vor sich liegen hatte.

«Ihr Zimmer befindet sich an der Südwestecke und entspricht dem von Mrs. Leidner an der Südostecke?»

«Ja.»

«Um welche Zeit gingen Sie in Ihr Zimmer?»

«Sofort nach dem Mittagessen, ungefähr zwanzig Minuten vor eins.»

«Und bis wann blieben Sie dort?»

«Bis kurz vor drei. Ich hatte unseren Wagen zurückkommen und wieder fortfahren hören. Das wunderte mich und darum kam ich heraus.»

«Bis dahin hatten Sie Ihr Zimmer nicht verlassen?»

«Nein.»

«Und Sie hörten und sahen nichts, was mit dem Mord zusammenhängen könnte?»

«Nein.»

«Ihre Fenster gehen nicht auf den Hof?»

«Nein, beide gehen aufs Feld.»

«Können Sie überhaupt hören, was im Hof vor sich geht?»

«Nur wenig. Ich hörte Mr. Emmott ein paar Mal an meinem Zimmer vorbei aufs Dach gehen.»

«Können Sie sich erinnern, um welche Zeit?»

«Nein, leider nicht. Ich war in meine Arbeit vertieft.»

«Wissen Sie irgend etwas, was Licht in die Angelegenheit bringen könnte? Haben Sie zum Beispiel in den letzten Tagen irgend etwas Auffälliges bemerkt?»

Pater Lavigny, der unbehaglich dreinblickte, sah Doktor Leidner fragend an. «Die Frage ist schwer zu beantworten, Monsieur», sagte er würdevoll. «Meiner Meinung nach fürchtete sich Mrs. Leidner vor etwas. Sie hatte Angst vor Fremden. Ich vermute, daß sie Anlaß dazu hatte, aber ich weiß nichts, sie schenkte mir ihr Vertrauen nicht.»

Poirot hüstelte und blickte in sein Notizbuch. «Wie ich hörte, wurde sie vor zwei Nächten durch einen Einbruch erschreckt.»

Pater Lavigny bejahte und erzählte seine Geschichte von dem Licht, das er im Antiquitätensaal gesehen hatte, und von der darauffolgenden Durchsuchung.

«Ich weiß nicht, was ich denken soll», antwortete Pater Lavigny offen. «Es fehlte nichts, und es war nichts in Unordnung. Vielleicht war es ein Hausboy . . .»

«Oder ein Expeditionsmitglied?»

«Oder ein Expeditionsmitglied. Aber in diesem Fall bestünde kein Grund, daß der Betreffende die Tatsache verheimlichte.»

«Es hätte aber auch ein Unbefugter sein können?»

«Möglicherweise.»

«Wenn es ein Fremder gewesen wäre, hätte er sich während der nächsten Tage im Haus verstecken können?»

Er wandte sich mit dieser Frage sowohl an Pater Lavigny wie an Dr. Leidner. Beide überlegten lange.

«Ich glaube kaum, daß das möglich gewesen wäre», sagte schließlich Dr. Leidner widerstrebend. «Ich wüßte nicht, wo er sich hätte verstecken sollen, nicht wahr, Pater Lavigny?»

«Nein, ich wüßte es auch nicht.»

Poirot fragte nun Miss Johnson: «Und Sie, Mademoiselle, halten Sie das für möglich?»

Miss Johnson dachte einen Augenblick nach und schüttelte

dann den Kopf. «Nein. Wo könnte sich jemand verstecken? Die Schlafzimmer werden alle benützt und sind spärlich möbliert. Die Dunkelkammer, der Zeichensaal, das Laboratorium, alle wurden am nächsten Tag benutzt. Und es gibt nirgends Schränke oder sonstige Verstecke. Vielleicht, wenn das Personal im Einverständnis wäre . . .»

«Das könnte sein, ist aber nicht anzunehmen», sagte Poirot. Wieder wandte er sich zu Pater Lavigny. «Da ist noch etwas. Neulich hat Schwester Leatheran Sie mit einem Mann sprechen sehen. Vorher hatte sie denselben Mann gesehen, wie er versuchte, durch ein Fenster ins Haus zu spähen. Es schien, als lungere der Mann mit einer bestimmten Absicht hier herum.»

«Das wäre möglich», entgegnete Pater Lavigny nachdenklich.

«Haben Sie den Mann angesprochen, oder er Sie?»

Pater Lavigny zögerte einen Augenblick. «Ich glaube . . . ja, ich bin sicher, daß er mich ansprach.»

«Was hat er gesagt?»

Pater Lavigny strengte sich sichtlich an nachzudenken. «Er fragte, glaube ich, ob hier das Haus der amerikanischen Expedition sei. Und dann sagte er, daß die Amerikaner viele Leute beschäftigten. Ich verstand ihn nicht sehr gut, bemühte mich aber, die Unterhaltung in Gang zu halten, um mein Arabisch an den Mann zu bringen. Ich hoffte, daß er als Städter mich besser verstehen würde als die Arbeiter am Ausgrabungsplatz.»

«Sprachen Sie über irgend etwas Bestimmtes?»

«Soweit ich mich erinnere, sagte ich, daß Hassanieh eine große Stadt wäre . . . Bagdad aber größer, dann fragte er mich, ob ich ein armenischer oder syrischer Katholik sei, so etwas Ähnliches.»

Poirot nickte. «Können Sie ihn beschreiben?»

Pater Lavigny runzelte die Stirn und antwortete schließlich. «Ziemlich klein, stämmig, von heller Gesichtsfarbe, und er schielte auffallend.»

Monsieur Poirot wandte sich zu mir. «Stimmt das mit Ihren Beobachtungen überein?»

«Nicht ganz», antwortete ich zögernd. «Ich würde ihn eher als groß bezeichnen und als dunkelhäutig. Er kam mir sehr schlank vor, und daß er schielt, habe ich nicht bemerkt.»

Monsieur Poirot zuckte verzweifelt die Achseln. «Immer das gleiche Lied! Wenn Sie von der Polizei wären, wüßten Sie das. Nie stimmt die Beschreibung, die zwei Menschen von ein und derselben Person geben, überein. Jedes Detail ist genau entgegengesetzt.»

«Ich bin ganz sicher, daß er schielte», erwiderte Pater Lavigny, «in den anderen Punkten mag Schwester Leatheran recht haben. Und wenn ich sage hellhäutig, so meine ich, für einen Iraker, während die Schwester ihn immer als dunkel bezeichnen wird.»

«Sehr dunkel», widersprach ich hartnäckig, «von schmutzig dunkelgelber Farbe.»

Ich sah, daß Dr. Reilly sich auf die Lippen biß und lächelte. Poirot hob die Arme zum Himmel. «*Passons*», sagte er. «Dieser Fremde kann wichtig, kann aber auch ganz unwesentlich sein. Auf jeden Fall muß man ihn finden. Wir wollen fortfahren.» Er zögerte einen Augenblick, betrachtete die verschiedenen Gesichter und wandte sich dann schnell Mr. Reiter zu. «Kommen Sie, mein Freund, erzählen Sie, was Sie gestern nachmittag getan haben.»

Mr. Reiters rosiges Vollmondgesicht rötete sich. «Ich?» fragte er.

«Ja, Sie. Wie heißen Sie und wie alt sind Sie?»

«Carl Reiter, achtundzwanzig Jahre.»

«Amerikaner?»

«Ja, aus Chicago.»

«Sie sind das erste Mal hier?»

«Ja, ich bin Fotograf.»

«Aha. Und was taten Sie gestern nachmittag?»

«Ich war fast die ganze Zeit in der Dunkelkammer.»

«Fast die ganze Zeit?»

«Ja, zuerst entwickelte ich einige Platten. Dann stellte ich ein paar Gegenstände zur Aufnahme zurecht.»

«Im Hof?»

«Nein, im Fotoatelier.»

«Die Tür der Dunkelkammer führt ins Atelier?»

«Ja.»

«So verließen Sie das Atelier nicht?»

70

«Nein.»

«Haben Sie irgend etwas bemerkt, was im Hof geschah?»

«Nein», erklärte er, «ich war zu beschäftigt. Ich hörte den Wagen zurückkommen, und sobald ich meine Arbeit liegenlassen konnte, ging ich hinaus, um zu hören, ob Post für mich da sei. Da erfuhr ich es . . .»

«Und wann begannen Sie mit Ihrer Arbeit im Atelier?»

«Etwa zehn Minuten vor eins.»

«Kannten Sie Mrs. Leidner, bevor Sie hierherkamen?»

Der junge Mann schüttelte den Kopf. «Nein, ich hatte sie vorher nie gesehen.»

«Können Sie sich an irgend etwas erinnern, es mag noch so unbedeutend sein, das uns weiterhelfen könnte?»

Carl Reiter schüttelte den Kopf und sagte hilflos: «Ich glaube, ich weiß überhaupt nichts.»

«Mr. Emmott?»

David Emmott erklärte klar und knapp in seinem angenehm klingenden Amerikanisch: «Ich arbeitete bei den Töpfen von Viertel vor eins bis Viertel vor drei. Ich beaufsichtigte Abdullah, sortierte die Töpfe und ging ab und zu aufs Dach, um Dr. Leidner zu helfen.»

«Wie oft gingen Sie aufs Dach?»

«Ich glaube, viermal.»

«Für wie lange?»

«Jedesmal für ein paar Minuten . . . nicht länger. Nur einmal, nachdem ich mehr als eine halbe Stunde ohne Unterbruch gearbeitet hatte, blieb ich etwa zehn Minuten. Wir besprachen, was aufzuheben und was fortzuwerfen sei.»

«Und als Sie herunterkamen, stellten Sie fest, daß der Boy seinen Platz verlassen hatte?»

«Ja, ich rief ihn ärgerlich, und er erschien von draußen; er war vors Tor gegangen, um mit den andern zu schwatzen.»

«Das war das einzige Mal, daß er seine Arbeit verließ?»

«Ich hatte ihn ein- oder zweimal aufs Dach geschickt.»

«Es ist wohl überflüssig, Mr. Emmott, Sie zu fragen, ob Sie in dieser Zeit jemanden gesehen hatten, der Mrs. Leidners Zimmer betrat oder verließ?» fragte Poirot eindringlich.

«Ich habe niemanden gesehen», antwortete Mr. Emmott

prompt. «Es kam in den zwei Stunden, die ich im Hof arbeitete, niemand herein.»

«Und soweit Sie sich erinnern können, war es halb zwei, als Sie beide, Sie und der Boy, abwesend waren und der Hof leer war?»

«Es muß um diese Zeit gewesen sein; natürlich kann ich es nicht genau sagen.»

Poirot wandte sich an Dr. Reilly. «Das stimmt mit Ihrer Schätzung der Todesstunde überein, nicht wahr, Herr Doktor?»

«Ja», erwiderte Dr. Reilly.

Monsieur Poirot strich über seinen Schnurrbart. «Ich glaube, wir können es als gegeben annehmen», erklärte er ernst, «daß Mrs. Leidner während dieser zehn Minuten den Tod erlitten hat.»

14 Einer von uns

In der Pause, die nun folgte, glaubte ich zum erstenmal an Dr. Reillys Theorie. Ich *fühlte*, daß der Mörder sich im Raum befand; er saß unter uns, er hörte zu. *Einer von uns . . .*

Vielleicht fühlte es auch Mrs. Mercado, denn plötzlich stieß sie einen kurzen schrillen Schrei aus und schluchzte: «Entschuldigen Sie, aber es ist zu entsetzlich.»

«Mut, Marie», sagte ihr Mann und fügte dann, sie rechtfertigend, hinzu: «Sie ist so gefühlvoll. Sie empfindet alles so stark.»

«Ich . . . ich liebte Louise so sehr», stöhnte Mrs. Mercado.

Ich weiß nicht, ob meine Gefühle sich auf meinem Gesicht ausprägten, jedenfalls bemerkte ich, daß Monsieur Poirot mich mit einem leichten Lächeln ansah. Ich warf ihm einen kühlen Blick zu, und er setzte sein Verhör fort.

«Erzählen Sie mir bitte, Madame, wie Sie den gestrigen Nachmittag verbrachten.»

«Ich wusch mein Haar», schluchzte Mrs. Mercado. «Es kommt mir so schrecklich vor, daß ich nichts gemerkt habe. Ich war so ruhig, so zufrieden und beschäftigt.»

«Sie waren in Ihrem Zimmer?»

«Ja.»

«Und Sie haben es nicht verlassen?»

«Nein. Nicht, bis ich den Wagen hörte. Dann kam ich heraus und hörte, was passiert war. Oh, es war entsetzlich!»

«Hat es Sie überrascht?»

Mrs. Mercado hörte auf zu weinen und blickte ihn vorwurfsvoll an. «Was meinen Sie damit, Monsieur Poirot? Wollen Sie sagen . . .»

«Was soll ich meinen, Madame? Sie haben uns gerade erzählt, wie sehr Sie Mrs. Leidner geliebt haben. Sie könnte Ihnen vielleicht etwas anvertraut haben.»

«Ach so . . . nein . . . nein, die liebe Louise erzählte mir nie etwas . . . etwas Genaues, meine ich. Natürlich sah ich, daß sie schrecklich nervös und ängstlich war. Und da waren diese seltsamen Vorkommnisse . . . eine Hand, die an ihr Fenster klopfte, und all das.»

«Phantasien, wie Sie es nannten», konnte ich mich nicht enthalten einzuwerfen und freute mich, daß sie nun verwirrt innehielt. Poirot lächelte und fuhr dann sachlich fort.

«Also, Madame, Sie haben sich Ihr Haar gewaschen und haben nichts gehört und gesehen. Gibt es irgend etwas, von dem Sie annehmen, daß es uns weiterhelfen könnte?»

Mrs. Mercado überlegte nicht. «Nein, nichts. Es ist ein völliges Rätsel. Aber ich würde sagen, daß es zweifellos ist, zweifellos . . . daß der Mörder von draußen kam. Es kann nicht anders sein.»

Poirot wandte sich ihrem Mann zu. «Und Sie, Monsieur, was haben Sie zu sagen?»

Mr. Mercado zuckte nervös zusammen und zupfte sinnlos an seinem Bart. «Es muß so sein, es muß so sein», antwortete er. «Wie hätte jemand von uns daran denken können, ihr weh zu tun! Sie war so reizend . . . so sanft . . .» Er schüttelte den Kopf. «Wer immer sie ermordet hat, muß ein Teufel sein, jawohl, ein Teufel.»

«Wie verbrachten Sie den gestrigen Nachmittag?»

«Ich?» Er starrte vor sich hin.

«Du warst im Laboratorium, Joseph», half ihm seine Frau.

«Ach ja, ja, ich war . . . ja, ich war dort. Bei meiner üblichen Arbeit.»

«Um welche Zeit gingen Sie hin?»

Wieder blickte er hilflos und fragend seine Frau an. «Zehn Minuten vor eins, Joseph.»

«Ach so, ja, zehn Minuten vor eins.»

«Gingen Sie in den Hof?»

«Nein . . . ich glaube nicht.» Er überlegte. «Nein, ich bin sicher, daß ich nicht hinausging.»

«Wann erfuhren Sie den Mord?»

«Meine Frau kam zu mir und sagte es mir. Es war gräßlich . . . ich wollte es nicht glauben. Auch jetzt noch kann ich es kaum fassen.» Er begann plötzlich zu zittern. «Es ist so furchtbar . . . so furchtbar . . .» Mrs. Mercado ging schnell zu ihm. «Ja, Joseph, ja. Es ist für uns alle entsetzlich. Aber wir dürfen uns nicht gehen lassen. Es macht alles noch viel schwerer für den armen Dr. Leidner.»

Ich sah, daß Dr. Leidners Gesicht schmerzlich zuckte, und ich konnte mir denken, wie unerträglich er dieses Gerede fand. Er warf Poirot einen hilfesuchenden Blick zu, und der Detektiv reagierte schnell.

«Miss Johnson, bitte.»

«Ich kann Ihnen leider nur wenig sagen», begann Miss Johnson; ihre kultivierte Stimme wirkte beruhigend nach Mrs. Mercados Hysterie. «Ich arbeitete im Wohnzimmer, ich machte Abdrücke von einigen Tonzylindern.»

«Und Sie sahen und hörten nichts?»

«Nein.»

Poirot warf ihr einen kurzen Blick zu. Er hatte gleich mir ein leichtes Zögern bemerkt.

«Sind Sie ganz sicher, Mademoiselle? Können Sie sich nicht an irgend etwas, wenn auch nur vage, erinnern?»

«Nein . . . wirklich nicht . . .»

«Irgend etwas haben Sie vielleicht gesehen, unwillkürlich, fast ohne es richtig wahrzunehmen?»

«Nein, wirklich nicht», antwortete sie bestimmt.

«Dann vielleicht etwas gehört? Ja, Sie sind nicht ganz sicher, ob Sie es gehört haben oder nicht?»

Miss Johnson lachte kurz, beinahe ärgerlich. «Sie pressen mich wirklich aus, Monsieur Poirot. Sie ermutigen mich, etwas zu sagen, was ich mir vielleicht nur einbilde.»

«Es gab also etwas, was Sie sich, sagen wir, einbildeten?»

Miss Johnson antwortete langsam, jedes Wort wägend: «Ich bilde mir ein, irgendwann am frühen Nachmittag einen leisen Schrei gehört zu haben . . . ich kann es nicht bestimmt behaupten. Die Fenster des Wohnzimmers waren offen, und man hörte alle möglichen Geräusche von draußen. Aber . . . seit . . . seit . . . habe ich die Idee, daß ich Mrs. Leidner gehört habe. Und das macht mich ganz unglücklich. Denn wenn ich aufgesprungen und zu ihr gelaufen wäre . . . wer weiß? Vielleicht wäre ich noch rechtzeitig gekommen . . .»

Dr. Reilly unterbrach sie energisch: «Schlagen Sie sich das aus dem Kopf. Ich bin sicher, daß Mrs. Leidner . . . entschuldigen Sie bitte, Leidner . . . sofort niedergeschlagen wurde, als der Mörder das Zimmer betrat, und daß dieser Schlag sie augenblicklich getötet hat. Es wurde kein zweites Mal zugeschlagen. Sonst hätte sie Zeit gefunden, laut zu schreien und um Hilfe zu rufen.»

«Aber ich hätte den Mörder fassen können», beharrte Miss Johnson.

«Um welche Zeit war das, Mademoiselle?» fragte Poirot. «Sagen wir, halb zwei?»

«Es muß ungefähr um diese Zeit gewesen sein . . .» Sie überlegte einen Augenblick. «Ja.»

«Das könnte stimmen», sagte Poirot nachdenklich. «Sie hörten sonst nichts, weder das Öffnen noch das Schließen einer Tür zum Beispiel?»

Miss Johnson schüttelte den Kopf. «Nein, ich kann mich an nichts dergleichen erinnern.»

«Sie saßen an einem Tisch, nehme ich an. Wohin blickten Sie? Zum Hof, zum Antiquitätensaal, zur Veranda oder aufs Feld?»

«Ich sah gegen das Feld hinaus.»

«Konnten Sie von Ihrem Platz aus Abdullah sehen?»

«Wenn ich aufblickte, ja, aber ich war zu sehr in meine Arbeit vertieft.»

75

«Wenn jemand an Ihrem Fenster auf der Hofseite vorbeigegangen wäre, hätten Sie das bemerkt?»

«Ja, ziemlich sicher.»

«Aber es kam niemand vorbei?»

«Nein.»

«Und wenn jemand mitten über den Hof gegangen wäre, hätten Sie es bemerkt?»

«Wahrscheinlich nicht, wenn ich nicht gerade direkt zum Fenster hinausgeschaut hätte.»

«Sie haben nicht bemerkt, daß Abdullah seine Arbeit verlassen hatte und zu den andern Dienern gegangen war?»

«Nein.»

«Zehn Minuten», überlegte Poirot laut, «die verhängnisvollen zehn Minuten.»

Nach ein paar Sekunden Schweigen hob Miss Johnson plötzlich den Kopf und sagte: «Ich glaube, ich habe Sie, ohne es zu wollen, irregeführt. Wenn ich genau nachdenke, kann ich nicht glauben, einen Schrei aus Mrs. Leidners Zimmer gehört zu haben; der Antiquitätensaal lag zwischen ihr und mir, und die Fenster ihres Zimmers waren ja geschlossen.»

«Machen Sie sich keine Sorgen, Miss Johnson», sagte Poirot freundlich, «es ist nicht sehr wichtig.»

«Bestimmt nicht, aber für mich ist es wichtig, weil ich denke, ich hätte etwas unternehmen können.»

«Quälen Sie sich nicht, Anne», sagte jetzt Dr. Leidner gerührt. «Sie dürfen nicht zu empfindlich sein. Was Sie gehört haben, kann auch der Ruf eines Arabers gewesen sein.»

Miss Johnson errötete ein wenig bei diesen freundlichen Worten, und ich sah Tränen in ihren Augen. Sie wandte den Kopf ab und sprach schroffer als sonst: «Vielleicht. Man bildet sich hinterher leicht etwas ein.»

Poirot hatte wieder sein Notizbuch hervorgezogen. «Ich glaube, dazu ist nichts mehr zu sagen . . . Mr. Carey?»

Richard Carey sprach langsam, fast mechanisch. «Es tut mir leid, aber ich kann Ihnen gar nicht helfen. Ich arbeitete am Ausgrabungsplatz, wo ich dann auch die Nachricht erfuhr.»

«Und Sie können sich an nichts erinnern, was sich in den Tagen vor dem Mord ereignet hat und was uns weiterhelfen könnte?»

«Gar nichts.»

«Mr. Coleman?»

«Ich war überhaupt nicht da», sagte Mr. Coleman in fast bedauerndem Tone. «Ich fuhr gestern morgen nach Hassanieh, um das Geld für die Löhne zu holen. Als ich zurückkam, sagte mir Emmott, was passiert war, und ich fuhr sofort wieder nach Hassanieh, um die Polizei und Dr. Reilly zu holen.»

«Und vorher?»

«Na ja, es herrschte eine gespannte Atmosphäre ... aber das wissen Sie ja schon. Da war diese Sache im Antiquitätensaal und kurz vorher Hände und Gesichter am Fenster ... Sie erinnern sich doch», wandte er sich an Dr. Leidner, der zustimmend nickte. «Ich glaube, Sie werden herausfinden, daß irgendein Kerl von draußen gekommen ist. Muß ein geschickter Schurke sein.»

Poirot fragte nach kurzem Schweigen: «Sie sind Engländer, Mr. Coleman?»

«Jawohl, ganz und gar Engländer. Man kann die Schutzmarke sehen ... garantiert echt.»

«Sie sind zum erstenmal hier?»

«Jawohl.»

«Und sind sehr begeistert von der Archäologie?»

Mr. Coleman errötete wie ein Schuljunge und schaute verlegen zu Dr. Leidner hinüber. «Natürlich ... es ist sehr interessant», stammelte er. «Ich meine ... ich bin nicht gerade eine Intelligenzbestie...» Mehr sagte er nicht, und Poirot drang auch nicht weiter in ihn, sondern klopfte nachdenklich mit seinem Bleistift auf den Tisch. «Ich glaube», sagte er schließlich, «das ist für den Augenblick alles. Wenn jemandem noch etwas einfällt, sagen Sie es mir bitte sofort. Und jetzt möchte ich gern ein paar Worte allein mit Doktor Leidner und Dr. Reilly sprechen.»

Das war das Signal zum Aufbruch. Als ich an der Tür war, rief mich Monsieur Poirot zurück.

«Darf ich Schwester Leatheran bitten, hierzubleiben? Sie könnte uns von Nutzen sein.»

So machte ich kehrt und setzte mich wieder an den Tisch.

15 Poirots Vermutungen

Dr. Reilly war aufgestanden und hatte, nachdem die andern hinausgegangen waren, die Tür und die auf den Hof gehenden Fenster zugemacht — die aufs Feld gehenden waren bereits geschlossen.

«*Bien*», sagte Poirot. «Jetzt sind wir unter uns und können offen sprechen. Wir haben nun gehört, was die einzelnen Expeditionsmitglieder zu sagen hatten ... Was denken Sie, *ma soeur?*»

Ich wurde rot. Es war nicht zu leugnen, daß der merkwürdige kleine Mann ein scharfer Beobachter war. Er hatte meine Gedanken gelesen ... vermutlich drückte mein Gesicht sie zu deutlich aus.

«Ach, nichts», antwortete ich widerstrebend.

«Reden Sie doch, Schwester!» sagte Dr. Reilly.

«Es ist wirklich nichts», wiederholte ich verwirrt, «es ging mir nur durch den Kopf, daß jemand, wenn er etwas wüßte oder einen Verdacht hegte, es nicht gern vor allen sagen würde, vor allem nicht in Gegenwart von Dr. Leidner.»

Zu meiner großen Überraschung nickte Monsieur Poirot zustimmend. «Sie haben vollkommen recht; aber ich will Ihnen mein Vorgehen erklären. In England kann man vor jedem Rennen auf dem Sattelplatz die Pferde betrachten, nicht wahr? Man zeigt sie, damit sich das Publikum eine Meinung über sie bilden kann. Und das war auch der Zweck meiner kleinen Konferenz.»

Dr. Leidner rief heftig: «Ich halte es für ausgeschlossen, daß ein Mitglied meiner Expedition in diesen Mord verwickelt ist!»

Dann wandte er sich mir zu und sagte energisch: «Schwester, ich wäre Ihnen sehr verbunden, wenn Sie Monsieur Poirot erzählen würden, was Ihnen meine Frau vor zwei Tagen anvertraut hat.»

Ich wiederholte es so genau wie möglich.

Als ich fertig war, sagte Monsieur Poirot: «Sehr gut! Sehr gut! Sie haben sehr klar und deutlich berichtet, Sie werden mir eine große Hilfe sein.» Dann fragte er Dr. Leidner: «Besitzen Sie diese Briefe?»

«Ich habe sie hier; ich dachte mir, daß Sie sie als erster sehen möchten.»

Nachdem Poirot sie gelesen und aufmerksam geprüft hatte — ich war enttäuscht, daß er sie nicht mit einem Mikroskop oder so etwas Ähnlichem untersuchte — legte er sie auf den Tisch, räusperte sich und sagte: «Den ersten Brief erhielt Ihre Frau also kurz nach Ihrer Heirat in Amerika. Die früheren hatte sie vernichtet. Bald nach dem ersten kam der zweite, und kurz danach sind Sie beide knapp dem Gastod entronnen. Dann verließen Sie Amerika, und fast zwei Jahre lang kam kein Brief. Es begann erst wieder dieses Jahr ... vor etwa drei Wochen. Stimmt das?» — «Genau.»

«Ihre Frau geriet in große Aufregung, und nach einer Besprechung mit Dr. Reilly engagierten Sie Schwester Leatheran, damit sie Ihrer Frau Gesellschaft leiste und ihre Furcht zu zerstreuen suche?»

«Ja.»

«Es ereigneten sich gewisse Vorfälle ... Hände klopfen an das Fenster ... ein gespenstisches Gesicht erschien ... Geräusche ertönten im Antiquitätensaal. Sie waren nie Zeuge dieser Phänomene?»

«Nein.»

«Niemand außer Mrs. Leidner?»

«Pater Lavigny hat Licht im Antiquitätensaal gesehen.»

«Ja, das habe ich nicht vergessen.» Poirot schwieg einen Augenblick und fragte dann: «Hat Ihre Frau ein Testament gemacht?»

«Ich glaube nicht.»

«Warum nicht?»

«Es schien von ihrem Standpunkt aus überflüssig.»

«War sie nicht reich?»

«Doch, das war sie. Ihr Vater hat ihr ein beträchtliches Vermögen hinterlassen, dessen Nutznießung sie hatte, an das sie aber nicht heran konnte. Nach ihrem Tod sollte es ihren Kindern gehören, oder, falls sie kinderlos sterben sollte, dem Pittstown-Museum.»

Poirot trommelte nachdenklich mit den Fingern auf den Tisch. «Dann können wir also ein Motiv von vornherein ausschalten. Sie werden verstehen, wonach ich immer zuerst suche. Wem nützt der Tod des Opfers? In diesem Fall einem Museum. Hätte Mrs. Leidner ein großes Vermögen besessen, wäre es eine interessante Frage gewesen, ob Sie oder der ehemalige Gatte das Vermögen erben. Im zweiten Fall hätte dieser wiederaufzustehen müssen, um es zu beanspruchen, und sich dadurch in Gefahr begeben, festgenommen zu werden, obwohl ich annehme, daß seine frühere Schuld verjährt ist. Aber diese Hypothese trifft ja nun nicht zu. Wie ich Ihnen schon sagte, bemühe ich mich stets, zuerst die finanzielle Frage zu klären. Als nächstes verdächtige ich den Ehepartner des Opfers. Sie aber haben erstens beweisen können, daß Sie gestern nachmittag nicht im Zimmer Ihrer Frau gewesen sind, zweitens verlieren Sie Geld, statt durch den Tod Ihrer Frau etwas zu erhalten, und drittens . . .» Er hielt inne.

«Ja?» fragte Dr. Leidner.

«Drittens», fuhr Poirot langsam fort, «pflege ich sofort zu erkennen, ob Liebe vorhanden ist oder nicht, und ich glaube, Herr Dr. Leidner, daß die Liebe zu Ihrer Frau die große Leidenschaft Ihres Lebens war, nicht wahr?»

Dr. Leidner antwortete schlicht: «Ja.»

Poirot nickte. «Wir können also weitergehen.»

«Also kommen Sie zur Sache!» drängte Dr. Reilly ungeduldig.

Poirot warf ihm einen mißbilligenden Blick zu. «Seien Sie nicht ungeduldig, lieber Freund. In einem Fall wie diesem muß man ordentlich und methodisch vorgehen. Vor allem ist es nötig, daß, wie Sie sich ausgedrückt haben, alle Karten auf dem Tisch liegen — nichts darf zurückgehalten werden.»

«Natürlich nicht», stimmte Dr. Reilly zu.

«Darum suche ich die volle Wahrheit», fuhr Poirot fort.

Dr. Leidner sah ihn überrascht an: «Ich versichere Ihnen, Monsieur Poirot, daß ich Ihnen alles gesagt habe, was ich weiß.»

«*Tout de même,* Sie haben nicht *alles* gesagt.»

«Aber bestimmt; ich weiß nichts, was ich verschwiegen hätte.» Er sah zerquält aus.

Poirot schüttelte freundlich den Kopf. «Nein», sagte er, *«Sie haben mir zum Beispiel nicht gesagt, warum Sie Schwester Leatheran ins Haus genommen haben.»*

Dr. Leidner blickte völlig verwirrt drein. «Aber ich habe es Ihnen doch gesagt, es ist doch ganz klar. Die Nervosität meiner Frau . . . ihre Angstzustände . . .»

Poirot beugte sich vor. Langsam, nachdrücklich bewegte er den Zeigefinger auf und ab. «Nein, nein, nein! Das ist nicht ganz klar. Ihre Frau ist in Gefahr, man droht ihr mit dem Tod, und Sie *gehen nicht zur Polizei, nicht zu einem Privatdetektiv*, sondern Sie engagieren eine *Krankenschwester*. Das ist unbegreiflich.»

«Ich . . . ich . . .» Dr. Leidner hielt inne und wurde rot. «Ich dachte . . .» wieder stockte er.

«Jetzt kommen wir zu dem Punkt», ermutigte ihn Poirot, «Sie dachten . . . was?»

Dr. Leidner schwieg, er war sichtlich erschöpft.

«Sehen Sie», Poirots Ton wurde eindringlich, «alles klingt wahr, was Sie gesagt haben, *nur das nicht*. Warum eine *Schwester?* Es gibt eine Antwort . . . ja. Es gibt nur eine Antwort. *Sie selbst glaubten nicht, daß sich Ihre Frau in Gefahr befindet.*»

Mit einem Schrei brach Dr. Leidner zusammen. «Gott helfe mir», stöhnte er, «nein, ich glaubte es nicht, ich glaubte es nicht.»

Poirot beobachtete ihn wie eine Katze, die vor einem Mauseloch auf Beute lauert. «Was glaubten Sie denn?» fragte er.

«Ich weiß es nicht . . .»

«Doch, Sie wissen es, Sie wissen es ganz genau. Vielleicht kann ich Ihnen helfen . . . mit einer Vermutung. *Hatten Sie Ihre Frau in Verdacht, die Briefe selbst geschrieben zu haben?*»

Es war keine Antwort nötig. Die Wahrheit von Poirots Vermutung war zu augenscheinlich. Dr. Leidners Hand, die er entsetzt hochhielt, als wolle er um Gnade flehen, war beredt genug.

Ich atmete schwer. Ich hatte also recht gehabt mit meiner Vermutung. Ich erinnerte mich an den merkwürdigen Ton, in welchem mich Dr. Leidner gefragt hatte, was ich von alledem hielt, und ich nickte langsam und nachdenklich, als mir plötzlich bewußt wurde, daß Poirot mich anblickte.

«Haben Sie dasselbe gedacht, Schwester?»

«Ich hielt es für möglich», antwortete ich wahrheitsgetreu.

«Wieso?»

Ich erklärte die Ähnlichkeit der Handschrift auf dem Brief, den Mr. Coleman mir gezeigt hatte.

«Hatten Sie die Ähnlichkeit ebenfalls bemerkt?» wandte sich Poirot an Dr. Leidner.

Dr. Leidner nickte. «Ja. Die Schrift war zwar klein und verkrampft, nicht großzügig wie die von Louise, aber verschiedene Buchstaben waren ganz gleich. Ich werde Ihnen einen Brief von meiner Frau zeigen.» Er holte aus seiner Brusttasche einige Briefe und reichte einen davon Poirot, der ihn sorgfältig mit dem anonymen Schreiben verglich.

«Ja», murmelte er. «Es gibt verschiedene Ähnlichkeiten... die merkwürdige Art des ‹s›, ein eigentümliches ‹e›. Ich bin kein Graphologe — ich kann nichts Endgültiges sagen — doch die Ähnlichkeit der Handschriften ist auffallend. Es scheint sehr wohl möglich, daß sie von ein und derselben Person stammen, es ist aber nicht *sicher*... wir müssen jedenfalls alle Möglichkeiten in Betracht ziehen.»

Er lehnte sich in seinem Sessel zurück und sagte nachdenklich: «Es gibt drei Möglichkeiten. Die erste besteht darin, daß die Ähnlichkeit der Handschriften nicht purer Zufall ist, die zweite, daß diese Drohbriefe aus einem unbekannten Grund von Mrs. Leidner selbst geschrieben wurden, die dritte, daß sie jemand geschrieben hat, der Handschriften leicht nachahmen kann. Warum? Es scheint kein Sinn darin zu liegen, aber eine der drei Möglichkeiten muß die richtige sein.»

Er überlegte ein paar Sekunden, dann fragte er Dr. Leidner in seiner brüsken Art: «Als Sie das erste Mal die Möglichkeit ins Auge faßten, daß Ihre Frau diese Briefe selbst geschrieben habe, was glaubten Sie da?»

Dr. Leidner schüttelte den Kopf. «Ich verwarf den Gedanken sofort wieder, ich fand ihn zu abscheulich.»

«Suchten Sie nicht nach einer Erklärung?»

«Natürlich. Ich dachte, daß vielleicht der Verstand meiner Frau gelitten habe, weil sie zuviel über ihre Vergangenheit gegrübelt hatte. Ich dachte auch, daß sie vielleicht die Briefe an sich selbst geschrieben hatte, ohne es zu wissen. So etwas gibt es doch?» fragte er Dr. Reilly.

«Das menschliche Gehirn ist zu fast allem fähig», antwortete dieser ausweichend und warf Poirot einen warnenden Blick zu, der daraufhin diesen Punkt fallen ließ. «Die Briefe sind sehr interessant», stellte Poirot fest, «doch wir müssen den Fall als Ganzes im Auge behalten. Es gibt, soweit ich sehe, auch hier drei Möglichkeiten.»

Drei?»

«Ja. Möglichkeit eins ist die einfachste: Der erste Mann Ihrer Frau lebt noch. Erst droht er ihr, dann schreitet er zur Tat. Wenn wir diese Erklärung akzeptieren, müssen wir feststellen, wie er ins Zimmer hinein- und wieder herauskommen konnte, ohne gesehen zu werden.

Zweite Möglichkeit: Mrs. Leidner schreibt sich aus Gründen, die eher von einem Arzt als von einem Laien verstanden werden können, selbst die Drohbriefe und hat auch die Sache mit dem Gas angezettelt — sie war es ja auch, die das Gas zuerst gerochen hatte. Doch wenn Mrs. Leidner die Briefe selbst geschrieben hat, kann der vermeintliche Briefschreiber sie nicht in Gefahr gebracht haben. Dann müssen wir den Mörder anderswo suchen, und zwar unter den Mitgliedern der Expedition. Jawohl», wehrte er Dr. Leidners widersprechendes Murmeln ab, «das ist die einzig mögliche Erklärung. Aus Haß hat eines von ihnen sie ermordet. Der Betreffende wußte wahrscheinlich von der Existenz der Briefe, oder wußte, daß Mrs. Leidner vor etwas Angst hatte oder vorgab, vor etwas Angst zu haben. Diese Tatsache gewährleistete dem Mörder eine gewisse Sicherheit. Er war überzeugt, daß man den Mord dem mysteriösen Fremden zuschieben würde — dem Schreiber der Drohbriefe.

Eine andere Variante dieser Möglichkeit ist, daß der Mörder diese Briefe selbst schrieb, da er Mrs. Leidners Vergangenheit kannte. Doch in diesem Falle wäre es nicht klar, warum der Mörder Mrs. Leidners Handschrift nachahmte, da es, soweit wir es bisher beurteilen können, für ihn oder für sie besser wäre, wenn die Briefe von einem Außenstehenden stammten.

Die dritte Möglichkeit ist für meinen Begriff die interessanteste: Die Briefe könnten echt sein und könnten von Mrs. Leidners erstem Mann oder von dessen jüngerem Bruder stammen, der, *wer es auch sei, ein Expeditionsmitglied ist.*»

16 Möglichkeiten

Dr. Leidner sprang auf. «Das ist völlig ausgeschlossen! Das ist doch lächerlich!» Poirot blickte ihn schweigend an. «Sie wollen behaupten, daß der frühere Mann meiner Frau ein Mitglied der Expedition ist, *daß sie ihn aber nicht erkannt hatte?*»

«Jawohl. Bedenken Sie die Tatsachen. Vor etwa fünfzehn Jahren lebte Ihre Frau einige Monate mit dem Mann zusammen. Würde sie ihn nach so langer Zeit wiedererkennen? Ich glaube es nicht. Sein ganzes Äußeres wird sich verändert haben, vielleicht die Stimme nicht, aber die kann er leicht verstellen. Vor allem aber *vermutete sie ihn nicht in ihrem Heim*, sie vermutete ihn unter Fremden. Nein, ich glaube, sie hätte ihn nicht erkannt. Und dann gibt es noch eine Möglichkeit — der jüngere Bruder. Das Kind von damals, das den älteren Bruder leidenschaftlich liebte, ist jetzt ein Mann. Würde sie in einem Mann von etwa dreißig Jahren das Kind von zehn bis zwölf Jahren wiedererkennen? Ja, man muß mit dem jungen William Bosner rechnen. In seinen Augen war sein Bruder kein Verräter, sondern ein Patriot, ein Märtyrer für sein Vaterland — Deutschland, und *Mrs. Leidner* ist die Verräterin, das Ungeheuer, das seinen geliebten Bruder in den Tod geschickt hat. Ein empfindsames Kind ist großer Heldenverehrung fähig und stärker von einer Idee besessen als ein Erwachsener.»

«Das ist wahr», sagte Dr. Reilly. «Die allgemeine Ansicht, daß ein Kind schnell vergißt, stimmt nicht. Viele Menschen werden ihr ganzes Leben lang von einem Eindruck verfolgt, der sich ihnen in jungen Jahren eingeprägt hat.»

«*Bien.* Man muß also zwei Möglichkeiten in Betracht ziehen: Frederick Bosner, ein Mann von etwa fünfzig, und William Bosner, ein Mann von knapp dreißig Jahren. Wir wollen die Mitglieder der Expedition von diesem Gesichtspunkt aus betrachten.»

«Das ist ja absurd», murmelte Dr. Leidner, «meine Leute! Die Mitglieder meiner Expedition!»

«Und daher über jeden Verdacht erhaben», entgegnete Poirot trocken. «*Commençons!* Wer könnte augenscheinlich weder Frederick noch William sein?»

«Die Frauen.»

«Natürlich, Miss Johnson und Mrs. Mercado scheiden aus. Wer noch?»

«Carey. Wir arbeiten schon seit Jahren zusammen, lange, bevor ich Louise kennenlernte . . .»

«Und er hat auch das falsche Alter. Er wird Ende der Dreißig sein, ist also zu jung für Frederick und zu alt für William. Nun die übrigen: Pater Lavigny und Mr. Mercado könnten Frederick Bosner sein.»

«Aber Monsieur Poirot», rief Dr. Leidner, halb empört, halb amüsiert, «Pater Lavigny ist in der ganzen Welt als Keilschriftforscher bekannt, und Mercado hat jahrelang in einem bekannten New Yorker Museum gearbeitet. Es ist unmöglich, daß einer von den beiden der Gesuchte sein könnte.»

«Unmöglich . . . unmöglich . . . ich halte nichts von diesem Wort», widersprach Poirot. «Das Unmögliche prüfe ich stets sehr genau. Aber wir wollen weitergehen. Wer ist noch da? Carl Reiter, ein junger Mann mit einem deutschen Namen, dann David Emmott . . .»

«Er arbeitet schon das zweite Jahr bei mir.»

«Er ist ein sehr geduldiger junger Mann. *Wenn* er ein Verbrechen plante, würde er es nicht überstürzt tun. Alles wäre gut vorbereitet.»

Dr. Leidner machte eine hoffnungslose Handbewegung.

«Und schließlich William Coleman», fuhr Poirot fort.

«Er ist Engländer.»

«*Pourquoi pas?* Hatte nicht Mrs. Leidner gesagt, daß der Junge Amerika verlassen habe, und man nicht wisse, wohin er gegangen sei? Warum nicht nach England?»

«Sie haben auf alles eine Antwort», erwiderte Dr. Leidner.

Ich überlegte scharf. Von Anfang an war mir Mr. Coleman wie eine Figur aus einem Witzblatt erschienen. Sollte er die ganze Zeit über Komödie gespielt haben?

Poirot schrieb etwas in sein Notizbuch. «Wir wollen methodisch vorgehen», sagte er. «Zunächst haben wir Pater Lavigny und Mr. Mercado, dann Coleman, Emmott und Reiter. Jetzt wollen wir einmal von einer anderen Seite an das Problem herangehen: Mittel und Möglichkeiten. *Wer von den Expeditions-*

mitgliedern hätte die Mittel und Möglichkeiten gehabt, den Mord zu begehen? Carey war auf dem Ausgrabungsplatz, Coleman in Hassanieh, Sie waren auf dem Dach. Es bleiben Pater Lavigny, Mr. Mercado, Mrs. Mercado, David Emmott, Carl Reiter, Miss Johnson und Schwester Leatheran.»

«Oh!» rief ich empört und sprang auf.

Monsieur Poirot zwinkerte mir zu. «Ja, es tut mir leid, *ma soeur*, aber es wäre für Sie eine Kleinigkeit gewesen, zu Mrs. Leidner ins Zimmer zu gehen und sie umzubringen, während der Hof leer war. Sie sind kräftig, und sie hätte bis zum Moment des Schlages keinen Verdacht geschöpft.»

Ich war so außer mir, daß ich kein Wort hervorzubringen vermochte. Dr. Reilly blickte, wie ich feststellte, höchst amüsiert drein. «Interessanter Fall: eine Krankenschwester, die ihre Patienten einen nach dem andern umbringt», murmelte er. Ich warf ihm einen entrüsteten Blick zu.

Dr. Leidners Gedanken waren einen anderen Weg gegangen. «Nicht Emmott, Monsieur Poirot», warf er ein, «ihn können Sie nicht mitzählen, er war in den fraglichen zehn Minuten bei mir auf dem Dach.»

«Wir können ihn trotzdem nicht ausschalten. Er konnte in den Hof gehen, in Mrs. Leidners Zimmer eilen, sie ermorden und *dann* den Boy zurückrufen. Oder er könnte sie in den Minuten umgebracht haben, da *er den Boy zu Ihnen aufs Dach gesandt hatte.*»

Dr. Leidner schüttelte den Kopf. «Was für ein grauenhafter Gedanke! Unvorstellbar!»

Zu meiner Überraschung stimmte Poirot zu. «Ja, es ist ein Mord, wie er nicht oft vorkommt. Im allgemeinen ist Mord eine schmutzige, gemeine Sache ... einfach, primitiv. Doch das ist ein ungewöhnlicher Mord ... ich vermute, Herr Dr. Leidner, daß Ihre Frau eine ungewöhnliche Frau war.»

Er hatte den Nagel so auffallend auf den Kopf getroffen, daß ich hochschreckte.

«Stimmt es, Schwester?» fragte er.

Dr. Leidner sagte ganz ruhig: «Schwester, schildern Sie ihm Louise bitte. Sie sind unvoreingenommen.»

«Sie war entzückend», sagte ich. «Man mußte sie liebhaben

und ihr Gefälligkeiten erweisen. Ich habe noch nie einen solchen Menschen kennengelernt.»

«Ich danke Ihnen», sagte Dr. Leidner und lächelte mir schmerzlich zu.

«Das ist das wertvolle Zeugnis eines objektiven Menschen», sagte Poirot freundlich. «Aber wir wollen weitergehen. Unter der Rubrik *Mittel und Möglichkeiten* haben wir sieben Namen: Schwester Leatheran, Miss Johnson, Mrs. Mercado, Mr. Mercado, Mr. Reiter, Mr. Emmott und Pater Lavigny.»

Er räusperte sich, und ich mußte wieder einmal feststellen, was für merkwürdige Geräusche Ausländer hervorbringen können.

«Wir wollen einmal annehmen, daß unsere dritte Theorie zutrifft, nämlich die, daß Frederick oder William Bosner der Mörder ist. Von diesem Gesichtspunkt aus können wir unsere Liste der Verdächtigen auf vier reduzieren: Pater Lavigny, Mr. Mercado, Carl Reiter und David Emmott.»

«Pater Lavigny steht außer Frage», widersprach Dr. Leidner bestimmt. «Er gehört zum Orden der Pères Blancs in Carthago.»

«Und sein Bart ist echt», warf ich ein.

«*Ma soeur*», erwiderte Poirot, «ein erstklassiger Mörder trägt nie einen falschen Bart.»

«Woher wissen Sie, daß es sich um einen erstklassigen Mörder handelt?» fragte ich aufgebracht.

«Wenn er es nicht wäre, wüßte ich bereits Bescheid, und das ist leider nicht der Fall.»

Purer Eigendünkel, dachte ich und sagte im Hinblick auf den Bart: «Auf jeden Fall muß es lange gedauert haben, bis er gewachsen ist.»

«Das ist eine sachliche Bemerkung», erklärte Poirot.

Dr. Leidner warf unwillig ein: «Das ist doch lächerlich, ganz lächerlich. Er und Mercado sind seit Jahren bekannte Wissenschaftler.»

Poirot wandte sich zu ihm. «Sie sind sich über eins noch nicht klar. *Wenn Frederick Bosner nicht tot ist, was hat er während der ganzen Zeit getan? Er muß einen anderen Namen angenommen, einen anderen Beruf ergriffen haben.*»

«Ins Kloster gegangen?» fragte Dr. Reilly skeptisch.

«Das hört sich phantastisch an», gab Poirot zu, «aber wir dürfen nichts außer acht lassen. Immerhin gibt es noch andere Möglichkeiten.»

«Die jungen Leute?» fragte Dr. Reilly. «Meiner Ansicht nach könnte überhaupt nur einer in Verdacht kommen.»

«Und der wäre?»

«Carl Reiter. Es liegt nichts Besonderes gegen ihn vor, aber wenn Sie sich's überlegen, sprechen verschiedene Dinge für diesen Verdacht: Er hat das richtige Alter, hat einen deutschen Namen, ist das erstemal dieses Jahr hier und hatte die Möglichkeit, die Tat zu begehen. Er brauchte nur die Dunkelkammer oder das Fotoatelier zu verlassen, über den Hof zu gehen, den Mord zu verüben und zurückzueilen, während die Luft rein war. Wäre jemand in seiner Abwesenheit ins Atelier gekommen, hätte er noch immer behaupten können, er sei in der Dunkelkammer gewesen. Ich sage nicht, daß er der Täter ist, aber wenn Sie überhaupt jemanden verdächtigen wollen, käme einzig und allein er in Frage.»

Monsieur Poirot nickte zweifelnd und entgegnete: «Ja, das könnte möglich sein, doch so einfach kommt es mir nicht vor. Ich möchte aber jetzt vor allem das Zimmer sehen, in dem der Mord verübt wurde.»

«Bitte sehr.» Dr. Leidner suchte in seiner Tasche, dann blickte er Dr. Reilly an. «Hauptmann Maitland hat den Schlüssel genommen.»

«Maitland hat ihn mir gegeben, er wurde dringend abberufen», erklärte Dr. Reilly.

Dr. Leidner sagte zögernd: «Würde es Ihnen etwas ausmachen, wenn ich nicht . . . vielleicht, Schwester . . .»

«Ich verstehe Sie», rief Poirot, «ich möchte Ihnen nicht unnötigen Schmerz bereiten. Würden Sie mich begleiten, *ma soeur?*»

17   Der Flecken am Waschtisch

Mrs. Leidners Leiche war nach Hassanieh zur Leichenschau gebracht worden, im übrigen war das Zimmer unberührt geblieben; es befanden sich so wenig Möbel darin, daß die Polizei es rasch hatte durchsuchen können.

Rechts von der Tür stand das Bett; an der Südwand, zwischen den zwei vergitterten Fenstern, die aufs Feld gingen, stand ein einfacher Eichentisch, den Mrs. Leidner als Toilettentisch benutzt hatte. An der Ostwand hingen an einer Reihe von Haken die in baumwollene Überzüge gehüllten Kleider, daneben stand eine Kommode aus Tannenholz, und links von der Tür der Waschtisch. Auf dem großen eichenen Tisch, in der Mitte des Zimmers, stand ein Tintenfaß und daneben lagen ein Tintenlöscher und die kleine Schreibmappe, in der Mrs. Leidner die anonymen Briefe aufbewahrt hatte. Die weiß-gelb gestreiften Vorhänge aus handgewobenem Stoff waren kurz; den Steinfußboden vor den beiden Fenstern und dem Waschtisch bedeckten drei kleine braune Ziegenfellteppiche mit schmalen weißen Streifen; ein größerer, von etwas besserer Qualität, lag zwischen dem Fenster und dem Schreibtisch.

Es gab weder Schränke noch Nischen, noch lange Vorhänge — nichts, wohinter sich jemand hätte verstecken können. Auf dem eisernen Bett lag eine gemusterte Baumwolldecke. Den einzigen Luxus im Zimmer bildeten drei schöne weiche Daunenkissen, wie sie außer Mrs. Leidner kein anderer Hausbewohner besaß.

Mit ein paar Worten erklärte Dr. Reilly, wie man Mrs. Leidner gefunden hatte — zusammengekrümmt auf dem Teppich vor dem Bett. Er bat mich, die Stellung zu imitieren. «Es ist Ihnen doch nicht unangenehm, Schwester?» fragte er.

Da ich nicht empfindlich bin, legte ich mich ohne zu zögern in ungefähr der Haltung, in der wir Mrs. Leidner gefunden hatten, auf den Boden.

«Es ist mir ganz klar», sagte Poirot. «Sie lag auf dem Bett, schlief oder ruhte sich aus, jemand öffnete die Tür, sie blickte hin, sprang vom Bett auf . . .»

«Und wurde niedergeschlagen», beendete der Arzt. «Der Schlag kam völlig unerwartet, und der Tod trat sofort ein.»

Er erklärte die Verletzung in medizinischen Ausdrücken.

«Wenig Blut?» fragte Poirot.

«Fast gar keins, es ging ins Gehirn.»

«*Eh bien*», sagte Poirot, «alles scheint klar zu sein, bis auf einen Punkt. Wenn der Eintretende ein Fremder war, warum schrie Mrs. Leidner nicht um Hilfe? Man hätte sie hören müssen. Schwester Leatheran hätte sie gehört, wahrscheinlich auch Emmott und der Araberjunge.»

«Die Antwort ist einfach», erwiderte Dr. Reilly trocken, «es war kein Fremder.»

Poirot nickte. «Ja», sagte er nachdenklich. «Sie war vermutlich überrascht, hatte aber keine Angst vor dem Eintretenden. Dann, als sie niedergeschlagen wurde, hat sie vielleicht einen halblauten Schrei ausgestoßen ... aber zu spät.»

«Den Schrei, den Miss Johnson gehört hat?»

«Ja, wenn sie ihn gehört hat, was ich bezweifle. Diese Lehmwände sind dick, und die Fenster waren geschlossen.»

Er trat zum Bett. «Als Sie von ihr fortgingen, lag sie hier?» fragte er mich.

Ich erklärte ihm genau, wie ich sie verlassen hatte.

«Wollte sie schlafen oder lesen?»

«Ich hatte ihr zwei Bücher gegeben, einen Roman und ein Memoirenwerk. Gewöhnlich las sie ein Weilchen und schlief dann kurze Zeit.»

«Und sie war ... wie soll ich mich ausdrücken ... wie immer?»

«Ja. Sie schien völlig natürlich und guter Laune. Ich fand sie schweigsamer als sonst, doch das kam wohl daher, weil sie mir am Tag zuvor ihr Herz ausgeschüttet hatte. Nachträglich ist das den meisten Menschen unangenehm.»

«Das weiß ich», sagte Poirot und zwinkerte mir zu. Dann blickte er sich im Zimmer um. «Und als Sie nach dem Mord hereinkamen, war alles verändert?»

Auch ich sah mich um. «Ich glaube.»

«Keine Spur von der Waffe, mit der Mrs. Leidner niedergeschlagen wurde?»

«Nein.»

Poirot blickte Dr. Reilly an. «Was für eine Waffe war es Ihrer Meinung nach?»

«Etwas Schweres ohne scharfe Kanten oder Ecken. Der runde Sockel einer Statue zum Beispiel, womit ich aber nicht behaupten will, daß es das gewesen sein muß. Aber so etwas Ähnliches. Der Schlag muß mit großer Wucht geführt worden sein.»

«Durch einen starken Arm? Den Arm eines Mannes?»

90

«Ja . . . wenn nicht . . .»

«Wenn nicht . . . was?»

Langsam sagte Dr. Reilly: «Es ist auch möglich, daß Mrs. Leidner kniete . . . wenn in diesem Fall der Schlag mit einem schweren Gerät von oben erfolgte, war dazu keine besondere Kraft erforderlich.»

«Kniete . . .», wiederholte Poirot nachdenklich, «. . . das ist ein Gedanke.»

«Das kam mir nur so in den Sinn», erklärte der Arzt hastig. «Nichts weist darauf hin.»

«Aber es wäre möglich.»

«Ja. Und angesichts der Umstände ist diese Annahme nicht völlig abwegig. In ihrer Angst kniete sie vielleicht, um Gnade zu erflehen, statt zu schreien, als sie merkte, daß es dazu zu spät war . . . daß niemand ihr rechtzeitig zu Hilfe kommen könnte.»

«Ja», murmelte Poirot nachdenklich, «das wäre möglich . . .»

Kaum, dachte ich. Ich konnte mir nicht vorstellen, daß Mrs. Leidner vor irgendeinem Menschen niedergekniet wäre.

Poirot schritt langsam durch das Zimmer. Er öffnete die Fenster, prüfte die Gitter, steckte den Kopf hindurch und stellte fest, daß die Schultern nicht durchgingen.

«Die Fenster waren zu, als Sie Mrs. Leidner fanden?» fragte er. «Waren sie auch geschlossen, als Sie sie Viertel vor eins verließen, Schwester?»

«Ja . . . sie waren am Nachmittag stets geschlossen. An diesen Fenstern sind keine Gazevorhänge wie im Wohn- und Eßzimmer. So blieben sie immer zu, um die Fliegen abzuhalten.»

«Auf keinen Fall konnte jemand auf diesem Weg hereinkommen», überlegte Poirot weiter. «Und die Wände sind dick, und es gibt keine verborgene Tür, keine anderen Fenster. Es gibt nur einen Zugang ins Zimmer . . . *durch die Tür*. Und es gibt nur einen Zugang zur Tür . . . *durch den Hof*. Und es gibt nur einen Zugang zum Hof . . . *durch das Tor*. Und vor dem Tor saßen fünf Menschen, die alle das gleiche aussagen, und ich glaube nicht, daß sie lügen . . . Nein, sie lügen bestimmt nicht. Sie sind nicht bestochen worden. Der Mörder war *hier* . . .»

Ich schwieg. Hatte ich nicht vorhin, als wir alle um den Tisch saßen, das gleiche Gefühl gehabt?

Langsam durchstöberte Poirot das Zimmer. Er nahm eine Foto-
grafie von der Kommode, die einen älteren Herrn mit einem
weißen Knebelbart darstellte. Er sah mich fragend an.

«Mrs. Leidners Vater», sagte ich.

Er legte sie wieder zurück und betrachtete die Toilettengegen-
stände... alle waren aus echtem Schildpatt... einfach, aber
schön. Dann sah er die Bücher an und erklärte, nachdem er die
Titel gelesen hatte: «Das sagt einem etwas. Sie war nicht
dumm, Ihre Mrs. Leidner, sie hatte Verstand.»

«Sie war sogar sehr klug», erwiderte ich. «Sie war belesen und
wußte viel, sie war keine alltägliche Frau.»

«Das habe ich auch schon festgestellt», sagte er lächelnd.

Dann blieb er einen Augenblick vor dem Waschtisch mit den
vielen Fläschchen und Cremetöpfchen stehen. Plötzlich bückte
er sich und untersuchte den Teppich.

Dr. Reilly und ich traten zu ihm. Er betrachtete einen kleinen
dunkelbraunen Flecken, der auf dem braunen Teppich fast un-
sichtbar war. Man konnte ihn nur erkennen, weil er sich auf
einem der weißen Streifen befand.

«Was meinen Sie, Herr Doktor, ist das Blut?»

Dr. Reilly bückte sich ebenfalls. «Das ist möglich», antwortete
er, «ich kann es, wenn Sie wollen, genau feststellen.»

«Bitte, seien Sie so gut.»

Monsieur Poirot untersuchte den Krug und die Waschschüssel.
Die Schüssel war leer, aber neben dem Waschtisch stand ein
Petroleumkanister mit schmutzigem Wasser. «Können Sie sich
erinnern, Schwester», fragte er, «ob der Krug in der Waschschüssel oder daneben stand, als Sie Mrs. Leidner verließen?»

«Ich bin nicht ganz sicher», antwortete ich nach kurzer Über-
legung. «Ich glaube, er stand in der Schüssel.»

«So?»

«Aber», fügte ich hastig hinzu, «ich glaube das nur, weil es im
allgemeinen der Fall war; nach dem Saubermachen jedenfalls
immer, und ich glaube, ich hätte bemerkt, wenn der Krug da-
nebengestanden wäre.»

«Ich verstehe. Wenn etwas nicht an seinem Platz gewesen wäre,
hätten Sie es festgestellt. Und nach dem Mord? Stand der Krug
so da wie jetzt?»

«Ich habe nicht darauf geachtet», antwortete ich. «Ich habe mich nur umgesehen, ob sich der Mörder irgendwo hätte verstecken können.»

«Es ist Blut», erklärte nun Dr. Reilly. «Ist das wichtig?»

Poirot runzelte die Stirn. «Das weiß ich nicht. Es braucht keine Bedeutung zu haben. Aber es wäre möglich, daß der Mörder Blut an den Händen hatte ... sehr wenig Blut ... aber immerhin Blut ... und sich hier gewaschen hat. Das wäre möglich. Aber ich kann es nicht behaupten. Dieser Flecken kann unwichtig sein.»

«Es war bestimmt nur ganz wenig Blut», sagte Dr. Reilly nachdenklich, «höchstens tropfte ein wenig aus der Wunde. Natürlich, wenn er feststellen wollte ...»

Mich schauderte es. Im Geiste sah ich einen Menschen — vielleicht diesen netten, rosigen Fotografen, der die entzückende Frau niederschlug, sich dann über sie beugte, die Wunde mit dem Finger berührte und ...

Dr. Reilly hatte mein Zittern bemerkt. «Was haben Sie, Schwester?» fragte er.

«Nichts», antwortete ich ausweichend. Aber mir war, als hätte ich ein Gespenst gesehen.

Monsieur Poirot wandte sich um und blickte mich an. «Ich weiß, was Sie brauchen», sagte er. «Wenn wir hier fertig sind, nehmen wir sie mit nach Hassanieh, und der Doktor wird Ihnen eine Tasse Tee geben, nicht wahr, Herr Doktor?»

«Mit dem größten Vergnügen.»

«Nein, Herr Doktor», widersprach ich. «Daran denke ich jetzt nicht.»

Monsieur Poirot klopfte mir freundlich auf die Schulter. «Sie, *ma soeur*, werden das tun, was wir sagen. Außerdem ist es sehr interessant für mich. Ich möchte von Ihnen noch viel erfahren, was ich hier nicht fragen kann. Der gute Dr. Leidner hat seine Frau vergöttert und ist überzeugt, daß alle andern die gleichen Gefühle für sie hegten. Ich will mit Ihnen offen über Mrs. Leidner sprechen. Das ist also abgemacht. Sowie wir hier fertig sind, kommen Sie mit uns nach Hassanieh.»

«Ich glaube», erwiderte ich nachdenklich, «daß ich ohnehin fortgehen muß. Ich bin ja jetzt hier überflüssig.»

93

«Ein oder zwei Tage spielen keine Rolle», meinte Doktor Reilly. «Sie können ohne weiteres bis nach der Beerdigung bleiben.»

«Das ist ja gut und schön», entgegnete ich, «aber wenn ich auch ermordet würde?»

Ich sagte es im Spaß, und Dr. Reilly wollte ebenso spaßhaft antworten, doch Monsieur Poirot schlug sich zu meinem Erstaunen an die Stirn. «Das wäre möglich», murmelte er. «Ja, es ist eine Gefahr ... eine große Gefahr ... Doch was wollen wir tun? Wie kann man Sie davor schützen?»

«Aber Monsieur Poirot», sagte ich, «ich habe doch nur gescherzt. Ich möchte wissen, wer mich ermorden sollte?»

«Sie oder sonst jemanden», erwiderte er, und mir gefiel die Art, wie er das sagte, gar nicht.

«Aber warum?» widersprach ich hartnäckig.

Er blickte mich durchdringend an. «Ich kann Spaß machen, Mademoiselle», sagte er, «und ich kann lachen. *Aber es gibt Dinge, die kein Spaß sind.* Das hat mich mein Beruf gelehrt. Und eines davon, eines der schrecklichsten ist: *Mord kann zur Gewohnheit werden ...*»

18 Tee bei Dr. Reilly

Bevor er wegfuhr, ging Poirot noch durch das ganze Haus und die Nebengebäude. Auch stellte er den Dienstboten noch einige Fragen, wobei Dr. Reilly als Dolmetscher fungierte.

Sie galten hauptsächlich dem Fremden, den Mrs. Leidner und ich gesehen hatten, als er in Mrs. Leidners Fenster blickte, und mit dem Pater Lavigny am folgenden Tag gesprochen hatte.

«Glauben Sie wirklich, daß dieser Kerl etwas damit zu tun hatte?» fragte Dr. Reilly auf der Fahrt nach Hassanieh.

Ich muß gestehen, daß ich sehr froh war, als ich bei Dr. Reilly Tee bekam. Monsieur Poirot tat, wie ich feststellte, fünf Stück Zucker in seine Tasse. Nachdenklich in dem Getränk rührend erklärte er: «Und jetzt können wir reden, nicht wahr? Wir können uns überlegen, wer den Mord verübt haben könnte.»

«Lavigny, Mercado, Emmott oder Reiter?» fragte Dr. Reilly.

«Nein, nein. Das ist Theorie Nummer drei. Ich möchte mich jetzt auf Theorie Nummer zwei konzentrieren und alle die Vergangenheit, den mysteriösen Gatten oder Schwager betreffenden Fragen beiseite lassen. Wir wollen einfach und sachlich überlegen, welches Expeditionsmitglied die Möglichkeit hatte, Mrs. Leidner zu ermorden, und wem es zuzutrauen wäre.»

«Ich dachte, Sie halten nicht viel von dieser Theorie?»

«Doch, aber ich habe Takt», entgegnete Poirot vorwurfsvoll. «Kann ich in Dr. Leidners Gegenwart über die Motive sprechen, die ein Mitglied der Expedition veranlassen könnte, seine Frau umzubringen? Das wäre nicht taktvoll. Ich mußte ihm gegenüber die Fiktion aufrechterhalten, daß seine Frau anbetungswürdig war und daß jeder sie angebetet hat.

Das stimmte ja nicht, und jetzt können wir klar und deutlich sagen, was wir denken; wir brauchen keine Gefühle mehr zu schonen. Und dabei kann uns Schwester Leatheran helfen, denn sie hat eine gute Beobachtungsgabe.»

«Aber ich weiß gar nichts», rief ich.

«Sie sollen mir nur sagen», entgegnete Monsieur Poirot freundlich, «wie jedes einzelne Expeditionsmitglied zu Mrs. Leidner stand, *ma soeur.*»

«Ich war ja nur eine Woche dort, Monsieur Poirot.»

«Lange genug für einen intelligenten Menschen wie Sie. Zum Beruf der Krankenschwester gehört rasche Auffassungsgabe. Wollen wir mit Pater Lavigny beginnen?»

«Da kann ich wirklich nichts sagen. Es schien, als ob er und Mrs. Leidner sich gern miteinander unterhielten. Aber meist sprachen sie französisch, und das verstehe ich nur schlecht, obwohl ich es in der Schule gelernt habe. Ich hatte den Eindruck, daß sie vor allem über Bücher sprachen.»

«Sie standen also auf gutem Fuß miteinander?»

«Ja, so könnte man es bezeichnen. Doch manchmal hatte ich den Eindruck, daß Pater Lavigny nicht klug aus ihr wurde und sich darüber ärgerte.» Und ich gab das Gespräch wieder, das ich mit ihm am ersten Tag am Ausgrabungsplatz geführt hatte, in dessen Verlauf er Mrs. Leidner als eine «gefährliche Frau» bezeichnete.

«Das ist ja sehr interessant», sagte Monsieur Poirot, «und was, glauben Sie, hat sie von ihm gedacht?»

«Das ist schwer zu sagen. Es war nicht leicht festzustellen, was Mrs. Leidner von ihren Mitmenschen dachte. Manchmal hatte ich den Eindruck, daß *sie* aus *ihm* nicht klug wurde. Ich hörte sie einmal zu Dr. Leidner sagen, daß sie noch nie einen so merkwürdigen Priester kennengelernt habe.»

«Einen Strick für Pater Lavigny», sagte Dr. Reilly scherzend.

«Lieber Freund», entgegnete Poirot, «haben Sie nicht Patienten, die auf Sie warten? Ich möchte Sie um nichts in der Welt von Ihren Pflichten abhalten.»

«Ich habe ein ganzes Krankenhaus voll, das ist wohl ein Wink mit dem Zaunpfahl.» Er stand auf und ging lachend hinaus.

«So ist es besser», erklärte Poirot, «jetzt haben wir ein interessantes *tête-à-tête*. Aber Sie müssen auch etwas essen.» Er reichte mir eine Platte mit Sandwiches und goß mir eine zweite Tasse Tee ein. Er hatte wirklich gute Manieren. «Und nun möchte ich mehr von Ihren Eindrücken hören. Wer konnte Ihrer Meinung nach Mrs. Leidner *nicht* leiden?»

Zögernd antwortete ich: «Es ist nur eine Vermutung von mir, und ich möchte nicht, daß es heißt, ich hätte das behauptet.»

«Natürlich nicht.»

«Also meiner Meinung nach haßte Mrs. Mercado sie.»

«So? Und Mr. Mercado?»

«Er schien etwas verliebt in sie zu sein. Ich glaube nicht, daß sich außer seiner Frau je eine Frau für ihn interessiert hat. Und Mrs. Leidner hatte eine nette Art, sich für andere Leute interessiert zu zeigen, und das war, glaube ich, dem armen Mann zu Kopf gestiegen.»

«Und Mrs. Mercado . . . sie war nicht begeistert davon?»

«Ganz offen gesagt: sie war eifersüchtig.»

«So? Mrs. Mercado war eifersüchtig und haßte Mrs. Leidner?»

«Ich habe einen Blick von ihr aufgefangen, als hätte sie sie am liebsten auf der Stelle umgebracht . . . ah, mein Gott», stotterte ich, «ich wollte natürlich nicht behaupten . . . ich meine . . . nicht einen Augenblick . . .»

«Ich verstehe, Ihnen ist das nur so herausgeschlüpft. Und ärgerte sich Mrs. Leidner über Mrs. Mercados Animosität?»

Nachdenklich antwortete ich. «Nein, das nicht, ich glaube, sie hat es nicht einmal bemerkt. Ich wollte ihr sogar einmal einen Wink geben, unterließ es dann aber.»

«Können Sie mir ein Beispiel anführen, wie Mrs. Mercado ihre Gefühle zeigte?»

Ich berichtete ihm meine Unterhaltung mit ihr auf dem Dach.

«Hm . . . sie erwähnte Mrs. Leidners erste Ehe», sagte Poirot stirnrunzelnd. «Können Sie sich erinnern, ob sie Sie dabei angesehen hat, um herauszufinden, ob Sie etwas anderes gehört hätten?»

«Sie meinen, sie könnte die Wahrheit gewußt haben?»

«Das wäre möglich. Sie könnte die anonymen Briefe geschrieben und die Hand am Fenster und all das andere inszeniert haben.»

«Diese Möglichkeit überlegte ich mir auch schon. Das wäre eine Rache, die ich ihr zutrauen würde.»

«Ja, zu solchen Gemeinheiten wäre sie fähig, aber sie ist nicht der Mensch, der kaltblütig einen Mord verübt, wenn nicht, natürlich . . .» Er hielt inne, überlegte und fuhr dann fort: «Es ist so merkwürdig, daß sie zu Ihnen gesagt hat: ‹Ich weiß, warum Sie hier sind.› Was meinte sie damit?»

«Ich habe keine Ahnung.»

«Sie glaubte, Sie seien nicht nur als Krankenschwester im Haus. Aber als was sonst? Und warum interessierte sie sich so sehr für Sie? Und es ist auch merkwürdig, daß sie Sie am ersten Tag beim Tee so angestarrt hat.»

«Sie ist keine Dame», erwiderte ich ärgerlich.

«Das, *ma soeur*, ist eine Feststellung, aber keine Erklärung.» Ich wußte nicht genau, was er damit meinte, doch er sprach gleich weiter: «Und die andern?»

Ich überlegte. «Ich glaube auch, daß Miss Johnson Mrs. Leidner nicht ins Herz geschlossen hatte, aber sie zeigte das ganz offen und gab zu, daß sie voreingenommen war. Sie hängt sehr an Dr. Leidner, sie hat jahrelang mit ihm zusammengearbeitet. Durch seine Heirat wurde mit einem Schlag alles anders.»

«Und von Miss Johnsons Standpunkt aus war es keine passende Heirat. Es wäre viel passender gewesen, wenn Dr. Leidner *sie* geheiratet hätte.»

«Das wäre es auch», gab ich zu. «Aber von hundert Männern heiratet keiner die Richtige. Und man kann es Dr. Leidner nicht verdenken, denn Miss Johnson, die gute Haut, ist nicht sehr ansehnlich, und Mrs. Leidner war wirklich eine Schönheit ... nicht mehr jung, aber ...! Ich wünschte, Sie hätten sie gekannt. Sie hatte so etwas Gewisses an sich ... etwas fast Überirdisches.»

«Sie konnte die Menschen bezaubern ... meinen Sie?»

«Ja. Aber ich hatte den Eindruck, daß sie und Mr. Carey nicht gut miteinander auskamen», fuhr ich nachdenklich fort. «Ich glaube, er war ebenso eifersüchtig auf sie wie Miss Johnson. Er war immer sehr steif ihr gegenüber, und sie auch zu ihm. Sie war sehr höflich, sie reichte ihm beim Essen, was er brauchte, und nannte ihn förmlich ‹Mr. Carey›. Er war ein alter Freund ihres Mannes, und meist lieben Frauen die alten Freunde ihrer Männer nicht. Sie können es nicht ertragen, daß jemand ihn früher kannte als sie ...»

«Ja, ich verstehe. Und die drei jungen Leute? Coleman — er wurde sentimental ihr gegenüber?»

Ich mußte lachen. «Es war zu komisch, Monsieur Poirot, sonst ist er ein ganz normaler junger Mann.»

«Und die beiden andern?»

«Von Mr. Emmott weiß ich nichts. Er ist immer sehr ruhig. Sie war stets freundlich zu ihm, nannte ihn David und zog ihn wegen Miss Reilly auf.»

«Wie nahm er das auf?»

«Ich weiß es wirklich nicht», sagte ich. «Er sah sie nur kühl an, und man wußte nicht, was er dachte.»

«Und Mr. Reiter?»

«Zu ihm war sie nicht sehr freundlich», antwortete ich langsam. «Ich glaube, er ging ihr auf die Nerven. Sie sprach immer etwas sarkastisch mit ihm.»

«Und er?»

«Er wurde ganz rot, der arme Kerl. Aber sie meinte es natürlich nicht böse.»

Er tat mir ja leid, aber dann kam mir auf einmal in den Sinn, daß er sehr gut ein kaltblütiger Mörder sein und sich die ganze Zeit verstellt haben könnte.

«Oh, Monsieur Poirot», rief ich. «Was glauben Sie denn, was *wirklich* passiert ist?»

Er schüttelte nachdenklich den Kopf. «Sie fürchten sich doch nicht, heute abend wieder nach Yarimjah zurückzugehen?»

«Nein», antwortete ich. «Ich habe zwar nicht vergessen, was Sie vorhin sagten, aber wer sollte *mich* ermorden wollen?»

«Ich glaube es auch nicht», erwiderte er bedächtig. «Nein, ich glaube . . . ich bin sogar sicher . . . daß Sie nicht in Gefahr sind.»

«Wenn mir das ir. Bagdad jemand gesagt hätte . . .» begann ich, wurde aber von ihm unterbrochen: «Hörten Sie irgendeinen Klatsch über das Ehepaar Leidner und die andern Expeditionsmitglieder, bevor Sie herkamen?»

Ich erzählte ihm von Mrs. Leidners Spitznamen und das, was Mrs. Kelsey über sie gesagt hatte. Während ich sprach, öffnete sich die Tür und Miss Reilly trat ein. Sie kam vom Tennisspielen und trug ein Racket in der Hand. Sie grüßte in ihrer schnippischen Weise, nahm ein Sandwich und fragte: «Na, Monsieur Poirot, wie kommen Sie mit dem großen Geheimnis voran?»

«Nicht sehr gut, Mademoiselle.»

«Wie ich sehe, haben Sie die Schwester aus dem Wrack gerettet?»

«Schwester Leatheran hat mir wichtige Informationen über die verschiedenen Expeditionsmitglieder gegeben. Vor allem habe ich viel über das . . . Opfer erfahren. Und das Opfer, Mademoiselle, ist oft der Schlüssel zum Geheimnis.»

«Das stimmt, Monsieur Poirot. Und wenn je eine Frau es verdient hat, ermordet zu werden, war es Mrs. Leidner.»

«Miss Reilly!» rief ich empört.

«Ah», entgegnete sie bösartig lachend, «ich glaube, Sie wissen nicht Bescheid. Schwester Leatheran war ebenso hingerissen von ihr wie viele andere. Ich hoffe, daß dieser Fall kein Erfolg für Sie wird, Monsieur Poirot, ich wünsche dem Mörder von Louise Leidner, daß er davonkommt. Es hat nicht viel gefehlt, so hätte *ich* sie aus dem Weg geschafft.»

Das Mädchen empörte mich, aber Monsieur Poirot verbeugte sich und sagte liebenswürdig: «Dann hoffe ich nur, daß Sie ein Alibi für gestern nachmittag haben.»

Einen Augenblick herrschte Schweigen, und Miss Reillys Rakket fiel lärmend zu Boden. Unordentlich wie sie war, nahm sie sich nicht die Mühe, es aufzuheben, und entgegnete sichtlich verstört: «O ja, ich habe im Klub Tennis gespielt. Aber im Ernst, Monsieur Poirot, ich glaube, Sie wissen nicht, was für eine Frau Mrs. Leidner war.»

Wieder machte er eine leichte, komische Verbeugung und sagte: «Würden Sie mich aufklären, Mademoiselle?»

Erst sträubte sie sich, dann aber sprach sie mit einer Kälte und Taktlosigkeit, die mir wahre Übelkeit verursachten.

«Es heißt, man soll Toten nichts Schlechtes nachsagen. Ich finde das dumm. Die Wahrheit bleibt stets die Wahrheit. Im allgemeinen ist es besser, über Lebende nichts zu sagen, man könnte sie beleidigen; den Toten aber schadet das nichts mehr. Hat die Schwester Ihnen von der merkwürdigen Atmosphäre in Tell Yarimjah erzählt? Hat sie Ihnen erzählt, wie nervös alle waren? Und wie sich alle anschauten, als seien sie Todfeinde? Das war Louise Leidners Werk. Vor drei Jahren waren die Expeditionsmitglieder die lustigste und vergnügteste Gesellschaft, die man sich vorstellen kann. Auch voriges Jahr ging noch alles gut. Aber in diesem Jahr schien eine wahre Seuche ausgebrochen zu sein ... und das war *ihr* Werk. Sie konnte es nicht ertragen, daß jemand zufrieden und glücklich war. Es gibt solche Frauen, und sie war eine von ihnen. Sie wollte alles zerstören. Nur zum Spaß ... um sich selbst ihre Macht zu beweisen ... Und außerdem war sie eine von den Frauen, die jeden Mann zu ihren Füßen sehen müssen.»

«Miss Reilly», rief ich, «das stimmt nicht, ich *weiß*, daß es nicht stimmt.»

Ohne mich zu beachten, sprach sie weiter: «Es genügte ihr nicht, daß ihr Mann sie anbetete. Sie mußte selbst diesen langbeinigen Trottel Mercado zum Narren halten. Dann stürzte sie sich auf Bill. Bill ist ein vernünftiger Bursche, aber sie machte ihn ganz verrückt, so daß er den Kopf verlor. Und Carl Reiter quälte sie — das war leicht, denn er ist ein sensibler Junge. David wollte sie auch hochnehmen, aber er wehrte sich. Er spürte ihren Zauber ... fiel aber nicht darauf herein. Vermutlich war er so vernünftig zu merken, daß ihr im Grunde an keinem et-

was lag. Und darum haßte ich sie auch so sehr. Sie war kein bißchen sinnlich. Sie wollte keine Liebeleien, es war alles nur kalte
Berechnung, und es machte ihr Spaß, die Leute durcheinanderzubringen. Sie war eine Art weiblicher Jago. Sie liebte Skandal,
aber sie selbst wollte nicht hineinverwickelt werden. Sie hielt
sich immer draußen ... und freute sich darüber. Verstehen Sie,
was ich meine?»
«Vielleicht besser, als Sie denken, Mademoiselle.»
Sheila Reilly schien zu merken, was er meinte, denn sie wurde
puterrot.
«Sie können denken, was Sie wollen», rief sie, «aber ich habe
recht. Sie war eine kluge Frau, doch sie langweilte sich und
experimentierte mit Menschen ... wie andere Leute mit Chemikalien. Es machte ihr Spaß, auf den Gefühlen der guten alten Johnson herumzutrampeln und die kleine Mercado zur
Weißglut zu bringen. Sie genoß es, mich an meiner empfind-
lichsten Stelle zu treffen ... und tat es, so oft sie konnte. Sie
liebte es, Sachen über andere herauszubekommen und dann
ein Damoklesschwert über ihnen schweben zu lassen. Oh, ich
meine nicht, daß sie erpreßte ... sie ließ die andern nur wissen, daß sie *wußte* ... und ließ sie im ungewissen über ihre
Absichten. Ich glaube, darin war sie eine Künstlerin, sie hatte
ihre Methoden gut ausgearbeitet.»
«Und ihr Mann?» unterbrach sie Poirot.
«Ihm wollte sie nie weh tun», antwortete Miss Reilly langsam.
«Zu ihm war sie immer reizend. Ich glaube, sie liebte ihn, und
er ist ja ein fabelhafter Mensch, in seine eigene Welt verspon-
nen, in seine Ausgrabungen und Theorien. Er vergötterte sie
und hielt sie für vollkommen. Das hätte manche Frau gelang-
weilt, sie aber nicht ... obwohl es sich schwer in Einklang brin-
gen läßt mit ...» Sie hielt inne.
«Fahren Sie fort, Mademoiselle», sagte Poirot.
Nun wandte sie sich plötzlich an mich: «Was haben Sie Mon-
sieur Poirot über Richard Carey gesagt?»
«Über Mr. Carey?» wiederholte ich erstaunt.
«Über sie und Carey.»
«Daß ich den Eindruck hatte, sie konnten sich nicht leiden.»
Zu meiner Überraschung brach sie in Lachen aus. «Nicht lei-

den! So etwas! Er war irrsinnig in sie verliebt! Und es ruinierte ihn völlig, weil er an Leidner sehr hängt und seit Jahren mit ihm befreundet ist. Das genügte ihr natürlich. Das wollte sie ja, sie wollte sich zwischen die beiden stellen. Aber ich glaube ... ich glaube, in diesem Falle war sie zu weit gegangen, es hatte auch sie gepackt. Carey sieht aus wie ein Gott. Sie war eiskalt ... aber ihm gegenüber, glaube ich, hatte sie ihre Kälte verloren ...»

«Ich finde es empörend, was Sie sagen», rief ich. «Die beiden haben doch kaum miteinander gesprochen.»

«So, meinen Sie? Keinen Schimmer haben Sie. Im Haus waren sie füreinander ‹Mr. Carey› und ‹Mrs. Leidner›, aber sie trafen sich außerhalb, am Fluß. Ich sah einmal, wie er von ihr zur Arbeit zurückging, und sie blickte ihm nach. Ich hatte mein Fernglas bei mir und konnte ihr Gesicht genau sehen. Ich glaube, daß auch sie Carey maßlos liebte ... Entschuldigen Sie», wandte sie sich zu Poirot, «daß ich mich eingemischt habe, aber ich fand, Sie sollten sich ein richtiges Bild machen.» Und damit verließ sie das Zimmer.

«Monsieur Poirot», rief ich, «ich glaube ihr nicht ein Wort!»

Er blickte mich lächelnd an und sagte: «Sie müssen zugeben, Schwester, daß Miss Reillys Erzählung einiges Licht auf den Fall geworfen hat.»

19   Ein neuer Verdacht

Wir konnten nicht weitersprechen, weil gerade Dr. Reilly hereinkam, mit dem dann Monsieur Poirot über die Psychologie anonymer Briefschreiber sprach. Der Arzt erzählte von Fällen aus seiner Praxis, und Monsieur Poirot wartete ebenfalls mit verschiedenen Beispielen auf. «Es ist nicht so einfach, wie es scheint», schloß er, «manchmal ist das Motiv Machtgier, öfter aber ein starker Minderwertigkeitskomplex.» Nachdenklich fügte er hinzu: «Glauben Sie, Herr Doktor, daß Mrs. Leidner unter Minderwertigkeitskomplexen litt?»

«Das wäre das letzte, was ich von ihr angenommen hätte. Leben, Leben und noch einmal Leben ... das war, was sie verlangte und auch bekam.»

«Halten Sie es, psychologisch gesehen, für möglich, daß sie selbst die Briefe geschrieben hat?»

«Ja, aber nur aus dem Wunsch heraus, sich in Szene zu setzen. Mrs. Leidner war eine Art Filmstar. Sie mußte der Mittelpunkt sein ... mußte im Rampenlicht stehen. Gegensätze ziehen sich an, und so heiratete sie Leidner, den bescheidensten, zurückhaltendsten Menschen, den ich kenne. Er vergötterte sie, doch das genügte ihr nicht, sie wollte auch noch die verfolgte Unschuld sein.»

«Sagen Sie einmal ganz offen, Herr Doktor, was Sie eigentlich von Mrs. Leidner hielten.»

Dr. Reilly zog nachdenklich an seiner Pfeife. «Das ist recht schwierig, denn ich kannte sie nicht sehr gut. Sie war bezaubernd, intelligent, sympathisch ... und sonst? Sie hatte kein ausgesprochenes Laster, war nicht sinnlich, nicht faul und auch nicht besonders eitel. Ich hielt sie nur — ich habe zwar keine Beweise dafür — für eine vollendete Lügnerin. Was ich allerdings nicht weiß und was ich gern wüßte, ist, ob sie auch sich selbst belog oder nur ihre Mitmenschen. Ich hielt sie für keine ausgesprochene Männerjägerin, doch es machte ihr Spaß, möglichst viel Männer zu ihren Füßen zu sehen. Wenn Sie meine Tochter darüber sprechen hörten ...»

«Wir hatten bereits das Vergnügen», unterbrach ihn Poirot.

«So», sagte Dr. Reilly. «Sie hat sich also Luft gemacht. Die jüngere Generation hat keine Ehrfurcht vor dem Tod, sie verdammt die ‹alte Moral›. Wenn Mrs. Leidner ein halbes Dutzend Liebeleien gehabt hätte, hätte Sheila das vermutlich gebilligt und gefunden ‹sie habe ihr Leben gelebt› oder ‹sie sei eben ihren Instinkten gefolgt›. Sie hat jedoch nicht erkannt, daß Mrs. Leidner ihren Neigungen gemäß gelebt hat. Auch die Katze gehorcht ihrem Instinkt, wenn sie mit der Maus spielt. Sheila hat aber wenigstens ehrlich zugegeben, daß sie Mrs. Leidner aus persönlichen Gründen haßt. Sheila ist hier das einzige junge Mädchen, und es ärgert sie, wenn eine Frau, die nicht ausgesprochen jung und schon zum zweitenmal verheiratet ist, ihr ins Gehege kommt. Sheila ist hübsch, gesund und gefällt den jungen Männern. Mrs. Leidner aber war ganz anders, sie hatte diesen gefährlichen Zauber, der Männer um den Verstand bringt.»

«Ist es indiskret zu fragen, ob Ihre Tochter für einen der jungen Leute hier ein besonderes Interesse zeigt?» fragte Poirot.

«Ich glaube es nicht. Sie geht mit Emmott und Coleman tanzen, aber ich bezweifle, daß sie für einen von den beiden eine Vorliebe hegt. Und dann scharwenzeln zwei junge Fliegeroffiziere um sie herum. Diese jungen Burschen sind gewissermaßen Fische für ihre Netze. Meiner Ansicht nach war sie wütend, daß das Alter wagte, die Jugend herauszufordern und in den Schatten zu stellen. Sheila ist ein hübsches Mädchen — aber Louise Leidner war schön. Diese herrlichen Augen, dieses wunderbare goldblonde Haar ... ach ja, sie war eine schöne Frau!»

Ja, dachte ich, er hat recht, Schönheit ist etwas Wunderbares, und Mrs. Leidner war wirklich schön; es war nicht jene Schönheit, auf die man eifersüchtig ist, sondern jene, die man einfach bewundern muß.

Nun fiel mir aber ein, wie Mrs. Leidner darauf bestanden hatte, an jenem Nachmittag ohne mich auszugehen. Vielleicht war sie damals mit Mr. Carey verabredet gewesen ... auch die förmliche Art und Weise, in der die beiden miteinander verkehrten, war verdächtig; die andern hatte sie meist mit den Vornamen angesprochen. Wie ich mich jetzt erinnerte, hatte er sie auch nie angeschaut. Der Grund konnte sein, daß er sie nicht mochte ... aber auch das Gegenteil ...

Doch dann rief ich mich zur Ordnung. Ich kam auf die merkwürdigsten Gedanken, nur weil ein eifersüchtiges junges Mädchen sich gehässig geäußert hatte! Mrs. Leidner war nicht so gewesen ... sie hatte Sheila Reilly offensichtlich nicht gemocht. Wie sie zu Mr. Emmott über Sheila gesprochen hatte, war boshaft gewesen. Und wie merkwürdig er sie daraufhin angesehen hatte! Man wußte nicht, was er dachte; bei Mr. Emmott konnte man das nie wissen. Er war ein ruhiger, netter, zuverlässiger Mensch, Mr. Coleman hingegen war nur ein alberner Fant.

An diesem Punkt war ich mit meinen Überlegungen angelangt, als wir in Tell Yarimjah ankamen. Es war neun Uhr, das große Tor war bereits verschlossen.

104

Ibrahim öffnete es mit seinem großen Schlüssel.

Im Wohnzimmer sowie in den meisten Schlafzimmern war es schon dunkel, nur im Zeichensaal und in Dr. Leidners Büro brannte noch Licht. Alle waren anscheinend noch zeitiger als üblich schlafen gegangen.

Bevor ich in mein Schlafzimmer ging, blickte ich in den Zeichensaal, wo Mr. Carey hemdärmlig über einen großen Plan gebeugt arbeitete.

Es versetzte mir einen Schlag, wie elend er aussah. Ich weiß nicht, was es mit Mr. Carey auf sich hatte — es lag nicht an dem, was er sagte, denn er sagte so gut wie gar nichts, und es war auch nicht das, was er tat, denn das war das übliche, und dennoch fiel er einem auf, und alles, was mit ihm zusammenhing, schien mehr zu bedeuten, als es bei anderen bedeutet hätte. Er war einfach eine Persönlichkeit, wenn Sie verstehen, was ich damit meine.

Er wandte den Kopf und nahm, als er mich sah, die Pfeife aus dem Mund. «Ah, Schwester, zurück aus Hassanieh?» fragte er.

«Ja, Mr. Carey. Sie arbeiten ja noch so spät. Alle andern sind anscheinend schon zu Bett gegangen.»

«Ich muß noch einiges tun. Es ist so viel liegengeblieben, und morgen muß ich wieder zum Ausgrabungsplatz, wir machen dort wieder weiter.»

«Schon?» fragte ich, peinlich berührt.

Er blickte mich merkwürdig an. «Es ist das beste. Leidner wird morgen noch den ganzen Tag in Hassanieh zu tun haben, aber wir andern arbeiten wieder. Herumsitzen und einander anzustarren hat keinen Sinn.»

Das stimmte, denn alle waren nervös und gereizt. «Sie haben recht», entgegnete ich, «man kommt auf andere Gedanken, wenn man arbeitet.»

Das Begräbnis sollte übermorgen stattfinden.

Carey hatte sich wieder über seine Arbeit gebeugt. Er tat mir leid, und ich war überzeugt, daß er keinen Schlaf finden würde. «Möchten Sie vielleicht ein Schlafmittel, Mr. Carey?» fragte ich ihn.

Traurig lächelnd schüttelte er den Kopf. «Es wird auch so gehen, Schwester. Schlafmittel sind eine schlechte Angewohnheit.»

«Dann gute Nacht, Mr. Carey», sagte ich. «Wenn ich irgend etwas für Sie tun kann . . .»

«Vielen Dank, Schwester. Gute Nacht.»

«Es tut mir so entsetzlich leid», sagte ich, vermutlich zu impulsiv.

«Was tut Ihnen leid?» Er blickte überrascht auf.

«Alles. Alles ist so furchtbar, aber vor allem für Sie.»

«Für mich? Wieso gerade für mich?»

«Weil Sie mit beiden so befreundet waren.»

«Ich bin ein alter Freund von Leidner, war aber nicht besonders befreundet mit ihr.» Er sprach, als hätte er sie nicht leiden mögen, und ich wünschte, Miss Reilly hätte das gehört.

«Dann gute Nacht», sagte ich und eilte in mein Zimmer.

Dort kramte ich ein bißchen herum, wusch einige Taschentücher aus und schrieb mein Tagebuch. Dann sah ich noch einmal in den Hof hinaus. Im Zeichensaal und im Büro brannte Licht; Leidner arbeitete also noch, und ich überlegte, ob ich ihm nicht gute Nacht sagen sollte. Ich wollte nicht aufdringlich erscheinen; schließlich aber trieb mich ein unbehagliches Gefühl, zu ihm zu gehen. Schaden konnte es ja nichts, ich würde ihm nur gute Nacht sagen und fragen, ob ich etwas für ihn tun könnte.

Doch nicht Dr. Leidner, sondern Miss Johnson saß im Büro. Den Kopf in den Händen vergraben, weinte sie herzzerbrechend. Ich war bestürzt. Sie war eine so ruhige, beherrschte Frau, es tat mir leid, sie in diesem Zustand zu sehen.

«Was haben Sie denn, meine Liebe?» rief ich, legte meinen Arm um sie und streichelte sie. «Aber Sie müssen sich beruhigen . . . warum weinen Sie denn?»

Sie antwortete nicht und schluchzte weiter, daß ihr ganzer Körper zitterte. «Nicht doch, nicht doch», redete ich ihr zu. «Ich werde Ihnen jetzt eine Tasse Tee machen.»

Sie hob den Kopf und entgegnete: «Nein, danke, Schwester. Es ist schon alles gut. Ich bin eine alberne Person.»

«Was haben Sie denn, meine Liebe?» fragte ich.

Erst nach einer kleinen Weile antwortete sie: «Alles ist so entsetzlich . . .»

«Versuchen Sie, nicht mehr daran zu denken», tröstete ich sie. «Was geschehen ist, ist nicht mehr zu ändern.»

Sie richtete sich auf und strich ihr Haar glatt. «Ich bin eine alberne Person», wiederholte sie in ihrer schroffen Art. «Ich wollte hier Ordnung schaffen, weil ich dachte, Arbeit sei das beste. Und dann . . . dann überkam es mich plötzlich.»

«Ja, ja», sagte ich, «das verstehe ich. Eine Tasse starken Tee und eine Bettflasche, das brauchen Sie.» Und das brachte ich ihr, trotz ihres Widerspruchs.

«Danke schön, Schwester», sagte sie, als sie mit der Wärmflasche im Bett lag und den Tee trank. «Sie sind eine nette, verständnisvolle Frau. Ich mache mich wirklich nicht oft so lächerlich.»

«Das kann jedem in einem solchen Fall passieren», tröstete ich sie. «Es kam eben alles zusammen. Die Aufregung, die Polizei, das ganze Durcheinander.»

Sie entgegnete langsam, mit veränderter Stimme: «Sie haben vollkommen recht. Was geschehen ist, ist geschehen und nicht mehr zu ändern . . .» Dann schwieg sie einen Augenblick und sagte unvermittelt: «Sie war kein guter Mensch!»

Ich wollte darüber nicht streiten, ich hatte Verständnis dafür, daß Miss Johnson und Mrs. Leidner einander nicht gerade geliebt hatten, und dachte sogar, daß sich vielleicht Miss Johnson im geheimen über Mrs. Leidners Tod freue und sich dieses Gefühles schäme. Laut sagte ich: «Jetzt werden Sie schlafen und nicht länger grübeln.»

Da noch ein paar Kleidungsstücke herumlagen, wollte ich rasch etwas Ordnung schaffen; dabei sah ich auf dem Boden ein zerknülltes Stück Papier liegen, das ihr aus einer Tasche gefallen war. Ich entfaltete und glättete es, als sie mich plötzlich anfuhr: «Geben Sie das her!»

Erschrocken reichte ich es ihr, sie riß es mir förmlich aus der Hand und verbrannte es an der Kerzenflamme.

Ich war, wie gesagt, erschrocken und starrte sie an. Das Papier hatte ich nicht betrachten können, bevor sie es mir entriß, doch während es verbrannte, sah ich zufällig ein paar mit Tinte geschriebene Worte.

Erst als ich zu Bett ging, kam mir auf einmal in den Sinn, daß ich diese Schrift schon einmal gesehen hatte: es war dieselbe wie die der anonymen Briefe!

War Miss Johnson darum von Gewissensbissen geplagt? War
sie die Schreiberin dieser anonymen Briefe?

20   Miss Johnson, Mrs. Mercado, Mr. Mercado

Der Gedanke war entsetzlich. Miss *Johnson* mit den Briefen in
Verbindung zu bringen, wäre mir nie im Traume eingefallen.
Mrs. Mercado vielleicht, aber nie Miss Johnson, die eine wirkliche Dame war, feinfühlig, vernünftig.
Als ich jedoch an die Unterhaltung dachte, die Monsieur Poirot
und Dr. Reilly am Abend miteinander geführt hatten, wurde
ich stutzig. *Wenn* Miss Johnson die Briefe geschrieben hätte,
würde manches klar werden. Natürlich dachte ich nicht eine
Sekunde daran, daß Miss Johnson mit dem Mord etwas zu tun
haben könnte, aber infolge ihrer Abneigung gegen Mrs. Leidner hätte sie der Versuchung erliegen können, ihre Gegnerin
durch einen bösen Streich derart in Schrecken zu versetzen, daß
sie das Feld räumte.
Doch dann wurde Mrs. Leidner ermordet, und Miss Johnson
machte sich fürchterliche Gewissensbisse — sowohl wegen ihres
gemeinen Streiches als auch bei dem Gedanken, daß diese Briefe dazu beitragen könnten, den Mörder zu schützen. Ihr Zu-
sammenbruch war also kein Wunder. Bestimmt war sie im
Grunde ihres Herzens ein anständiger Mensch, und darum
hatte sie sich auch so eifrig an meine Worte geklammert: «Was
geschehen ist, ist geschehen, und kann nicht mehr geändert
werden.» Und dann diese merkwürdige Äußerung — diese
Rechtfertigung: «Sie war kein guter Mensch!»
Was sollte ich tun?
Ich zerbrach mir den Kopf. Nach einer Weile beschloß ich, es
bei der ersten Gelegenheit Monsieur Poirot zu sagen.
Als er am nächsten Tag kam, war ich aber nur einen Moment
mit ihm allein, und ehe ich ihn sprechen konnte, flüsterte er
mir zu: «Ich werde jetzt mit Miss Johnson und auch mit den
andern im Wohnzimmer sprechen. Haben Sie noch den Schlüssel von Mrs. Leidners Zimmer?»

108

«Ja.»

«*Très bien*. Gehen Sie hinein, machen Sie die Tür hinter sich zu und schreien Sie, nicht übermäßig laut, stoßen Sie einfach einen Schrei aus. Er soll Überraschung ausdrücken, nicht Entsetzen. Und wenn man Sie hören sollte, sagen Sie, Sie hätten sich den Fuß verknackst oder so was Ähnliches . . . das überlasse ich Ihnen.»

In diesem Augenblick kam Miss Johnson in den Hof, und wir konnten nicht weiterreden. Ich wußte genau, was er bezweckte. Sobald er und Miss Johnson im Wohnzimmer waren, ging ich in Mrs. Leidners Zimmer und machte die Tür hinter mir zu.

Ich kam mir ziemlich albern vor, allein in einem leeren Zimmer zu stehen und einen Schrei auszustoßen. Zudem wußte ich nicht, wie laut er sein sollte. So rief ich recht laut «Oh», dann noch einmal lauter, und schließlich etwas leiser.

Danach ging ich wieder in den Hof. Die Erklärung, die ich mir ausgedacht hatte, brauchte ich aber nicht abzugeben. Poirot und Miss Johnson waren im Wohnzimmer in ein Gespräch vertieft und hatten offensichtlich nichts gehört.

Also das ist nun klar, dachte ich. Entweder hat sie sich geirrt und hat gar keinen Schrei gehört, oder er kam anderswoher.

Da ich die beiden nicht stören wollte, setzte ich mich in der Veranda auf einen Liegestuhl; ich konnte aber jedes Wort verstehen.

«Die Situation ist schwierig», sagte Poirot, «augenscheinlich liebte Dr. Leidner seine Frau sehr . . .»

«Er vergötterte sie», unterbrach ihn Miss Johnson.

«Er erklärte mir auch, daß alle Expeditionsmitglieder sie sehr verehrt hätten. Die Herrschaften können ihm ja nicht gut etwas anderes sagen. Es kann wahr sein, muß aber nicht stimmen. Nur bin ich überzeugt, daß zur Lösung des Rätsels die klare Erkenntnis von Mrs. Leidners Charakter erforderlich ist. Wenn ich genau wüßte, was jedes Mitglied von ihr hält, könnte ich mir ein Bild von ihr machen. Deswegen bin ich heute hergekommen. Ich weiß, daß Dr. Leidner in Hassanieh ist, und so kann ich leichter mit jedem einzelnen sprechen. Und dazu brauche ich Ihre Hilfe.»

«Bitte sehr», entgegnete Miss Johnson kurz.

«Seien Sie jetzt bitte nicht zu englisch», bat Poirot. «Sagen Sie nicht, es sei nicht loyal, über Tote schlecht zu sprechen. Loyalität ist die Pest, wenn es sich um die Aufdeckung eines Verbrechens handelt, sie verschleiert immer wieder die Wahrheit.»

«Ich kann nicht behaupten, daß ich Mrs. Leidner in mein Herz geschlossen hätte», erwiderte Miss Johnson trocken und mit einem bitteren Unterton. «Mit Dr. Leidner ist es etwas anderes, aber immerhin war sie seine Frau.»

«Das soll also heißen, daß Sie nichts gegen die Frau Ihres Chefs sagen wollen. Aber es handelt sich jetzt nicht um eine einfache Meinungsäußerung, sondern darum, einen grauenvollen, rätselhaften Mord aufzuklären. Wenn ich glauben müßte, daß die Tote ein gequälter Engel war, würde das meine Aufgabe nicht erleichtern.»

«Bestimmt würde ich sie nicht als Engel bezeichnen», erklärte Miss Johnson.

«Sagen Sie mir offen Ihre Meinung über Mrs. Leidner — als Frau.»

«Hm. Zunächst mache ich Sie darauf aufmerksam, daß ich voreingenommen bin, Monsieur Poirot. Ich . . . wir alle würden für Dr. Leidner durchs Feuer gehen. Und als Mrs. Leidner kam, waren wir alle eifersüchtig. Wir nahmen es ihr übel, daß sie seine Zeit und Aufmerksamkeit zu sehr in Anspruch nahm. Ich spreche ganz offen, Monsieur Poirot, obwohl es nicht angenehm für mich ist. Ich war böse darüber, daß sie hier war, bemühte mich aber, es nie zu zeigen. Es war alles für uns anders geworden, wissen Sie.»

«Uns? Wieso uns?»

«Ich meine für Mr. Carey und für mich. Wir gehörten zur alten Garde, und uns gefiel die ‹neue Ordnung› gar nicht. Das ist eigentlich verständlich, es mag allerdings etwas kleinlich von uns gewesen sein. Aber es hatte sich alles so verändert.»

«Wieso verändert?»

«In jeder Beziehung. Wir waren früher so vergnügt zusammen, hatten viel Spaß, und Dr. Leidner war so lustig — wie ein Junge.»

«Und als Mrs. Leidner kam, änderte sich das?»

«Ich glaube nicht, daß es ihre Schuld war. Voriges Jahr war es gar nicht so schlimm. Und, bitte, glauben Sie mir, es handelt sich nicht um das, was sie *tat*. Sie war immer reizend zu mir, und das beschämte mich manchmal. Sie konnte nichts dafür, daß Kleinigkeiten, die sie sagte oder tat, mich gegen sie aufbrachten. Es konnte niemand netter sein, als sie war.»

«Aber trotzdem hat sich in diesem Jahr alles geändert? Es herrschte eine andere Atmosphäre?»

«Es war ganz anders, obwohl ich nicht sagen kann, warum. Alles schien schiefzugehen — nicht mit der Arbeit — ich meine mit uns. Wir waren alle übernervös, als wäre ständig ein Gewitter im Anzug.»

«Und diese Atmosphäre führen Sie auf Mrs. Leidner zurück?»

«Bevor sie kam, war es nie so», antwortete Miss Johnson trokken. «Aber ich weiß, ich bin konservativ und möchte, daß alles immer so bleibt, wie es ist. Sie dürfen mich nicht zu ernst nehmen, Monsieur Poirot.»

«Wie würden Sie Mrs. Leidners Charakter und Temperament beschreiben?»

Nach kurzem Schweigen sagte sie langsam: «Sie war launisch, war einen Tag nett zu jemand und sprach am nächsten überhaupt nicht mit ihm. Ich glaube, sie wäre an sich gutmütig und rücksichtsvoll gewesen, aber sie war zu verwöhnt. Sie nahm Dr. Leidners Liebe zu ihr als etwas Selbstverständliches hin und wurde sich, glaube ich, nie bewußt, was für einen bedeutenden, was für einen großen Menschen sie geheiratet hatte. Das ärgerte mich oft. Und sie war schrecklich nervös. Was sie sich alles vorstellte, und was sie für Szenen machte! Ich war sehr froh, als Dr. Leidner Schwester Leatheran engagierte. Es war zu viel für ihn, sich um seine Arbeit und um die Angstzustände seiner Frau zu kümmern.»

«Was halten Sie von den anonymen Briefen, die sie erhielt?»

Ich konnte nicht anders, ich mußte mich so weit vorbeugen, daß ich einen Blick auf ihr Gesicht erhaschte. Sie sah vollkommen kühl und gelassen aus.

«Ich nehme an, daß jemand in Amerika sie haßte und versuchte, sie zu erschrecken und zu beunruhigen.»

«Pas plus sérieux que ça?»

«Das ist meine Meinung. Sie war eine sehr schöne Frau und

hatte wahrscheinlich Feinde. Ich glaube, daß irgendeine gehässige Frau die Briefe geschrieben hat, und Mrs. Leidner, die sehr nervös war, nahm sie ernst.»

«Das tat sie bestimmt», entgegnete Poirot. «Und vergessen Sie nicht, daß der letzte ihr in ihr Zimmer auf den Tisch *gelegt* wurde.»

«Ich stelle mir vor, daß sich das arrangieren läßt. Frauen machen sich zur Befriedigung ihres Hasses viele Umstände, Monsieur Poirot.»

Das tun sie, dachte ich.

«Vielleicht haben Sie recht, Mademoiselle. Wie Sie sagen war Mrs. Leidner schön. Dabei fällt mir ein: Kennen Sie die Tochter von Dr. Reilly?»

«Sheila Reilly? Natürlich.»

Poirot sprach jetzt vertraulich: «Ich habe gehört (und möchte natürlich nicht den Doktor danach fragen), daß sich zwischen ihr und einem Expeditionsmitglied etwas angesponnen hat. Stimmt das?»

Miss Johnson war sichtlich amüsiert. «Ach, der junge Coleman und David Emmott umschwärmen sie. Ich glaube, sie machen es einander streitig, wer sie in den Klub begleiten darf; beide gehen regelmäßig am Samstag in den Klub. Aber ich glaube nicht, daß sie einen von ihnen ernst nimmt. Sie ist hier in der Gegend das einzige junge Mädchen, verstehen Sie. Auch die jungen Fliegeroffiziere sind hinter ihr her.»

«Sie glauben also nicht, daß daran etwas ist?»

«Nein ... das glaube ich nicht.» Miss Johnson war nachdenklich geworden. «Allerdings kommt sie oft hierher, auch zum Ausgrabungsplatz. Und Mrs. Leidner zog neulich einmal David Emmott damit auf, daß Sheila ihm nachlaufe. Das war recht boshaft, und er freute sich gar nicht darüber ... Ja, es stimmt, sie war oft hier. Am Nachmittag des Mordtages sah ich sie zum Ausgrabungsplatz reiten. Aber an dem Nachmittag hatten weder Emmott noch Coleman Dienst, Richard Carey war dort. Ja, vielleicht gefällt ihr doch einer der beiden, sie ist nur eines der modernen unsentimentalen jungen Mädchen, von denen man nie weiß, ob sie etwas ernst nehmen. Jedenfalls weiß ich nicht, welchen von beiden sie bevorzugt. Bill ist ein netter Junge und gar nicht so blöd, wie er sich stellt. Emmott ist ein reizender Mensch, und es steckt viel hinter ihm, er ist ein stilles Wasser.»

Dann blickte sie Poirot spöttisch an und fragte: «Aber was hat das mit dem Verbrechen zu tun, Monsieur Poirot?»

Monsieur Poirot hob in typisch französischer Art die Hände. «Ich werde rot, Mademoiselle. Sie stellen mich als Schwätzer bloß. Aber was wollen Sie, mich interessieren nun einmal die Liebesgeschichten junger Menschen.»

«Ja», sagte Miss Johnson mit einem leichten Seufzer, «es ist schön, wenn man auf wahre Liebe stößt . . .»

«Sheila Reilly hat Charakter», fuhr sie dann fort. «Sie ist jung und noch ungeschliffen, aber sie ist in Ordnung.»

«Wenn Sie es sagen, Mademoiselle, wird es stimmen», meinte Poirot und fragte dann: «Sind augenblicklich noch andere Expeditionsangehörige im Haus?»

«Marie Mercado muß hier sein. Die Herren sind alle draußen. Ich glaube, daß sie es hier nicht mehr aushielten, was ich ihnen nachfühlen kann. Wenn Sie vielleicht zum Ausgrabungsplatz gehen möchten . . .» Sie kam nun auf die Veranda und sagte, mir zulächelnd: «Bestimmt wird Schwester Leatheran Sie begleiten.»

«Gern, Miss Johnson», sagte ich.

«Und Sie essen mit uns zu Mittag, Monsieur Poirot?»

«Mit dem größten Vergnügen, Mademoiselle.»

Miss Johnson ging ins Wohnzimmer zurück und setzte sich wieder an ihre Arbeit.

«Mrs. Mercado ist auf dem Dach. Wollen Sie sie zuerst sprechen?» fragte ich.

«Das ist gleichgültig. Gehen wir hinauf.»

Auf der Treppe sagte ich: «Haben Sie mich schreien gehört?»

«Nicht einen Ton.»

«Das wird Miss Johnson beruhigen», erklärte ich. «Sie macht sich Vorwürfe, daß sie, als sie den Schrei zu hören glaubte, nichts getan hat.»

Mrs. Mercado saß am Geländer, den Kopf auf die Hände gestützt, und war so tief in Gedanken versunken, daß sie uns nicht hörte, bis Poirot vor ihr stand und ihr guten Morgen sagte.

113

Sie schrak zusammen und blickte auf. Ich fand sie elend aussehend, unter den Augen hatte sie tiefe, dunkle Schatten.

«*Encore moi*», sagte Poirot. «Ich komme zu einem bestimmten Zweck.» Er erklärte ihr, genau wie Miss Johnson, wie wichtig es für ihn sei, ein genaues Bild von Mrs. Leidner zu bekommen.

«Die liebe, *liebe* Louise! Es ist so schwer, sie jemandem zu beschreiben, der sie nicht gekannt hat. Sie war ein exotisches Geschöpf. Ganz anders als alle anderen Frauen, nicht wahr, Schwester? Ein wahres Nervenbündel natürlich, aber von ihr nahm man ja alles gern hin. Und sie war so reizend zu uns allen, nicht wahr, Schwester? Und dabei so bescheiden ... ich meine, sie verstand gar nichts von Archäologie und bemühte sich so, etwas zu lernen. Immer fragte sie meinen Mann, wie man die Metallfunde chemisch behandeln müsse, und auch von Miss Johnson ließ sie sich belehren. Oh, wir liebten sie alle so sehr!»

«Dann stimmt es also nicht, Madame, daß eine gewisse Spannung ... eine unangenehme Atmosphäre geherrscht hat?»

Mrs. Mercado riß ihre verschleierten Augen auf: «Oh, *wer* hat das behauptet? Die Schwester? Dr. Leidner? Aber er hat ja nie etwas bemerkt, der arme Mann.» Sie warf mir einen ausgesprochen giftigen Blick zu.

«Ich habe meine Spione», erklärte Poirot freundlich lächelnd. Ich sah, wie ihre Lider zuckten.

«Glauben Sie nicht», fragte sie süß, «daß nach einem solchen Ereignis jedermann Dinge behauptet, die nicht stimmen? Sie verstehen ... ‹Spannung›, ‹unheimliche Atmosphäre›, ‹das Gefühl, daß etwas in der Luft hängt›. Ich glaube, das redet man sich hinterher immer ein.»

«Das stimmt, Madame», pflichtete ihr Poirot bei.

«Und es war wirklich nicht wahr. Wir waren wie eine glückliche Familie.»

«Diese Frau ist die schlimmste Lügnerin, die ich je gesehen habe», erklärte ich empört, als Monsieur Poirot und ich außer Hörweite auf dem Weg zum Ausgrabungsplatz waren. «Ich bin sicher, daß sie Mrs. Leidner gehaßt hat.»

«Sie ist kaum der Mensch, von dem man die Wahrheit erwartet», stimmte er mir zu.

«Verschwendete Zeit», sagte ich scharf.

«Keineswegs ... keineswegs. Wenn ein Mensch mit den Lippen lügt, sagen die Augen die Wahrheit. Wovor fürchtet sie sich, die kleine Madame Mercado? Ich sah Furcht in ihren Augen. Ja, ich bin sicher, daß sie sich vor etwas fürchtet. Das ist sehr interessant.»

«Ich muß Ihnen etwas Wichtiges mitteilen, Monsieur Poirot», unterbrach ich ihn und sagte ihm, daß ich den dringenden Verdacht hegte, Miss Johnson habe die anonymen Briefe geschrieben. «Sie lügt also auch ... wie kühl hat sie vorhin Ihre Fragen hinsichtlich der Briefe beantwortet.»

«Ja, es war interessant. Sie gab zu, daß sie über diese Briefe Bescheid wußte, und bisher war vor den anderen noch nie etwas davon erwähnt worden. Allerdings könnte Dr. Leidner gestern mit ihr darüber gesprochen haben, sie sind ja alte Freunde. Aber wenn er es nicht getan hat ... dann ist es merkwürdig und interessant.»

Mein Respekt vor ihm wuchs. «Werden Sie sie darauf festnageln?»

«Wo denken Sie hin!» wehrte Monsieur Poirot ab. «Man soll nie mit seinen Kenntnissen prahlen. Bis zur letzten Minute behalte ich alles hier ...» Er tippte sich auf die Stirn. «Und im richtigen Moment springe ich zu wie ein Panther, und, *mon Dieu!* die Bestürzung!»

Ich mußte im stillen lachen bei der Vorstellung, Monsieur Poirot als Panther zu sehen. Wir waren nun am Ausgrabungsplatz angelangt und trafen als ersten Mr. Reiter, der gerade einige Lehmmauern fotografierte. Als er fertig war, gab er die Kamera und die Platten einem Araberjungen und beauftragte ihn, sie ins Haus zu bringen.

Poirot stellte ihm einige Fragen über Entwicklungstechnik und Filme, die er anscheinend mit Vergnügen beantwortete. Dann ging Poirot auf den Zweck seines Hierseins über.

«Ja, ich verstehe, was Sie meinen», sagte Mr. Reiter, «aber ich fürchte, daß ich Ihnen nicht viel helfen kann. Ich bin dieses Jahr das erste Mal hier und habe nur selten mit Mrs. Leidner gesprochen. Es tut mir sehr leid, aber ich kann Ihnen wirklich nichts sagen.»

Seiner Sprache nach hätte man ihn für einen Ausländer halten
können, obwohl er keinen Akzent hatte ... höchstens einen
leicht amerikanischen Einschlag, fand ich.

«Sie können mir doch aber wenigstens sagen, ob Sie sie mochten oder nicht?» fragte Poirot liebenswürdig.

Mr. Reiter wurde rot und stammelte: «Sie war eine reizende
Dame ... bezaubernd. Und intelligent, höchst intelligent ... jawohl.»

«*Bien!* Sie mochten Sie also? Und mochte sie Sie?»

Mr. Reiter wurde noch röter. «Oh ... ich glaube kaum, daß sie
überhaupt Notiz von mir nahm. Und ich hatte ein- oder zweimal Pech. Ich benahm mich immer ungeschickt, wenn ich etwas
für sie tun wollte. Ich ärgerte sie durch meine Schwerfälligkeit,
aber dafür konnte ich nichts ... ich hätte gerne alles für sie
getan ...»

Poirot unterbrach ihn mitleidig: «Ich verstehe ... ich möchte
jetzt etwas anderes wissen. War die Atmosphäre im Haus
glücklich?»

«Wie bitte?»

«Waren Sie alle glücklich? Lachten und plauderten Sie miteinander?»

«Nein ... nicht gerade. Man war sogar etwas ... steif.» Er
schwieg einen Augenblick, kämpfte mit sich und erklärte dann:
«Wissen Sie, ich bin kein Gesellschaftsmensch, ich bin schwer-
fällig, schüchtern. Dr. Leidner war immer sehr nett zu mir. Es
ist dumm ... doch ich kann meine Schüchternheit trotzdem
nicht loswerden. Ich sage immer das Falsche. Ich habe einfach
Pech.»

Er sah wirklich aus wie ein betrübtes großes Kind.

«So sind wir alle, wenn wir jung sind», tröstete ihn Poirot.
«Die Ausgeglichenheit, das *savoir faire* kommt später.» Dann
verabschiedete er sich von Mr. Reiter.

Auf dem Rückweg sagte er sinnend: «Der ist entweder ein ungewöhnlich simpler junger Mann, oder ein großer Schauspieler.»
Ich schwieg und dachte mit Grauen daran, daß einer dieser
Menschen ein kaltblütiger, gefährlicher Mörder sein mußte,
doch an diesem ruhigen herrlichen Morgen kam mir dieser Gedanke eigentlich völlig unmöglich vor.

21   Mr. Mercado, Richard Carey

Wir gingen langsam weiter, und bald kamen wir zur sogenann-
ten «tiefen Grube», wo Mr. Mercado die Ausgrabungen leitete.
Als wir ihn sahen, fragte mich Poirot unvermittelt: «Ist Mr.
Mercado Rechts- oder Linkshänder?»
Ich überlegte einen Augenblick und antwortete dann bestimmt:
«Rechtshänder.»
Mr. Mercado schien sich über unseren Besuch zu freuen; sein
melancholisches langes Gesicht leuchtete auf.
Monsieur Poirot täuschte ein archäologisches Interesse vor, das
er meiner Ansicht nach bestimmt nicht besaß, aber Mr. Mer-
cado ging voll Begeisterung darauf ein und erklärte ihm, daß
sie an dieser Stelle bereits bis zur zwölften Häuserschicht vor-
gedrungen seien, die aus dem vierten Jahrtausend vor Christi
Geburt stamme.
Er zeigte uns zerbrochenes Tongeschirr, wobei seine Hände so
stark zitterten, als habe er Malaria. Gerade als er sich bückte,
um ein Messer aus Flintstein aufzuheben, das zwischen einigen
Töpfen in einer Ecke lag, sprang er plötzlich mit einem Schrei
in die Höhe. Poirot blickte ihn erstaunt an.
Mr. Mercado klatschte mit seiner Hand auf den linken Arm.
«Etwas hat mich gestochen . . . wie mit einer glühenden Nadel!»
rief er klagend.
Sofort packte Poirot Mr. Mercados Arm und rollte den Ärmel
seines Hemdes bis zur Schulter hoch. «Rasch, *mon cher*, zeigen
Sie es Schwester Leatheran.»
«Da!» sagte Mr. Mercado und deutete auf einen kleinen roten
Punkt etwa eine Handbreit unter der Schulter, aus dem etwas
Blut tropfte.
«Merkwürdig», sagte Poirot, «ich kann nichts sehen. Vermut-
lich eine Ameise?»
«Ich werde etwas Jod daraufgeben», sagte ich, denn ich führe
stets einen Jodstift bei mir. Ich betupfte also die Stelle damit,
war aber nicht sehr bei der Sache, da ich voll Staunen sah, daß
Mr. Mercados Unterarm bis zum Ellbogen mit kleinen Stichen
übersät war. Ich wußte sehr gut, was das bedeutete: *es waren
die Spuren einer Injektionsspritze!*

Mr. Mercado rollte den Ärmel wieder hinunter und setzte seine Erklärungen fort. Monsieur Poirot hörte zu, machte aber nicht den Versuch, das Gespräch auf Mrs. Leidner zu bringen, er fragte Mr. Mercado überhaupt nichts.

Nachdem wir uns verabschiedet hatten und aus der Grube nach oben stiegen, fragte mich Poirot: «Das habe ich doch gut gemacht?»

«Gut gemacht?»

Monsieur Poirot zog etwas hinter seinem Rockaufschlag hervor und betrachtete es schmunzelnd. Zu meiner Überraschung bemerkte ich, daß es eine Stecknadel war.

«Monsieur Poirot», rief ich, «Sie . . .?»

«Jawohl. Ich war das stechende Insekt. Und ich habe es doch gut gemacht, nicht wahr? Sie haben nichts gemerkt?»

Das stimmte, und ich bin sicher, daß auch Mr. Mercado keinen Verdacht geschöpft hatte. Poirot mußte rasch wie der Blitz gehandelt haben.

«Aber warum haben Sie das getan, Monsieur Poirot?» fragte ich. Er antwortete mit einer Gegenfrage: «Haben Sie nichts festgestellt, Schwester?»

Ich nickte. «Spuren einer Injektionsspritze.»

«Jetzt wissen wir etwas mehr über Mr. Mercado», erklärte er. «Ich vermutete es . . . wußte es aber nicht bestimmt. Und es ist immer nötig, zu wissen.»

Und wie du zu deinem Wissen kommst, ist dir egal, dachte ich, behielt es aber für mich.

Er suchte in seiner Tasche. «Ach, ich habe mein Taschentuch verloren, die Nadel war darin eingewickelt.»

«Ich hole es», sagte ich und eilte zurück. Allmählich hatte ich Vertrauen zu Monsieur Poirot gefaßt, denn er wußte offensichtlich genau, was er wollte und was er tat. Und ich hatte das Gefühl, daß es meine Pflicht sei, ihm zu helfen. Daher war es für mich selbstverständlich, sein Taschentuch zu holen, sowie ich einem Arzt, dem ich assistiere, das Handtuch, das er auf den Boden fallen läßt, aufhebe.

Ich fand das Taschentuch, aber als ich zurückkam, sah ich ihn nirgends. Schließlich entdeckte ich ihn: er saß auf einer niederen Mauer neben Mr. Carey.

Ich hatte das Gefühl, daß Monsieur Poirot mich das Taschentuch hatte holen lassen, um allein mit Mr. Carey zu sprechen, und ich möchte nun ausdrücklich folgendes erklären: Ich nahm nicht einen Augenblick an, Monsieur Poirot habe verhindern wollen, daß ich sein Gespräch mit Mr. Carey höre, sondern ich war überzeugt, daß er hoffte, Mr. Carey leichter zum Sprechen zu bringen, wenn ich nicht dabei wäre.

Es soll aber niemand glauben, daß ich zu den Frauen gehöre, die Privatgespräche belauschen. Das würde ich nie tun, auch wenn es mich noch so sehr interessierte.

Da es sich in diesem Fall aber nicht um ein Privatgespräch handelte, hielt ich mich für verpflichtet, zuzuhören. Als Operationsschwester erlebt man es häufig, daß Patienten in der Narkose Dinge sagen, die eigentlich nicht für fremde Ohren bestimmt sind. Ich sah Mr. Carey einfach als einen Patienten an, was ihm ja nicht weh tat, da er keine Ahnung davon hatte. Allerdings muß ich ehrlich zugeben, daß ich auch neugierig war, ich wollte mir von dieser Unterhaltung nichts entgehen lassen.

So schlich ich von hinten an die beiden Herren heran und bezog ungesehen in einer kleinen Vertiefung Stellung.

«Niemand kann Dr. Leidners Liebe zu seiner Frau besser würdigen als ich», hörte ich gerade Poirot sagen, «aber oft erfährt man mehr über einen Menschen durch seine Feinde als durch seine Freunde.»

«Sie meinen, daß die Fehler eines Menschen wichtiger sind als seine Vorzüge?» fragte Mr. Carey trocken und ironisch.

«Zweifellos ... wenn es zu einem Mord kommt. Soviel ich weiß, ist noch kein Mensch ermordet worden, weil er einen zu guten Charakter hatte!»

«Ich fürchte, ich bin nicht der geeignete Mensch, um Ihnen eine Auskunft zu erteilen», erklärte Mr. Carey. «Ehrlich gesagt, stand ich mit Mrs. Leidner nicht allzu gut. Wir waren nicht etwa Feinde, aber auch keine Freunde. Mrs. Leidner war vielleicht etwas eifersüchtig auf meine alte Freundschaft mit ihrem Mann. Und ich, obwohl ich sie sehr schätzte und sie anziehend fand, nahm ihr ihren Einfluß auf Leidner etwas übel. Wir waren daher höflich miteinander, aber nicht intim.»

«Hervorragend ausgedrückt», sagte Poirot.

Ich konnte ihre Köpfe sehen und bemerkte, daß Mr. Carey ihn scharf anblickte, als ob ihm etwas in seinem Ton nicht gefiele.

Monsieur Poirot fuhr fort: «War es Dr. Leidner nicht unangenehm, daß Sie und seine Frau nicht gut miteinander auskamen?»

Nach kurzem Zögern antwortete Carey: «Das weiß ich nicht. Ich hoffte, er würde es nicht merken, da er ja sehr in seine Arbeit vertieft war.»

«Also jedenfalls mochten Sie Mrs. Leidner nicht?»

Carey zuckte die Achseln. «Ich hätte Sie vielleicht gern gehabt, wenn sie nicht Leidners Frau gewesen wäre.» Er lachte, als amüsierte ihn diese Feststellung.

«Ich sprach vorhin mit Miss Johnson», sagte Poirot wie traumverloren und scharrte ein Häufchen Tonscherben zusammen. «Sie gab zu, Mrs. Leidner gegenüber voreingenommen gewesen zu sein und sie nicht geschätzt zu haben, obwohl Mrs. Leidner, wie sie ebenfalls zugab, immer reizend zu ihr war.»

«Das stimmt», bestätigte Carey.

«Das habe ich mir gedacht. Dann hatte ich eine Unterhaltung mit Mrs. Mercado. Sie erzählte mir lang und breit, wie sehr sie Mrs. Leidner geliebt habe.»

Carey schwieg, und nach ein paar Sekunden fuhr Poirot fort: «Das . . . glaube ich nicht. Und nun spreche ich mit Ihnen, und das, was Sie mir sagen . . . ja . . . *das glaube ich auch nicht* . . .»

Carey erwiderte, es klang wütend: «Was Sie glauben oder nicht glauben, ist mir gleich, Monsieur Poirot, ich habe Ihnen die Wahrheit gesagt. Halten Sie davon, was Sie wollen!»

«Für meine Ungläubigkeit kann ich nichts», entgegnete Poirot sanft. «Wissen Sie, ich habe ein sehr feines Ohr, und es sind Gerüchte im Umlauf . . . man hört sie . . . man erfährt manches dadurch! Ja, es gibt Geschichten . . .»

Carey sprang auf. Ich konnte deutlich erkennen, wie eine kleine Ader an seiner Schläfe hervortrat. Er sah fabelhaft aus; kein Wunder, daß die Frauen ihm gegenüber schwach wurden.

«Was für Geschichten?» fragte er wild.

«Vielleicht können Sie es sich denken. Die übliche Geschichte . . . über Sie und Mrs. Leidner.»

«Was für eine gemeine Phantasie die Menschen haben!»

«*N'est-ce pas?* So tief man auch etwas Schmutziges vergraben mag, sie wühlen es wie die Hunde wieder hervor.»

«Und Sie glauben diese Geschichten?»

«Ich möchte mich gerne überzeugen lassen ... von der Wahrheit», antwortete Poirot gemessen.

«Ich bezweifle, daß Sie die Wahrheit erkennen würden, wenn Sie sie hörten.» Carey lachte unverschämt.

«Lassen Sie es darauf ankommen.»

«Also, Sie sollen die Wahrheit hören! Ich habe Louise Leidner gehaßt ... das ist die Wahrheit! Ich habe sie gehaßt wie die Hölle!»

22   David Emmott, Pater Lavigny und eine Entdeckung

Carey drehte sich mit einem Ruck um und eilte mit langen Schritten davon.

Poirot sah ihm nach und murmelte: «Ja ... ich verstehe ...»

Dann sagte er, ohne den Kopf zu wenden, etwas lauter: «Lassen Sie sich noch nicht blicken, Schwester, er könnte sich umdrehen ... So, jetzt können Sie kommen. Haben Sie mein Taschentuch? Vielen Dank, sehr liebenswürdig.»

Er sagte nichts darüber, daß ich gelauscht hatte ... woher er es wußte, konnte ich mir nicht vorstellen, er hatte nicht ein einziges Mal in meine Richtung geschaut. Jedenfalls war es mir angenehm, daß er nichts sagte. Ich meine, ich fand es zwar ganz richtig, daß ich es getan hatte, es wäre mir aber peinlich gewesen, wenn ich es hätte erklären müssen.

«Glauben Sie, daß er sie gehaßt hat, Monsieur Poirot?» fragte ich.

Sinnend nickte Poirot und antwortete langsam: «Ja, ich glaube es.»

Dann erhob er sich energisch und stapfte den Grabhügel hinauf; ich folgte ihm. Zunächst sahen wir nur arabische Arbeiter, entdeckten aber schließlich Mr. Emmott, der auf der Erde lag und von einem gerade ausgegrabenen Skelett den Staub wegblies.

Gemessen lächelnd begrüßte er uns und fragte: «Soll ich Sie herumführen? Einen Moment bitte, ich bin gleich fertig.»

Er setzte sich auf, nahm sein Messer und begann vorsichtig, die Erde von den Knochen zu entfernen; ab und zu hielt er inne und blies mit einem Blasebalg oder mit dem Mund weiteren Staub ab, was ich höchst unhygienisch fand. «Sie bekommen doch Bakterien in den Mund, Mr. Emmott», warnte ich ihn.

«Bakterien sind meine tägliche Nahrung, Schwester», entgegnete er gelassen, «die schaden einem Archäologen nichts, sie verlieren bald den Mut.»

Nachdem er noch ein bißchen an den Schenkelknochen herumgekratzt hatte, stand er auf und sagte: «So, das kann Reiter nach dem Mittagessen fotografieren. Ganz schöne Sachen hatte sie mit im Grab.»

Er zeigte uns ein kleines, mit Grünspan überzogenes Kupfergefäß, einige Nadeln, sowie eine Menge goldener und blauer Steine, die wohl eine Halskette gewesen waren.

«Wer war ‹sie›?» fragte Poirot.

«Anscheinend eine vornehme Dame aus dem ersten Jahrtausend vor Christus. Der Schädel sieht merkwürdig aus ... Mercado muß ihn sich ansehen. Es scheint, daß sie keines natürlichen Todes gestorben ist.»

«Eine Mrs. Leidner von vor zweitausend Jahren?» fragte Poirot.

«Vielleicht», antwortete Mr. Emmott. Dann führte er uns herum und sagte, nachdem er auf die Uhr geschaut hatte: «Wir hören in zehn Minuten auf. Sollen wir zu Fuß nach Haus gehen?»

«Ja, gern», antwortete Poirot. «Sie sind sicher alle froh, daß Sie wieder arbeiten können?»

«Ja, Arbeit ist das beste», stimmte Emmott zu. «Es war nicht angenehm, im Haus herumzutrödeln und Konversation zu machen.»

«Und die ganze Zeit über zu wissen, daß einer von Ihnen ein Mörder ist.»

Emmott widersprach nicht und schwieg; das war ein Zeichen für mich, daß er, seit er die Araberjungen verhört hatte, den gleichen Verdacht hegte. Nach einer Weile fragte er: «Haben Sie schon etwas herausgefunden, Monsieur Poirot?»

«Wollen Sie mir dabei helfen?»

«Selbstverständlich.»

«Es dreht sich alles um Mrs. Leidner. Ich muß über sie Bescheid wissen», erklärte Poirot, ihn scharf musternd.

Langsam fragte Emmott: «Was meinen Sie damit?»

«Ich will nicht wissen, woher sie stammt oder welches ihr Mädchenname war, auch nicht, welche Farbe ihre Augen hatten und welche Form ihr Gesicht. Ich will etwas über sie wissen, wie sie war ... sie selbst ... was für einen Charakter sie hatte.»

«Sie glauben, daß das wichtig ist?»

«Bestimmt.»

«Vielleicht haben Sie recht.»

«Und dabei können Sie mir helfen. Sie können mir sagen, was für eine Frau sie war.»

«Meinen Sie? Ich habe mir oft den Kopf darüber zerbrochen.»

«Mit Erfolg?»

«Ich glaube, ja.»

«*Eh bien?*»

Statt einer Antwort fragte mich Mr. Emmott: «Was denken Sie von ihr, Schwester? Es heißt, Frauen könnten sich übereinander rasch ein Urteil bilden, und Krankenschwestern sind von Berufs wegen gute Menschenkenner.»

Poirot gab mir nicht die Möglichkeit zu antworten, selbst wenn ich gewollt hätte, denn er sagte schnell; «Ich möchte die Ansicht eines *Mannes* über sie hören.»

Emmott lächelte leicht. «Ich glaube, daß alle ziemlich die gleiche Ansicht hatten. Sie war nicht mehr jung, aber sie war die schönste Frau, die mir je begegnet ist.»

«Das ist keine Antwort auf meine Frage, Mr. Emmott. Ich möchte wissen, was Sie von ihr als Mensch, was Sie von ihrem Charakter hielten.»

«Ich weiß nicht, ob ich sie richtig beurteilt habe, sie war nicht leicht zu verstehen. An einem Tag brachte sie etwas Teuflisches fertig und am nächsten etwas Wunderbares. Aber ich glaube, Sie haben recht, wenn Sie sagen, daß sich alles um sie drehte. Das wollte sie auch, das wollte sie immer ... *der Mittelpunkt sein.* Und sie wollte auch alles über ihre Mitmenschen wissen.

Sie gab sich nicht damit zufrieden, daß man ihr den Toast und die Butter reichte, nein, sie verlangte, daß man vor ihr seine Seele entblößte, ihr sämtliche Gedanken enthüllte.»

«Und wenn man ihr diesen Wunsch nicht erfüllte?»

«Dann konnte sie bösartig werden.» Er preßte die Lippen zusammen und schob das Kinn vor.

«Mr. Emmott, möchten Sie mir nicht ganz privat, ganz unverbindlich sagen, wer sie Ihrer Meinung nach ermordet haben könnte?»

«Ich weiß es nicht», antwortete Emmott, «ich habe nicht die leiseste Ahnung. Ich denke mir nur, daß ich, wenn ich Carl ... Carl Reiter ... wäre, sie mit Vergnügen ermordet hätte. Sie hat ihn bis aufs Blut gequält. Allerdings forderte er sie durch seine lächerliche Empfindsamkeit geradezu heraus; er reizt einen dazu, ihm einen Tritt zu versetzen.»

«Und gab ihm Mrs. Leidner einen Tritt?» erkundigte sich Poirot.

«Nein, sie versetzte ihm nur kleine Nadelstiche ... das war ihre Methode. Er kann einem wirklich auf die Nerven gehen mit seinem blöden, kindischen Getue; aber ein Nadelstich ist schmerzhaft.»

«Sie glauben doch nicht im Ernst, daß Carl Reiter sie ermordet hat?» fragte Poirot.

«Nein. Ich glaube nicht, daß man eine Frau umbringt, weil sie einen bei jeder Mahlzeit lächerlich macht.»

Poirot schüttelte nachdenklich den Kopf. Was Mr. Emmott über Mrs. Leidner gesagt hatte, warf ein sehr schlechtes Licht auf sie, aber dabei ist zu bedenken, daß Mr. Reiter tatsächlich höchst enervierend gewirkt hatte. Er sprang wie ein Hampelmann auf, wenn sie mit ihm sprach, tat idiotische Dinge, reichte ihr zum Beispiel immer wieder die Marmelade, obwohl er wußte, daß sie keine aß, und so weiter. Selbst ich war oft in Versuchung gewesen, ihn anzufahren. Männer haben keine Ahnung, wie sehr sie durch ihr albernes Benehmen Frauen auf die Nerven gehen können. Und ich nahm mir vor, das Monsieur Poirot gelegentlich zu erklären.

Wir waren jetzt beim Haus angekommen, und ich eilte in mein Zimmer, um mich zu waschen.

Als wir alle ins Eßzimmer gehen wollten, tauchte Pater Lavigny unter der Tür auf und lud Poirot ein, in sein Zimmer zu kommen.

So traten Mr. Emmott und ich ins Eßzimmer, wo bereits Miss Johnson und Mrs. Mercado sich befanden. Bald erschienen auch Mr. Mercado, Mr. Reiter und Bill Coleman.

Wir hatten uns gerade gesetzt, und Mercado beauftragte den Araberknaben, Pater Lavigny zum Essen zu holen, als wir einen schwachen, gedämpften Schrei vernahmen.

Da wir alle übernervös waren, sprangen wir erschrocken auf; Miss Johnson wurde totenblaß und rief: «Was war das? Was ist passiert?»

Mrs. Mercado starrte sie an und fragte: «Was haben Sie denn? Das war doch nur ein Geräusch von draußen auf dem Feld.»

In diesem Augenblick traten Poirot und Pater Lavigny ein.

«Wir dachten, jemand habe sich verletzt», sagte Miss Johnson.

«Entschuldigen Sie bitte vielmals, Mademoiselle», entgegnete Poirot, «es war meine Schuld. Pater Lavigny zeigte mir Keilschrifttafeln. Ich ging mit einer zum Fenster, um sie besser betrachten zu können, und stieß mich dabei am Fuß. Es tat mir so weh, daß ich einen Schrei ausstieß.»

«Und wir dachten schon, es sei wieder ein Mord passiert», rief Mrs. Mercado lachend.

«Marie!» ermahnte ihr Mann sie so vorwurfsvoll, daß sie, rot werdend, sich auf die Lippen biß.

Miss Johnson brachte das Gespräch schnell auf die Ausgrabungsfunde des Morgens, und während des ganzen Essens wurden nur archäologische Dinge besprochen, was das harmloseste war.

Nach dem Kaffee gingen wir für eine Weile ins Wohnzimmer, und dann begaben sich alle Herren wieder zum Ausgrabungsplatz, außer Pater Lavigny, der Poirot und mich in den Antiquitätensaal führte. Ich kannte die Sachen nun schon sehr gut und war stolz auf sie — fast als gehörten sie mir. Der Pater zeigte uns zunächst den goldenen Becher, und Poirot rief entzückt aus: «Wie herrlich! Was für ein Kunstwerk!»

Pater Lavigny machte nun mit Begeisterung und Sachkenntnis auf die künstlerischen Einzelheiten aufmerksam.

«Heute ist kein Wachs dran», sagte ich.

«Wachs?» wiederholte Poirot und blickte mich erstaunt an.

«Wachs?» rief Pater Lavigny.

Ich erklärte, was es mit meiner Bemerkung für eine Bewandtnis hatte.

«Ah, *je comprends*», sagte Pater Lavigny, «natürlich Kerzenwachs.»

So kam die Rede auf den nächtlichen Besucher. Da die beiden Herren, mich vergessend, französisch weitersprachen, verließ ich sie und ging ins Wohnzimmer, wo Mrs. Mercado die Socken ihres Mannes stopfte und Miss Johnson ein Buch las, was ungewöhnlich war, da sie meist fleißig arbeitete.

Nach einer kleinen Weile kamen Poirot und Pater Lavigny zurück. Pater Lavigny entschuldigte sich mit Arbeit, während sich Poirot zu uns setzte.

«Ein sehr interessanter Mensch», sagte er und fragte, ob der Pater viel zu tun hätte.

Miss Johnson erklärte, daß man nur wenige Keilschrifttafeln und Tonzylinder gefunden habe, daß sich Pater Lavigny aber an den Ausgrabungsarbeiten beteilige und eifrig bemüht sei, das in der Gegend vom Volk gesprochene Arabisch zu erlernen.

Dann zeigte sie uns einige Abdrücke von Tonzylindern, die sie auf Plastilinplatten gemacht hatte. Während wir sprachen, sah ich, daß Poirot mit den Fingern eine kleine Plastilinkugel rollte und knetete. «Brauchen Sie viel Plastilin, Mademoiselle?» erkundigte er sich.

«Ziemlich viel, besonders dieses Jahr, obwohl ich mir das gar nicht erklären kann; die Hälfte unseres Vorrats ist schon verbraucht.»

«Wo bewahren Sie es auf, Mademoiselle?»

«In dem Schrank dort.»

Während sie die Platten mit den Abdrücken in den Schrank legte, zeigte sie ihm das Regal, auf dem die Plastilinrollen, das Klebematerial und Papier aufbewahrt wurden.

«Und das . . . was ist das, Mademoiselle?» fragte er und holte einen merkwürdig zerdrückten Gegenstand hervor. Er glättete ihn, und wir sahen, daß es eine Art Maske war, mit grob aufgemalten Augen und Mund und völlig mit Plastilin verschmiert.»

«Wie merkwürdig!» rief Miss Johnson. «Ich habe das Ding noch nie gesehen. Wie kommt es dahin? Und was ist es überhaupt?»

«Wie es dahinkommt?» wiederholte Poirot. «Ein Versteck ist so gut wie ein anderes, und ich vermute, daß dieser Schrank erst am Schluß des Arbeitsjahres ausgeräumt worden wäre. Und wozu die Maske diente, ist leicht zu erklären: *Das ist das Gesicht, das Mrs. Leidner beschrieben hatte.* Das gespenstische Gesicht, das sie im Halbdunkel an ihrem Fenster gesehen hat ... ohne den dazu gehörigen Körper.»

Mrs. Mercado stieß einen leisen Schrei aus.

Miss Johnson war leichenblaß geworden und murmelte: «Es ist also keine Phantasie von ihr gewesen. Es war ein Streich ... ein gemeiner Streich! Aber wer hat ihn verübt?»

«Ja», schrie Mrs. Mercado, «wer kann so etwas Gemeines getan haben?»

Poirot gab keine Antwort. Mit grimmigem Gesicht ging er ins Nebenzimmer, kehrte mit einem leeren Karton zurück und legte die Maske hinein. «Das muß die Polizei sehen», erklärte er.

«Es ist grauenhaft», flüsterte Miss Johnson, «grauenhaft.»

«Glauben Sie, daß hier noch etwas versteckt ist?» rief Mrs. Mercado schrill. «Vielleicht die Waffe ... die Keule, mit der sie ermordet wurde ... blutverschmiert ... Oh! Ich fürchte mich so ...»

Miss Johnson packte sie an den Schultern. «Seien Sie ruhig!» befahl sie. «Dr. Leidner kommt! Wir dürfen ihn nicht aufregen.»

Gerade in diesem Augenblick war der Wagen in den Hof gefahren. Dr. Leidner stieg aus und kam direkt ins Wohnzimmer. Er sah übermüdet und doppelt so alt wie vor drei Tagen aus. Ruhig erklärte er: «Die Beerdigung findet morgen um elf Uhr statt. Major Deane wird die Trauerrede halten.»

Mrs. Mercado stotterte etwas und eilte aus dem Zimmer.

Dr. Leidner fragte Miss Johnson: «Sie kommen doch, Anne?»

«Selbstverständlich», antwortete sie liebevoll. «Wir kommen alle.»

Sein Gesicht leuchtete vor Zuneigung und Dankbarkeit auf.

«Liebe Anne», sagte er, «Sie geben mir so viel Trost und Sie sind eine so große Hilfe für mich. Ich danke Ihnen. Sie sind wirklich eine wahre Freundin.»

Er legte ihr die Hand auf den Arm. Sie wurde rot vor Verlegenheit, aber ich wußte, daß Anne Johnson für einen Augenblick eine glückliche Frau war.

Dr. Leidner begrüßte dann Poirot und fragte ihn, ob seine Nachforschungen Fortschritte gezeitigt hätten. Miss Johnson, die hinter Dr. Leidner stand, deutete auf den Karton in Poirots Hand und schüttelte dann den Kopf. Ich begriff, daß sie Poirot veranlassen wollte, nichts von der Entdeckung der Maske zu sagen. Sie war sicherlich der Ansicht, daß Dr. Leidner an diesem Tag schon genug Schweres durchgemacht habe. Poirot erfüllte ihr den Wunsch.

«Es geht nur sehr langsam, Monsieur», antwortete er und verabschiedete sich bald. Ich begleitete ihn zum Wagen.

Ich wollte ihn so vieles fragen, doch als er mich ansah, schwieg ich und wartete bescheiden auf seine Instruktionen, als stünde ich vor einem berühmten Chirurgen, der im Begriff ist, eine schwierige Operation vorzunehmen, bei der ich assistieren soll.

Zu meiner Überraschung sagte er: «Seien Sie vorsichtig, Schwester. Ich glaube, es wäre überhaupt das beste für Sie, wenn Sie möglichst bald von hier fortgingen.»

«Ich will mit Dr. Leidner darüber sprechen», entgegnete ich, «aber ich möchte bis nach dem Begräbnis warten.»

«Inzwischen hüten Sie sich davor, zuviel ausfindig zu machen. Ich möchte nicht, daß Sie zuviel erfahren. Sie sollen nur die Watte halten, während ich die Operation ausführe.»

War es nicht merkwürdig, daß er diesen Vergleich gebrauchte?

Dann sagte er, ohne jeden Zusammenhang: «Ein interessanter Mensch, dieser Pater Lavigny.»

«Ich finde es sehr merkwürdig, daß ein Mönch Archäologe ist.»

«Ach, Sie sind ja Protestantin. Ich bin ein guter Katholik und kenne mich mit Priestern und Mönchen aus.» Er hielt inne und überlegte stirnrunzelnd, dann sagte er: «Vergessen Sie nicht, daß er sehr klug ist und versuchen wird, Sie auszuhorchen ... seien Sie also besonders ihm gegenüber vorsichtig.»

Ich fand diese Warnung überflüssig.

23 Ich sehe Gespenster

Das Begräbnis war sehr ergreifend. Außer uns nahmen sämtliche Engländer aus Hassanieh daran teil. Selbst Sheila Reilly war gekommen, sie sah schlicht und bescheiden aus in dunklem Rock und Mantel. Ich hoffte, daß sie sich Vorwürfe machte wegen der gehässigen Dinge, die sie über die Tote gesagt hatte.

Als wir nach Hause zurückkamen, sprach ich mit Doktor Leidner über meine Abreise. Er war äußerst liebenswürdig, dankte mir für alles, was ich getan hatte (getan! Ich hatte meine Aufgabe ja nicht erfüllt), und bestand darauf, daß ich noch für eine Woche Gehalt annähme.

Ich widersprach, weil ich der Ansicht war, daß ich es nicht verdient hatte. «Aber Herr Dr. Leidner, ich möchte kein Gehalt annehmen. Ersetzen Sie mir nur meine Reisespesen, mehr habe ich nicht nötig.»

Doch davon wollte er nichts wissen.

«Ich finde», erklärte ich, «daß ich es nicht verdient habe. Ich meine . . . ich habe versagt. Obwohl ich hier war, habe ich Mrs. Leidner nicht gerettet.»

«Reden Sie sich nichts ein, Schwester», entgegnete er. «Ich hatte Sie ja nicht als Detektiv engagiert. Ich hatte mir nicht im Traum vorgestellt, daß das Leben meiner Frau in Gefahr sei, ich habe alles ihren Nerven zugeschrieben und angenommen, sie rede sich alles ein. Sie haben getan, was Sie konnten. Meine Frau schätzte Sie sehr und hatte Vertrauen zu Ihnen. Und ich glaube, daß sie in den letzten Tagen zufriedener war und sich sicherer fühlte, weil Sie bei ihr waren. Sie haben sich also wirklich nichts vorzuwerfen.»

Seine Stimme zitterte leicht. Ich verstand ihn: *Er* mußte sich Vorwürfe machen, weil er die Furcht seiner Frau nicht ernst genommen hatte.

«Herr Doktor», fragte ich neugierig, «haben Sie eine Erklärung für die anonymen Briefe gefunden?»

Seufzend antwortete er: «Ich weiß nicht, was ich glauben soll. Hat Monsieur Poirot noch nichts darüber herausgebracht?»

«Gestern noch nicht», sagte ich, zwischen Wahrheit und Dichtung lavierend. Es stimmte ja auch insofern, daß erst ich Poirot

129

auf die Möglichkeit aufmerksam gemacht hatte, Miss Johnson könnte die Briefschreiberin sein. Und jetzt wollte ich sehen, wie meine Entdeckung auf Dr. Leidner wirkte.

«Anonyme Briefe werden meist von Frauen geschrieben», fügte ich hinzu.

Wieder seufzte er. «Wahrscheinlich haben Sie recht. Aber Sie vergessen, Schwester, daß in diesem Falle der Schreiber ein Mann gewesen sein kann, und zwar tatsächlich Frederick Bosner.»

«Das scheint mir unwahrscheinlich.»

«Doch», widersprach er. «Es ist Unsinn, daß es ein Expeditionsmitglied gewesen sein soll; das ist so eine von Monsieur Poirots genialen Hypothesen. Ich glaube, die Wirklichkeit ist viel einfacher. Der Mörder ist verrückt, bestimmt. Er muß sich hier herumgetrieben haben ... vielleicht verkleidet. Irgendwie ist er an jenem Nachmittag hier eingedrungen. Die Diener können gelogen haben ... sie sind vielleicht bestochen worden.»

«Das wäre möglich», sagte ich zweifelnd.

Etwas gereizt fuhr er fort. «Wenn Monsieur Poirot auch die Expeditionsangehörigen in Verdacht hat, so bin ich dagegen fest davon überzeugt, daß keiner von ihnen etwas damit zu tun hat. Ich habe mit ihnen zusammengearbeitet. Ich *kenne* sie.»

Er hielt inne, dann fuhr er fort: «Haben Sie die Erfahrung gemacht, Schwester, daß anonyme Briefe meist von Frauen geschrieben werden?»

«Nicht immer», antwortete ich, «aber es gibt bösartige Frauen, die dadurch Befriedigung finden.»

«Sie denken wahrscheinlich an Mrs. Mercado?» fragte er, schüttelte dann aber den Kopf. «Selbst wenn sie so gehässig wäre, daß sie Louise verletzen wollte, fehlen ihr die nötigen Kenntnisse.»

Ich dachte an die früheren Briefe in der Schreibmappe. Wenn Mrs. Leidner sie nicht verschlossen hatte und Mrs. Mercado eines Tages allein im Haus war und herumgestöbert hatte, könnte sie sie leicht gefunden und gelesen haben. Männer denken nie an die einfachsten Möglichkeiten.

«Und außer ihr käme nur Miss Johnson in Frage», sagte ich, ihn beobachtend.

«Das ist ja lächerlich.»

Das leichte Lächeln, mit dem er das sagte, war aufschlußreich. Der Gedanke, daß Miss Johnson die Schreiberin der Briefe sein könnte, war ihm nie gekommen. Ich zögerte einen Augenblick ... sagte dann aber nichts. Man beschuldigt nicht gern eine sympathische Frau, und zudem hatte ich es ja miterlebt, wie sehr Miss Johnson von Gewissensbissen gequält wurde. Was geschehen ist, ist geschehen. Und warum sollte ich Dr. Leidner noch mehr Schmerz zufügen?

Schließlich vereinbarten wir, daß ich am nächsten Tag Tell Yarimjah verlassen würde. Durch Vermittlung von Dr. Reilly hatte ich die Möglichkeit, noch ein paar Tage im Krankenhaus in Hassanieh unterzukommen, um meine Rückreise nach England vorzubereiten.

Dr. Leidner forderte mich liebenswürdigerweise auf, mir unter den Sachen seiner Frau ein Andenken auszusuchen.

«Aber nein, Herr Doktor», wehrte ich ab, «das kann ich nicht annehmen, das ist zu liebenswürdig von Ihnen.»

Doch er bestand darauf. «Ich möchte gern, daß Sie etwas haben, und ich weiß, daß ich in Louises Sinn handle.»

Dann bot er mir die Schildpattgarnitur an.

«Nein, Herr Doktor, die ist viel zu kostbar.»

«Louise hat keine Geschwister, keinen Menschen, der dafür Verwendung hätte.»

Ich konnte mir gut vorstellen, daß er die Garnitur nicht in Mrs. Mercados Händen wissen wollte, und vermutlich wollte er sie auch nicht Miss Johnson anbieten.

Freundlich fuhr er fort: «Überlegen Sie es sich. Hier ist der Schlüssel zu Louises Schmuckkasten. Vielleicht finden Sie darin etwas, das Ihnen besser gefällt. Und ich wäre Ihnen sehr dankbar, wenn Sie ... ihre Kleider zusammenpacken würden. Reilly kann sie armen christlichen Familien in Hassanieh schenken.»

Ich ging in Mrs. Leidners Zimmer. Rasch hatte ich die Kleider — ihre Garderobe war einfach und nicht umfangreich — in zwei Koffer gepackt. Dann öffnete ich den Schmuckkasten, der nur einen Perlenring, eine Brillantbrosche, eine kleine Perlenkette, ein paar glatte Goldbroschen und eine große Bernsteinkette enthielt.

Natürlich wollte ich weder die Perlen noch die Brillanten nehmen, schwankte aber zwischen der Bernsteinkette und der Schildpattgarnitur. Schließlich sah ich nicht ein, warum ich nicht wirklich die Garnitur wählen sollte. Wenn ich es nicht täte, wäre es falscher Stolz von mir. Es hatte sonst niemand ein Anrecht darauf, und zudem hatte ich ja Mrs. Leidner wirklich sehr gern gehabt.

Nachdem alles verpackt war, sah der Raum leer und verloren aus. Ich hatte hier nichts mehr zu suchen, und dennoch hielt mich etwas in dem Zimmer zurück. Mir war, als hätte ich hier noch eine Aufgabe, als müßte ich noch etwas *sehen* oder feststellen. Ich bin nicht abergläubisch, aber mir kam der Gedanke, daß Mrs. Leidners Geist im Raum weile und mit mir die Verbindung aufnehmen wolle.

Mit einem unbehaglichen Gefühl ging ich im Zimmer umher und berührte dies und das. Doch es waren ja nur noch die kahlen Möbel da, alles war durchsucht, nirgends konnte etwas versteckt sein. Schließlich tat ich etwas sehr Merkwürdiges. (Es hört sich wie unsinnig an, aber die Ereignisse der letzten Tage konnten ja den normalsten Menschen in Verwirrung bringen.)

Ich legte mich aufs Bett und schloß die Augen. Ich versuchte zu vergessen, wer und was ich war, und mich an jenen verhängnisvollen Nachmittag zurückzuversetzen. Ich war Mrs. Leidner, die hier lag und sich friedlich und ahnungslos ausruhte.

Ich bin ein völlig normaler Mensch und glaube nicht an Gespenster, aber ich muß sagen, daß ich, nachdem ich fünf Minuten so dalag, das Gefühl hatte, ein Geist sei im Zimmer.

Ich wehrte mich nicht gegen dieses Gefühl, ich bestärkte mich darin, ich sagte zu mir: «Ich bin Mrs. Leidner. Ich bin Mrs. Leidner. Ich liege hier ... im Halbschlaf. Bald ... sehr bald ... wird die Tür aufgehen.» Ich sagte das wieder und wieder, als würde ich mich selbst hypnotisieren.

«Es ist halb eins ... gerade die Zeit ... die Tür wird aufgehen ... die *Tür wird aufgehen* ... ich werde sehen, wer hereinkommt ...»

Ich hielt die Augen starr auf die Tür gerichtet. Jetzt wird sie aufgehen ... jetzt wird sie aufgehen ... ich werde den Menschen sehen, der hereinkommt ...

Und dann *sah ich wirklich, daß die Tür langsam aufging.*

Es war grauenhaft. Ich habe so etwas Grauenhaftes noch nie erlebt.

Langsam ... langsam ging sie auf ... lautlos ... weiter und weiter ... und seelenruhig trat Bill Coleman ein ...

Er muß sich zu Tode erschreckt haben.

Ich sprang mit einem Schrei vom Bett auf und starrte ihn entsetzt an.

Er stand wie versteinert da, sein rosiges Gesicht war noch rosiger geworden, den Mund hatte er vor Überraschung sperrangelweit aufgerissen.

«Hallo ... hallo!» stotterte er schließlich. «Was ... was machen Sie denn hier?»

«Mein Gott, Mr. Coleman, haben Sie mich erschreckt!»

«Das tut mir leid.» Nun grinste er verlegen.

Ich sah, daß er ein Sträußchen der scharlachroten Ranunkeln, die Mrs. Leidner so sehr geliebt hatte, in der Hand hielt.

Er wurde nun puterrot und erklärte: «Es ist so schwer, in Hassanieh Blumen aufzutreiben, und ich finde es furchtbar, ein Grab ohne Blumen. So wollte ich wenigstens ein paar Blumen hier in die Vase auf den Tisch stellen, weil Mrs. Leidner immer welche hatte. Als Zeichen, daß man sie nicht vergessen hat. Etwas albern, nicht ... ich weiß es ... aber ...»

Ich fand es sehr nett von ihm und sagte es ihm auch. Er war vor Verlegenheit ganz rot, wie alle Engländer, wenn sie etwas Sentimentales tun. Dann füllte ich die Vase mit Wasser und stellte die Blumen hinein.

Ich hielt jetzt viel mehr von Mr. Coleman als bisher; er zeigte, daß er Gefühl hatte.

Im Hof traf ich etwas später Pater Lavigny, der liebenswürdigerweise sagte, wie sehr er meine bevorstehende Abreise bedaure; mein Frohsinn und mein gesunder Menschenverstand seien für sie alle eine große Hilfe gewesen. Gesunder Menschenverstand! Ein Glück, daß er nicht wußte, wie albern ich mich in Mrs. Leidners Zimmer aufgeführt hatte.

«Monsieur Poirot war ja heute gar nicht da», bemerkte er dann.

Ich sagte ihm, daß Poirot mir mitgeteilt habe, er werde den ganzen Tag über Kabel in die Welt senden.

Pater Lavigny hob die Brauen. «Kabel? Nach Amerika?»

«Ich glaube. Er sagte ‹in die ganze Welt›, aber ich nehme an, daß das eine für einen Ausländer typische Übertreibung ist.»

Dann wurde ich rot, da mir einfiel, daß der Pater ja selbst ein Ausländer war. Er schien aber nicht beleidigt zu sein, sondern lachte nur freundlich und fragte mich, ob man etwas Neues über den schielenden Mann erfahren habe. Ich verneinte, und dann erkundigte er sich eingehend danach, wie es gewesen war, als Mrs. Leidner und ich den Mann bei dem Versuch beobachtet hatten, auf den Zehen stehend in ihr Fenster hineinzuschauen.

«Offensichtlich interessierte er sich ganz besonders für Mrs. Leidner», sagte er nachdenklich, nachdem ich es ihm erklärt hatte. «Ich frage mich schon lange, ob der Kerl nicht ein als Irake verkleideter Europäer war.»

Daran hatte ich noch nie gedacht, sondern es bisher als selbstverständlich angenommen, daß der Mann ein Eingeborener sei, aber eigentlich nur, weil er eine gelbe Haut hatte und einen schauerlich geschnittenen Anzug trug.

Pater Lavigny erklärte, er werde noch einmal um das Haus zu der Stelle gehen, an der wir den Mann gesehen hatten. «Vielleicht hat er dort etwas verloren. In Kriminalromanen pflegen die Verbrecher das zu tun.»

Er verabschiedete sich, und ich ging hinauf aufs Dach, wo ich auf Miss Johnson stieß. Ehe sie mich bemerkte, sah ich, daß etwas nicht stimmte. Sie stand in der Mitte des Daches und starrte mit entsetztem Ausdruck geradeaus. Es war, als sehe sie ein Gespenst. Ich war bestürzt. Ich hatte sie zwar neulich abends auch völlig verstört gesehen, aber so schlimm war es nicht gewesen.

«Was haben Sie denn?» fragte ich besorgt.

Sie wandte den Kopf und blickte mich an . . . als sehe sie mich nicht.

«Was ist denn?» fragte ich wieder.

Nun verzerrte sich ihr Gesicht, als versuche sie vergebens, etwas hinunterzuschlucken, das ihr im Halse steckte, und sagte schließlich mit dumpfer Stimme: «Ich habe soeben etwas gesehen.»

«Was haben Sie gesehen? Sagen Sie es doch. Was war es denn? Sie sehen ja aus, als sei Ihnen der Leibhaftige erschienen.»

Sie riß sich zusammen, sah aber noch immer ganz erschüttert aus. Dann murmelte sie mit Grabesstimme: *«Ich habe gesehen, wie man von draußen hereinkommen kann ... niemand würde es für möglich halten.»*

Ich folgte ihrem Blick, konnte aber nichts sehen. Mr. Reiter stand in der Tür des Fotoateliers und Pater Lavigny ging gerade über den Hof ... mehr sah ich nicht.

Ich wandte mich erstaunt um und stellte fest, daß Miss Johnson mich merkwürdig anstarrte. «Ich sehe wirklich nichts, ich weiß nicht, was Sie meinen», sagte ich. «Wollen Sie es nicht erklären?»

Sie schüttelte den Kopf. «Jetzt nicht. Später. Wir hätten es merken müssen ... wir hätten es merken müssen!»

«Aber sagen Sie mir doch ...»

Doch wieder schüttelte sie den Kopf. «Ich muß es mir erst durch den Kopf gehen lassen.» Dann ging sie taumelnd die Treppen hinunter.

Da sie offensichtlich allein sein wollte, folgte ich ihr nicht, sondern setzte mich ans Geländer und versuchte vergebens, etwas herauszufinden. — Es gab nur einen Weg in den Hof ... durch das große Tor. Davor stand der Wasserträger neben seinem Pferd und plauderte mit dem indischen Koch. Niemand hätte durch das Tor gehen können, ohne von den beiden gesehen zu werden.

Ich schüttelte verblüfft den Kopf und ging hinunter.

24   Mord wird zur Gewohnheit

Miss Johnson schien beim Abendessen wie sonst; nur bei genauer Beobachtung fiel einem ihr verstörter Blick auf, und ein paarmal hörte sie nicht zu, wenn jemand mit ihr sprach.

Es herrschte eine bedrückte Stimmung. Man wird einwenden, daß das am Tag einer Beerdigung nur zu verständlich sei, aber es war nicht das. Die Atmosphäre erinnerte mich an meine erste Mahlzeit im Hause, als Mrs. Mercado mich ständig beobachtete und man das unbehagliche Gefühl hatte, daß jeden Augenblick etwas Peinliches geschehen müsse. Das gleiche Gefühl, nur noch wesentlich stärker, hatte ich heute, als wir alle am Tisch saßen, mit Monsieur Poirot am oberen Ende. Wäre etwas zu Boden gefallen, hätte bestimmt jemand aufgeschrien.

Wir trennten uns bald nach dem Essen, und ich ging sofort zu Bett. Kurz vor dem Einschlafen hörte ich, wie Mrs. Mercado vor meiner Tür Miss Johnson gute Nacht sagte; dann schlief ich mehrere Stunden tief und traumlos.

Auf einmal schreckte ich hoch und hatte das Gefühl, es drohe ein grauenhaftes Unheil. Ein Laut hatte mich geweckt, und als ich aufgerichtet im Bett saß und lauschte, hörte ich ihn wieder: ein entsetzliches, qualvolles Stöhnen.

Im Bruchteil einer Sekunde hatte ich die Kerze angezündet und war aus dem Bett gesprungen. Ich nahm die Taschenlampe, eilte hinaus und blieb lauschend vor meiner Tür stehen. Jetzt hörte ich den Laut wieder — er kam aus dem Zimmer neben mir, aus Miss Johnsons Zimmer.

Ich stürzte hinein. Miss Johnson lag im Bett und wand sich in gräßlichen Schmerzen. Als ich die Kerze niederstellte und mich über sie beugte, bewegte sie die Lippen und versuchte zu sprechen, brachte aber nur ein unverständliches Flüstern hervor, und ich sah, daß ihre Mundwinkel und die Haut am Kinn wund waren.

Ihre Augen richteten sich von mir weg auf ein Glas, das auf dem Teppich lag; offensichtlich war es ihr aus der Hand gefallen. Ich hob es auf, und als ich mit einem Finger die Innenseite berührte, zog ich ihn mit einem Schrei des Entsetzens zurück. Dann untersuchte ich das Innere ihres Mundes. Es gab keinen Zweifel. Die Ärmste hatte eine ätzende Säure — vermutlich Oxalsäure oder Salzsäure — geschluckt.

Ich rannte hinaus und rief Dr. Leidner, der sofort die andern weckte; wir bemühten uns mit allen Kräften, sie zu retten, aber ich hatte die ganze Zeit über das Gefühl, daß es vergebens sei. Wir flößten ihr erst eine scharfe Lösung kohlensaures Natron ein und dann Olivenöl, und danach machte ich ihr zur Linderung der Qualen eine Morphiumspritze.

David Emmott war sofort nach Hassanieh gefahren und hatte Dr. Reilly geholt, doch als dieser kam, war es zu spät, sie war bereits verschieden.

Ich will mich nicht in Einzelheiten ergehen. Vergiftung durch Salzsäure — Dr. Reilly stellte fest, daß sie von dieser Säure geschluckt hatte — ist eine der qualvollsten Todesarten. Als ich ihr die Spritze gab, machte sie einen letzten Versuch zu sprechen, und wieder brachte sie nur ein ersticktes Flüstern zustande. «*Das Fenster . . .*», stieß sie hervor, «*Schwester . . . das Fenster . . .*»

Mehr vermochte sie nicht zu sagen, sie erlitt einen Kollaps.

Diese Nacht werde ich in meinem ganzen Leben nicht vergessen. Erst traf Dr. Reilly ein, dann Hercule Poirot.

Er führte mich zart am Arm ins Eßzimmer, wo er mich in einen Sessel drückte und mir eine Tasse guten starken Tee gab.

«So, *mon enfant*», sagte er. «Jetzt geht es schon besser. Sie sind ja völlig erschöpft.»

Nun brach ich in Tränen aus. «Es ist zu grauenhaft», schluchzte ich, «es war wie ein Alptraum. Die Qualen, die sie ausstand . . . und ihre Augen . . . oh, Monsieur Poirot . . . ihre Augen . . .»

Er klopfte mir beruhigend auf die Schulter, keine Frau hätte mitfühlender und tröstlicher sein können. «Ja, ja . . . denken Sie nicht mehr daran. Sie haben getan, was Sie konnten.»

«Es war eine Ätzsäure.»

«Es war eine starke Salzsäurelösung», präzisierte er.

«Die man zum Reinigen der Töpfe benutzte?»

«Ja, Miss Johnson trank wahrscheinlich das Gift, als sie nicht ganz wach war. Das heißt . . . wenn sie es nicht bewußt nahm.»

«Oh, Monsieur Poirot, was für ein entsetzlicher Gedanke!»

«Es ist immerhin möglich. Was meinen Sie?»

«Ich glaube es nicht, nein, das kann ich nicht glauben», rief ich kopfschüttelnd. Dann fügte ich nach kurzem Zögern hinzu: «Ich glaube, sie hat gestern nachmittag etwas entdeckt.»

«Was sagen Sie? Sie hat etwas entdeckt?»

Ich berichtete ihm die merkwürdige Unterhaltung, die wir auf dem Dach miteinander gehabt hatten.

Poirot stieß einen leisen Pfiff aus und sagte: «*La pauvre fem-*

me! Sie sagte, sie wolle es sich noch einmal durch den Kopf gehen lassen? Das hat ihren Tod besiegelt. Wenn sie es nur gleich gesagt hätte! Wiederholen Sie mir noch einmal genau ihre Worte.»

Ich tat es.

«Hm ... sie hatte also festgestellt, daß man von draußen unbemerkt in den Hof gelangen kann? Kommen Sie bitte mit mir aufs Dach, *ma soeur*, und zeigen Sie mir genau, wo sie gestanden hat.»

Wir gingen hinauf, und ich zeigte es ihm.

«Hier?» fragte er. «Also was sieht man von hier? Die Hälfte des Hofes ... den Torbogen ... die Türen des Zeichensaales, des Fotoateliers und des Laboratoriums. War jemand im Hof?»

«Pater Lavigny ging gerade zum Torbogen und Mr. Reiter stand in der Tür des Ateliers.»

«Aber ich sehe nicht, wie jemand von draußen hereinkommen könnte, ohne bemerkt zu werden ... aber *sie* sah ...»

Schließlich gab er es kopfschüttelnd auf. «*Sacré nom d'un chien ... va!* Was hat sie nur gesehen?»

Eben ging die Sonne auf. Der Horizont war im Osten in ein Farbenmeer von Rosa, Orange und Perlgrau getaucht.

«Welch herrlicher Sonnenaufgang», sagte Poirot bewundernd.

Es war unwahrscheinlich schön.

Plötzlich stieß er einen tiefen Seufzer aus. «Was für ein Idiot ich war», murmelte er. «Es ist doch so klar ... so klar!»

25 Selbstmord oder Mord?

Ich konnte Poirot nicht fragen, was er meinte, denn Hauptmann Maitland rief vom Hof aus und bat uns, herunterzukommen. Wir eilten hinunter.

«Es ist eine weitere Komplikation eingetreten, Poirot», erklärte er. «Der Mönch ist verschwunden.»

«Pater Lavigny?»

«Ja. Bis jetzt hatte es niemand bemerkt, aber auf einmal dämmerte es jemand, daß er als einziger von der ganzen Gesellschaft nicht erschienen war, und wir gingen in sein Zimmer.

Sein Bett ist unberührt, und es ist keine Spur von ihm zu entdecken.»

Das Ganze war wie ein böser Traum. Erst Miss Johnsons Tod, dann das Verschwinden von Pater Lavigny.

Die Dienstboten wurden einvernommen, doch auch sie konnten kein Licht in das Geheimnis bringen. Er war gegen acht Uhr abends zuletzt gesehen worden und hatte erklärt, er wolle vor dem Schlafengehen noch einen kleinen Spaziergang machen.

Niemand hatte ihn zurückkehren sehen.

Das große Tor war wie üblich um neun Uhr geschlossen und verriegelt worden. Keiner der Diener erinnerte sich, es am Morgen geöffnet zu haben, und jeder der beiden Hausboys glaubte, der andere habe es getan.

War Pater Lavigny am Abend zurückgekommen? Hatte er auf seinem Nachmittagsspaziergang etwas Verdächtiges entdeckt und war dann nach dem Abendessen ausgegangen, um Nachforschungen anzustellen und dabei das dritte Opfer geworden?

Hauptmann Maitland drehte sich mit einem Ruck um, als Dr. Reilly und Mr. Mercado zu uns traten.

«Na, Reilly! Haben Sie etwas gefunden?»

«Ja, das Gift stammt aus dem Laboratorium. Mercado und ich haben gerade die Bestände geprüft. Es ist Salzsäure aus dem Laboratorium.»

«Aus dem Laboratorium? War es denn nicht abgeschlossen?»

Mr. Mercado schüttelte den Kopf. Seine Hände zitterten, sein Gesicht zuckte. Er war ein Wrack. «Wir haben das nie gemacht», stammelte er. «Wissen Sie, nur wir ... wir benutzen es ständig ... ich ... niemand hat sich träumen lassen ...»

«Ist es wenigstens nachts abgeschlossen?»

«Ja ... alle Räume werden abgeschlossen. Die Schlüssel hängen im Eßzimmer.»

«Wenn also jemand den Schlüssel zum Eßzimmer hat, kann er auch in alle andern Räume.»

«Ja.»

«Und ist der Eßzimmerschlüssel ein ganz gewöhnlicher Schlüssel?»

«Ja.»

«Miss Johnson könnte also das Gift aus dem Laboratorium geholt haben?» fragte der Hauptmann.

«Sie hat es nicht getan!» erklärte ich laut und entschieden, spürte aber einen warnenden Druck auf meinem Arm — Poirot stand dicht hinter mir — und so schwieg ich.

Bevor der Hauptmann weitersprechen konnte, sagte Dr. Reilly: «Was wir jetzt am nötigsten haben, ist ein gutes Frühstück. Ich bestehe darauf. Kommen Sie, Leidner, Sie müssen etwas essen.»

Der arme Dr. Leidner, der völlig zusammengebrochen war, ging mit ins Eßzimmer, wo wir traurig unser Frühstück verzehrten. Ich glaube aber, daß der heiße Kaffee und die Eier uns allen gut taten, obwohl niemand geglaubt hatte, essen zu können. Dr. Leidner trank nur etwas Kaffee und zerkrümelte sein Brot; sein Gesicht war aschfahl und von Schmerz und Grauen verzerrt.

Nach dem Frühstück setzte Hauptmann Maitland die Untersuchung fort.

Ich erklärte ihm, weshalb ich in Miss Johnsons Zimmer gegangen war.

«Es lag ein Glas auf dem Boden?» fragte er.

«Ja. Es muß ihr aus der Hand gefallen sein, nachdem sie das Gift getrunken hatte.»

«War es zerbrochen?»

«Nein, es ist auf den Teppich gefallen. Ich hob es auf und stellte es auf den Tisch.»

«Gut, daß Sie das sagen, denn es waren nur zweierlei Fingerabdrücke auf dem Glas. Die einen sind bestimmt die von Miss Johnson, die andern werden die Ihren sein.»

Er überlegte einen Augenblick und forderte mich dann auf, weiter zu berichten.

Ich beschrieb genau, was ich getan hatte, und blickte, Zustimmung heischend, auf Dr. Reilly. Er nickte und sagte: «Sie haben alles getan, was man tun konnte.»

«Wußten Sie sofort, was für ein Gift sie genommen hatte?» fragte der Hauptmann.

«Nein ... aber ich erkannte natürlich, daß es eine Ätzsäure war.»

«Glauben Sie, daß Miss Johnson das Gift bewußt genommen hat, Schwester?»

«Nein», rief ich, «das habe ich keine Sekunde vermutet.»

Ich weiß nicht, wieso ich dessen so sicher war, zum Teil wohl wegen Monsieur Poirots Andeutungen. Sein Ausspruch «Mord wird zur Gewohnheit» hatte mich tief beeindruckt. Zudem kann man sich nicht vorstellen, daß jemand auf so qualvolle Weise Selbstmord verübt.

Das erklärte ich, und Hauptmann Maitland nickte nachdenklich. «Ich gebe zu, daß das nicht die ideale Selbstmordart ist», sagte er, «aber wenn ein Mensch völlig verzweifelt ist und dieses Gift zur Verfügung hat, wäre es doch möglich, daß er es nimmt.»

«War sie denn so verzweifelt?» fragte ich.

«Mrs. Mercado hat gesagt, daß Miss Johnson gestern abend beim Essen sehr merkwürdig gewesen sei ... daß sie auf Fragen kaum geantwortet habe. Mrs. Mercado ist überzeugt, daß Miss Johnson aus irgendeinem Grund völlig verzweifelt war und daß sie den Gedanken, Selbstmord zu verüben, bereits beim Essen erwog.»

«Das halte ich für ausgeschlossen», widersprach ich entschieden. Ausgerechnet Mrs. Mercado! Diese ekelhafte falsche Katze!

«Was glauben Sie denn?»

«Ich glaube, daß sie ermordet wurde», antwortete ich scharf.

Die nächste Frage klang so schneidend, daß ich mir wie in einer Kaserne vorkam. «Wieso glauben Sie das?»

«Es scheint mir die einzig mögliche Erklärung zu sein.»

«Das ist Ihre persönliche Meinung. Es gab keinen Grund, daß jemand die Dame hätte ermorden sollen.»

«Entschuldigen Sie bitte», erwiderte ich, «es gab einen! Sie hatte etwas entdeckt.»

«Etwas entdeckt? Was denn?»

Ich wiederholte ihm Wort für Wort unsere Unterhaltung auf dem Dach.

«Und sie wollte Ihnen nicht sagen, was sie entdeckt hatte?»

«Nein. Sie sagte, sie müsse es sich erst genau durch den Kopf gehen lassen.»

141

«Aber sie war sehr aufgeregt darüber?»

«Ja.»

«Die Möglichkeit, von draußen hereinzukommen!» Hauptmann Maitland überlegte stirnrunzelnd. «Haben Sie eine Ahnung, was sie meinte?»

«Nein. Ich habe mir darüber wieder und wieder den Kopf zerbrochen, habe aber keine Ahnung.»

«Was glauben Sie, Monsieur Poirot?» fragte der Hauptmann.

«Ich glaube, daß Sie damit das Motiv haben.»

«Für einen Mord?»

«Jawohl . . . für einen Mord.»

«Sie hat vor Ihrem Tod nichts mehr gesagt?»

«Es gelang ihr, zwei Worte hervorzubringen», antwortete ich.

«Und zwar?»

«Das Fenster . . .»

«Das Fenster?» wiederholte Hauptmann Maitland. «Wissen Sie, worauf sich das bezieht?»

Ich schüttelte den Kopf.

«Wie viele Fenster hat ihr Schlafzimmer?»

«Nur eins.»

«Geht es auf den Hof?»

«Ja.»

«War es offen? Ich glaube ja, Sie sagten es vorhin. Aber vielleicht hatte es jemand von Ihnen geöffnet?»

«Nein, es stand die ganze Zeit über offen. Ich . . .» Ich hielt inne.

«Was denn, Schwester?»

«Ich untersuchte das Fenster, aber ich konnte nichts Auffallendes daran feststellen. Mir kam jedoch der Gedanke, daß vielleicht jemand durch das offene Fenster die Gläser vertauscht haben könnte.»

«Die Gläser vertauscht?»

«Ja. Miss Johnson stellte sich immer ein Glas Wasser auf den Nachttisch. Und es wäre möglich, daß dieses Glas unbemerkt mit einem mit Säure gefüllten Glas vertauscht wurde.»

«Was sagen Sie dazu, Reilly?»

«Wenn ein Mord vorliegt, könnte es so gewesen sein», antwortete Dr. Reilly prompt. «Kein halbwegs denkender Mensch würde Salzsäure statt Wasser trinken. Aber ein Mensch, der gewöhnt ist, nachts ab und zu einen Schluck Wasser zu trinken, streckt den Arm aus, findet das Glas an der üblichen Stelle und trinkt, halb schlafend, die Säure, ehe er merkt, was los ist.»

Der Hauptmann überlegte einen Augenblick. «Ich will mir das Fenster noch einmal ansehen. Wie weit ist es vom Kopfende des Bettes entfernt?»

Ich dachte nach. «Eine Armeslänge bis zum Nachttisch.»

«War die Tür verschlossen?»

«Nein.»

«So konnte also jeder hereinkommen und den Austausch vornehmen?»

«Ja.»

«Das wäre aber riskanter», warf Dr. Reilly ein. «Wenn der Nachttisch vom Fenster aus erreichbar ist, wäre das einfacher und ungefährlicher.»

«Ich denke nicht nur an das Glas», sagte der Hauptmann sinnend. «Ihrer Meinung nach wollte die Ärmste, bevor sie starb, Ihnen mitteilen, daß jemand das Glas durch das offene Fenster vertauscht hat? Wäre aber nicht der Name des Mörders wichtiger gewesen?»

«Vielleicht wußte sie nicht, wer es war», wandte ich ein.

«Oder wollte sie vielleicht klarmachen, was sie am Nachmittag entdeckt hatte?»

«Wenn man im Sterben liegt», warf Dr. Reilly ein, «denkt man nicht logisch. Man ist von einer Idee besessen, auf die man Wert legt, selbst wenn sie an sich unwichtig ist. Meiner Ansicht nach wollte sie wahrscheinlich erklären, daß sie nicht Selbstmord verübt hat. Wäre sie imstande gewesen zu sprechen, hätte sie vermutlich gesagt: ‹Es war kein Selbstmord. Jemand muß das Glas mit dem Gift *durch das Fenster* auf meinen Nachttisch gestellt haben.›»

«Was meinen Sie, Leidner?» fragte der Hauptmann. «Halten Sie es für Selbstmord oder Mord?»

Nach kurzem Überlegen antwortete Dr. Leidner ruhig und entschieden: «Mord! Anne Johnson war kein Mensch, der Selbstmord verübt.»

«Nicht unter normalen Umständen», gab der Hauptmann zu, «aber es könnte Umstände geben, die es verständlich machten.»

«Und die wären?»

Hauptmann Maitland bückte sich, hob mit sichtlicher Anstrengung ein Bündel, das neben seinem Stuhl lag, hoch und legte es auf den Tisch.

«Davon hatte keiner von Ihnen eine Ahnung», erklärte er. «Wir haben es unter ihrem Bett gefunden.»

Er knotete die Schnur auf, zog das Tuch ab, und zum Vorschein kam ein großer, schwerer Mühlstein. An sich war daran nichts Besonderes, man hatte Dutzende davon ausgegraben; unsere Aufmerksamkeit erregte aber ein dunkler Fleck, an dem einige Haare klebten.

«Es ist Ihre Aufgabe, das zu untersuchen, Reilly», sagte Hauptmann Maitland. «Aber zweifellos ist dies das Instrument, mit dem Mrs. Leidner ermordet wurde.»

26   Die Nächste werde ich sein

Es war entsetzlich. Dr. Leidner sah aus, als würde er jeden Moment in Ohnmacht fallen, und auch mir war es leicht übel.

Dr. Reilly untersuchte den Mühlstein mit fachmännischem Interesse. «Keine Fingerabdrücke, vermute ich.»

Er nahm eine Pinzette und untersuchte vorsichtig die Haare. «Hm ... ein Stückchen Hautgewebe ... und Haar ... schönes blondes Haar. Das ist ein provisorischer Befund. Ich muß noch einen genauen Test machen, die Blutgruppe feststellen und so weiter, aber es scheint kein Zweifel zu bestehen. Und den Stein haben Sie unter Miss Johnsons Bett gefunden? Sie nehmen daher an, daß sie den Mord verübte, dann Gewissensbisse bekam und sich umbrachte? Es ist eine Hypothese ... eine schöne Hypothese.»

Dr. Leidner schüttelte nur hilflos den Kopf. «Anne kann es nicht getan haben, das ist unmöglich», murmelte er.

«Ich kann nur nicht begreifen, wo sie dieses riesige Mordwerkzeug versteckt hatte», sagte Hauptmann Maitland, «denn nach

144

dem ersten Mord ist doch jedes Zimmer durchsucht worden.»
Mir kam plötzlich etwas in den Sinn, und ich dachte: im Ma-
terialienschrank, sagte aber nichts.

«Wo es auch war, vermutlich hatte sie das Versteck nicht mehr
für sicher gehalten und den Stein in ihr Zimmer geholt, nachdem es durchsucht worden war. Oder vielleicht tat sie es erst,
nachdem sie sich entschlossen hatte, Selbstmord zu verüben.»
«Ich glaube es nicht», erklärte ich laut.

Ich konnte es nicht fassen, daß die nette, freundliche Miss Johnson Mrs. Leidner den Kopf zerschmettert haben sollte. Ich
konnte es mir einfach nicht vorstellen. Und dennoch paßte es zu
manchem andern — zu ihrem Weinkrampf neulich abends zum
Beispiel. Ich hatte zwar das Wort «Gewissensbisse» gebraucht,
hatte aber nie vermutet, daß es Gewissensbisse wegen eines so
ungeheuerlichen Mordes sein könnten.

«Ich weiß nicht, was ich glauben soll», knurrte Hauptmann
Maitland. «Auch das Verschwinden des französischen Paters
muß noch geklärt werden. Meine Leute suchen ihn überall,
denn ich halte es für möglich, daß man ihm den Schädel ein-
geschlagen und seine Leiche in einen Bewässerungsgraben geworfen hat.»

«Oh, jetzt fällt mir etwas ein . . .» begann ich.

Alle blickten mich fragend an.

«Gestern nachmittag hat er mich über den schielenden Mann,
der damals in Mrs. Leidners Fenster geschaut hatte, ausge-
fragt. Er wollte genau wissen, wo er gestanden habe, und sagte
dann, er wolle sich draußen noch einmal umsehen; in Kriminalromanen hinterließen die Verbrecher immer aufschlußreiche
Spuren.»

«Meine verdammten Verbrecher tun das leider nie», rief
Hauptmann Maitland. «So, das wollte er also! Es würde mich
interessieren, ob er etwas gefunden hat. Es wäre ja ein toller
Zufall, wenn er und Miss Johnson gewissermaßen gleichzeitig
etwas über den Mörder entdeckt haben sollten.» Dann fügte
er ärgerlich hinzu: «Ein schielender Mann? Ein schielender
Mann? Bei der Geschichte mit dem Schielauge ist etwas faul.
Verdammt nochmal, ich weiß nicht, warum meine Leute den
Kerl nicht schnappen können.»

«Wahrscheinlich, weil er nicht schielt», warf Poirot ruhig ein.

«Meinen Sie, daß er es nur vortäuschte? Ich wußte nicht, daß man das kann.»

«Schielen kann sehr nützlich sein», erwiderte Poirot.

«Verdammt nochmal! Ich gäbe etwas drum, wenn ich wüßte, wo der Kerl jetzt steckt, schielend oder nicht schielend.»

«Ich nehme an, daß er bereits die syrische Grenze hinter sich hat», sagte Poirot.

«Wir haben nach Tell Kotchek und Abu Kemal einen Steckbrief geschickt . . . an alle Grenzposten.»

«Ich könnte mir vorstellen, daß er sich über die Berge aus dem Staub gemacht hat, auf dem Weg, den die Lastautos der Schmuggler benutzen.»

Hauptmann Maitland knurrte: «Dann müssen wir sofort nach Deir ez Zor telegrafieren.»

«Das habe ich gestern bereits getan . . . man solle auf einen Wagen aufpassen mit zwei Männern, deren Pässe in tadelloser Ordnung sind.»

Der Hauptmann starrte ihn an. «So, das haben Sie getan? Und zwei Männer . . . ?»

Poirot nickte. «Es sind zwei Männer.»

«Es wundert mich, Monsieur Poirot, daß Sie über so vieles keinen Ton gesagt haben.»

«Nicht über sehr vieles», entgegnete Poirot kopfschüttelnd. «Die Wahrheit habe ich erst heute morgen erraten, als ich den Sonnenaufgang betrachtete . . . es war ein herrlicher Sonnenaufgang.»

Ich glaube nicht, daß jemand von uns die Anwesenheit von Mrs. Mercado bemerkt hatte. Sie mußte sich ins Zimmer geschlichen haben, als wir uns alle mit dem grauenvollen, großen, blutbefleckten Stein beschäftigten.

Nun begann sie auf einmal schrill zu schreien: «Mein Gott», schrie sie, «mir ist jetzt alles, alles klar. *Es war Pater Lavigny!* Er ist irrsinnig . . . religiöser Wahnsinn! Er hält alle Frauen für sündig. *Er bringt alle um!* Erst Mrs. Leidner . . . dann Miss Johnson . . . und die nächste werde ich sein . . .» Wie eine Wahnsinnige stürzte sie sich auf Dr. Reilly und klammerte sich an ihn. «Ich bleibe nicht länger hier! Nicht eine Minute länger!

146

Es ist gefährlich. Überall lauert Gefahr. Er versteckt sich irgendwo ... wartet einen günstigen Moment ab. Und dann fällt er über mich her!» Mit weit aufgerissenem Mund schrie sie von neuem.

Ich eilte zu Dr. Reilly, der sie festhielt, gab ihr zwei kräftige Ohrfeigen und zwang sie mit Dr. Reillys Hilfe, sich in einen Sessel zu setzen.

«Niemand wird Sie umbringen», fuhr ich sie an. «Wir passen auf. Setzen Sie sich ordentlich hin und nehmen Sie sich zusammen!»

Sie hörte auf zu schreien und starrte mich, den Mund geschlossen, mit großen Augen an.

Dann kam eine andere Unterbrechung: Die Tür ging auf und Sheila Reilly, blaß und ernst aussehend, kam herein und ging schnurstracks zu Poirot. «Ich war heute früh auf der Post, Monsieur Poirot», sagte sie. «Es ist ein Telegramm für Sie gekommen ... ich habe es mitgebracht.»

«Danke vielmals, Mademoiselle.»

Er nahm es und riß es auf, während sie ihn beobachtete. Ohne sein Gesicht zu verziehen, las er es, faltete es wieder sorgsam zusammen und steckte es in die Tasche.

Mrs. Mercado hatte ihn ebenfalls beobachtet. «Ist es aus Amerika?» fragte sie mit erstickter Stimme.

«Nein, Madame, es kommt aus Tunis.»

Sie starrte ihn einen Augenblick an, als habe sie nicht verstanden, dann lehnte sie sich mit einem tiefen Seufzer in ihren Sessel zurück.

«Pater Lavigny», sagte sie. «Ich hatte recht. Er kam mir immer merkwürdig vor. Er sagte einmal Sachen zu mir ... ich glaube, er ist verrückt ...» Sie machte eine kleine Pause, dann sprach sie weiter. «Ich bin jetzt ganz ruhig. Aber ich *muß* hier fort. Joseph und ich können im Rasthaus übernachten.»

«Geduld, Madame», sagte Poirot. «Ich werde alles erklären.»

Hauptmann Maitland sah ihn neugierig an. «Wollen Sie vielleicht behaupten, daß Sie die Lösung gefunden haben?»

Poirot verbeugte sich. Es war eine theatralische Verbeugung, die Hauptmann Maitland zu ärgern schien. «Also los!» sagte er böse. «Heraus mit der Sprache!»

Doch das war nicht Hercule Poirots Art. Ich spürte ganz genau, daß er einen großen Auftritt in Szene setzen wollte, und ich war neugierig, ob er wirklich das Rätsel gelöst hatte oder sich nur aufspielen wollte.

Er wandte sich an Dr. Reilly. «Würden Sie so gut sein, Herr Doktor, die andern zu rufen?»

Dr. Reilly erhob sich gehorsam und ging hinaus. Bald kamen alle Expeditionsangehörigen. Zuerst erschienen Reiter und Emmott, dann folgten Bill Coleman, Richard Carey und schließlich Mr. Mercado, der aussah wie der leibhaftige Tod. Ich glaubte, er hatte eine panische Angst, daß er wegen Fahrlässigkeit angeklagt würde, da er giftige Chemikalien hatte herumliegen lassen.

Alle setzten sich um den Tisch, ungefähr in derselben Reihenfolge wie bei Monsieur Poirots Ankunft. Bill Coleman und David Emmott zögerten, bevor sie Platz nahmen, und blickten auf Sheila Reilly, die, den beiden den Rücken zukehrend, am Fenster stand und hinausblickte.

«Einen Stuhl, Sheila?» rief Bill.

David Emmott fragte in seiner leisen, angenehmen Art: «Wollen Sie sich nicht setzen?»

Sie wandte sich um und blickte beide ein paar Sekunden lang an. Jeder bot ihr einen Stuhl an, und ich war neugierig, welchen sie nehmen würde.

Sie nahm keinen von beiden.

«Ich setze mich hierhin», erklärte sie schroff und nahm an der einen Ecke des Tisches dicht beim Fenster Platz. «Das heißt», fügte sie hinzu, «wenn Hauptmann Maitland nichts gegen meine Anwesenheit einzuwenden hat.»

Ich bin nicht sicher, was der Hauptmann geantwortet hätte, aber Poirot kam ihm zuvor. «Bleiben Sie bitte, Mademoiselle», sagte er, «es ist sogar nötig, daß Sie bleiben.»

«Nötig?»

«So sagte ich, Mademoiselle. Ich muß Ihnen einige Fragen stellen.»

Sie hob die Brauen, sagte aber nichts mehr und wandte ihr Gesicht zum Fenster, als ginge sie das, was im Zimmer geschah, nichts an.

«Und jetzt», knurrte Hauptmann Maitland, «möchte ich endlich wissen, was los ist.»
Er sprach ungeduldig. Er war augenscheinlich ein Mann der
Tat, und er sah Poirot mit sichtlichem Mißfallen an.
Poirot blickte uns alle prüfend an, dann stand er auf. Ich weiß
nicht, was ich erwartete ... bestimmt etwas Dramatisches, das
hätte zu ihm gepaßt, auf keinen Fall aber hatte ich erwartet,
daß er mit einem arabischen Spruch beginnen werde.
Und doch tat er es, er sprach langsam, feierlich, ja direkt weihe-
voll, wenn Sie verstehen, was ich damit meine:
«Bismillahi ar rahman ar rahmin.»
Dann übersetzte er es: «Im Namen Allahs, des Allgnädigen,
des Barmherzigen.»

27   Beginn einer Reise

«Bismillah ar rahman ar rahmin. Dieser arabische Spruch wird
vor Beginn einer Reise gesprochen. *Eh bien,* auch wir stehen
am Beginn einer Reise, einer Reise in die Vergangenheit, einer
Reise in die seltsamen Gefilde der menschlichen Seele.»
Ich blickte mich um und stellte eigenartig berührt fest, daß
Monsieur Poirot recht hatte — wir alle waren im Begriff, eine
Reise zu unternehmen; hier saßen wir noch zusammen, aber
wir hatten getrennte Wege vor uns. Und ich sah alle an, als
sähe ich sie zum erstenmal — und zum letztenmal.
Mr. Mercado spielte nervös mit den Fingern und starrte aus
seinen eigentümlich hellen Augen mit den geweiteten Pupillen
auf Poirot. Mrs. Mercado sah ihren Mann unverwandt mit
einem lauernden Blick wie eine sprungbereite Tigerin an. Dr.
Leidner schien zusammengefallen zu sein, dieser letzte Schlag
hatte ihn völlig erschüttert. Mr. Coleman starrte Poirot mit
halboffenem Mund und vorquellenden Augen an, er machte
einen direkt schwachsinnigen Eindruck. Mr. Emmott betrachtete seine Füße, und so konnte ich sein Gesicht nicht richtig
sehen. Mr. Reiter, der verwirrt dreinblickte, hatte den Mund
gespitzt und glich mehr denn je einem netten, sauberen

149

Schweinchen. Miss Reilly blickte unentwegt zum Fenster hinaus; ich wußte nicht, was sie dachte oder fühlte. Dann betrachtete ich Mr. Carey, dessen trostloser Gesichtsausdruck mir fast weh tat, so daß ich wegschauen mußte. Da saßen wir nun beieinander, und ich war sicher, daß wir, wenn Monsieur Poirot gesprochen hatte, völlig verändert sein würden.

Es war ein merkwürdiges Gefühl. Poirot sprach ruhig, es klang wie das Murmeln eines Flusses, der stetig und gleichmäßig zwischen seinen Ufern dahinfließt ... zum Meer fließt ...

«Von Anfang an war ich der Ansicht, daß man in diesem Fall nicht nach äußeren Zeichen oder Anhaltspunkten suchen dürfe, sondern nach viel aufschlußreicheren Anhaltspunkten, nach den Geheimnissen des Herzens und dem Widerstreit der Persönlichkeiten und Charaktere.

Ich kann sagen, daß ich überzeugt bin, die richtige Lösung gefunden zu haben, aber ich habe keinen objektiven Beweis dafür. Ich weiß aber, daß es ist, wie ich sage, weil es so sein muß, weil auf keine andere Weise jede einzelne Tatsache in die Gesamtstruktur passen würde. Und es ist meiner Meinung nach die einzige Lösung, die es geben kann.»

Er machte eine kleine Pause und fuhr dann fort: «Ich will meine Reise beginnen mit dem Augenblick, da man mich zur Aufklärung des Falles hinzuzog. Meiner Ansicht nach hat jeder Fall seine Eigenart, und ich erkannte sofort, daß sich in diesem Fall alles um die Persönlichkeit von Mrs. Leidner und ihre Charaktereigenschaften drehte. Da ich nicht genau wußte, was für ein Mensch Mrs. Leidner war, konnte ich nicht wissen, warum sie ermordet wurde und wer sie ermordet hatte.

Wie ich sagte, konzentrierte ich mich also voll und ganz auf Mrs. Leidners Persönlichkeit; das war mein Ausgangspunkt. Ich hatte viele Möglichkeiten, mir ein Bild von ihrer Persönlichkeit zu machen. Da waren die Wirkungen, die sie auf die verschiedenartigsten Menschen ausübte, und da war das, was ich durch eigene Beobachtungen mühsam gesammelt hatte.

Mrs. Leidners Geschmack war einfach, fast spartanisch, offensichtlich war sie kein Luxusgeschöpf. Andererseits waren einige Handarbeiten, die sie gemacht hatte, von erlesener Schönheit. Das beweist künstlerischen Geschmack. Auch die Bücher in ihrem Schlafzimmer gaben mir Aufschluß. Sie war intelligent, und ich vermute, daß sie egoistisch war.

Dann stellte ich fest, wie Mrs. Leidner auf ihre Umgebung gewirkt hatte, und so wurde das Bild, das ich mir von der Verstorbenen machte, immer klarer.

Das erste und wichtigste Problem, das nun gelöst werden mußte, war das der anonymen Briefe. Wer hatte sie geschrieben und warum? Ich fragte mich: Hat Mrs. Leidner die Briefe selbst geschrieben?

Zur Beantwortung dieser Frage war es erforderlich, weit in die Vergangenheit zurückzugehen — bis zu Mrs. Leidners erster Ehe. Und hier beginnen wir unsere Reise — die Reise durch Mrs. Leidners Leben.

Vor allem müssen wir uns darüber klarwerden, daß die Louise Leidner von früher im ganzen genommen dieselbe ist, die sie zuletzt war. Sie war damals jung und auffallend schön — und auch damals schon durch und durch egoistisch.

Solche Frauen schrecken von Natur aus vor dem Gedanken an eine Ehe zurück. Sie mögen sich von Männern angezogen fühlen, aber sie wollen vor allem ihr eigenes Ich bewahren. Dennoch heiratete Mrs. Leidner, und wir können annehmen, daß ihr Gatte einen starken Charakter besessen hat.

Dann entdeckte sie, daß er ein Verräter war, und sie meldete, wie sie Schwester Leatheran erzählte, ihre Entdeckung den Behörden.

Ich behaupte, daß diese Tat eine psychologische Bedeutung hatte. Sie erzählte Schwester Leatheran, daß sie ein sehr patriotisches, ideal gesinntes Mädchen gewesen sei und aus diesem Grunde so gehandelt habe. Es ist aber eine wohlbekannte Tatsache, daß wir alle instinktiv unseren Handlungen die bestklingenden Motive unterschieben. Mrs. Leidner mag geglaubt haben, ihr Patriotismus habe sie zu ihrer Handlungsweise veranlaßt, ich aber glaube, daß es der unbewußte Wunsch war, ihren Gatten loszuwerden. Ihr mißfiel es, beherrscht zu werden, ihr mißfiel es, einem anderen Menschen zu gehören, ihr mißfiel es, die zweite Geige zu spielen. Und so schützte sie patriotische Gefühle vor, um ihre Freiheit wiederzugewinnen.

Doch in ihrem Unterbewußtsein hatte sie ein nagendes Schuldgefühl, das in ihrem Schicksal eine Rolle spielen sollte. Wir kommen nun zu den Briefen. Mrs. Leidner übte auf das männliche Geschlecht eine große Anziehungskraft aus, und einige Male verliebte auch sie sich; doch jedesmal erhielt sie einen Drohbrief, und so wurde aus keiner dieser Liebesaffären etwas.

Wer schrieb die Briefe? Frederick Bosner, sein Bruder William oder *Mrs. Leidner selbst?*

Für jede dieser Theorien gibt es schwerwiegende Argumente. Mrs. Leidner war eine Frau, die verzehrende Leidenschaft in den Männern erweckte, eine Leidenschaft, die zur Besessenheit führen kann. Ich kann mir sehr gut einen Frederick Bosner vorstellen, dem Louise, seine Frau, alles auf der Welt bedeutete. Sie hatte ihn einst verraten, und er wagte es nicht, sich ihr offen zu nähern, aber er war bis zum äußersten entschlossen, nie zuzulassen, daß sie die Frau eines andern werde. Lieber hätte er sie tot gesehen, denn als Frau eines andern.

Andererseits wäre es bei Mrs. Leidners tiefverwurzeltem Widerwillen gegen eheliche Bindungen möglich, daß sie dieses Mittel wählte, um ihre peinlichen Situationen zu meistern. Sie war eine Jägerin, die, wenn sie ihr Wild erlegt hat, keine Freude mehr daran empfindet! Da sie dramatische Erregungen liebte, erfand sie ein höchst praktisches Drama: ein auferstandener Ehemann, der ihr jede Heirat verbietet! Das befriedigte ihre tiefsten Wünsche, das machte sie zu einer romantischen Figur und bewahrte sie vor einer neuen Ehe.

So ging es einige Jahre lang. Stets, wenn eine Heirat in Aussicht stand, kam ein Drohbrief.

Doch jetzt kommen wir wirklich zu einem interessanten Punkt.

Dr. Leidner erscheint auf der Bildfläche — und es kommt kein Brief mehr! Nichts steht ihr im Wege, Mrs. Leidner zu werden. Erst nach der Hochzeit kommt wieder ein Brief.

Wir fragen uns sofort: Warum?

Wenn Mrs. Leidner die Briefe selbst geschrieben hatte, ist die Frage leicht zu beantworten: Mrs. Leidner *wollte* Dr. Leidner heiraten, und so heiratete sie ihn. Aber warum schrieb sie sich dann später einen Brief? War ihr Drang nach dramatischen Erregungen zu stark? Und warum nur diese zwei Briefe? Denn dann kamen ja anderthalb Jahre lang keine mehr.

Nun zu der Theorie, daß die Briefe von ihrem ersten Mann, Frederick Bosner (oder seinem Bruder) geschrieben wurden. Warum kam der Drohbrief erst *nach* der Heirat? Es ist anzunehmen, daß Frederick nicht wollte, daß sie Leidner heirate. Warum unternahm er nichts dagegen? Bei früheren Gelegenheiten hatte er das doch mit so großem Erfolg getan. Und nachdem er gewartet hatte, bis die Heirat stattfand, warum hat er dann mit seinen Drohungen wieder eingesetzt?

Eine Antwort, wenn auch eine unbefriedigende, ist die, daß er vorher vielleicht nicht in der Lage war, etwas zu unternehmen. Vielleicht war er im Gefängnis oder in Übersee.

Als nächstes erfolgt der Mordversuch durch Gas. Es kommt mir höchst unwahrscheinlich vor, daß das ein Außenstehender getan hat; am ehesten ist anzunehmen, daß Dr. Leidner und seine Frau diesen Mordversuch in Szene gesetzt haben. Da es keinen einleuchtenden Grund gibt, warum Dr. Leidner es getan haben sollte, müssen wir annehmen, daß es Mrs. Leidner war. Aber warum?

Die beiden fahren dann nach Übersee und leben anderthalb Jahre lang glücklich und friedlich, ohne durch Drohungen erschreckt zu werden. Sie führen das darauf zurück, daß sie ihre Spuren gut verwischt haben; das ist aber keine Erklärung. Heutzutage kann man sich nicht mehr auf diese Weise verstecken, und besonders nicht im Fall der Leidners. Er ist der Leiter einer Ausgrabungsexpedition, und Frederick Bosner hätte durch das Museum sofort seine genaue Adresse erhalten können. Selbst wenn es ihm aus finanziellen Gründen nicht möglich gewesen wäre, das Paar in fernen Ländern zu verfolgen, hätte er seine Drohbriefe weiterhin schreiben können. Und ich glaube, daß ein so fanatischer Mensch wie er das auch getan hätte. Statt dessen dauert es fast zwei Jahre, bis er wieder Briefe sendet.

Warum?

Das ist eine sehr schwierige Frage — die einfachste Antwort wäre die, daß Mrs. Leidner sich langweilte und neue Sensationen brauchte. Doch diese Antwort befriedigt mich nicht. Diese Art von Sensation scheint zu vulgär, zu trivial für eine geistig so hochstehende Persönlichkeit wie Mrs. Leidner.

Es gibt drei Möglichkeiten: Erstens, die Briefe wurden von Mrs. Leidner selbst geschrieben; zweitens, sie wurden von Frederick Bosner (oder von seinem jüngeren Bruder William) geschrieben; drittens, sie wurden ursprünglich entweder von Mrs. Leidner oder ihrem ersten Mann geschrieben, waren aber jetzt *Fälschungen*, das heißt, sie wurden jetzt von einer dritten Person, die Kenntnis von den früheren Briefen hatte, geschrieben.

Als nächstes untersuchte ich nun Mrs. Leidners Umgebung.

Ich stellte zunächst fest, welche Möglichkeiten jedes Expeditionsmitglied hatte, den Mord auszuführen.

Grob gesprochen, hätte jedes Mitglied die Möglichkeit gehabt, abgesehen von drei Personen: Dr. Leidner, der, wie Zeugen berichteten, nie das Dach verlassen hatte, Mr. Carey, der Dienst am Ausgrabungsplatz versah, und Mr. Coleman, der in Hassanieh war.

Aber, liebe Freunde, diese Alibis sind nicht so gut wie sie zu sein scheinen, ausgenommen das von Dr. Leidner. Es besteht absolut kein Zweifel, daß er die ganze Zeit auf dem Dach war und erst fünfviertel Stunden nach dem Mord herunterkam.

Ist es jedoch so sicher, daß Mr. Carey sich die ganze Zeit auf dem Ausgrabungsplatz aufgehalten hatte?

Und war Mr. Coleman tatsächlich in Hassanieh gewesen, als der Mord geschah?»

Bill Coleman errötete, öffnete den Mund, schloß ihn wieder und blickte sich unruhig um.

Mr. Carey zuckte nicht mit einer Wimper.

Sanft fuhr Poirot fort: «Ich zog noch eine andere Person in Betracht, die bestimmt imstande wäre, einen Mord zu begehen, wenn sie gereizt wird. Miss Reilly besitzt Mut, Verstand und ist bis zu einem gewissen Grad rachsüchtig. Als Miss Reilly mit mir über die Tote sprach, sagte ich im Scherz zu ihr, sie habe doch hoffentlich ein Alibi. Ich glaube, in diesem Moment wurde sich Miss Reilly auf einmal bewußt, daß sie im Grunde ihres Herzens den Wunsch verspürt hatte, zu töten. Jedenfalls servierte sie mir sofort eine höchst dumme, sinnlose Lüge: sie behauptete, sie habe am Mordnachmittag Tennis gespielt. Am nächsten Tag erfuhr ich durch Zufall von Miss Johnson, daß von Tennisspielen gar nicht die Rede sein konnte, daß Miss

154

Reilly vielmehr zur Zeit des Mordes in der Nähe des Hauses gewesen war. So nehme ich an, daß Miss Reilly, wenn sie auch den Mord nicht verübt hat, mir etwas Aufschlußreiches mitteilen könnte.»

Er hielt inne und fragte dann ruhig: «Würden Sie uns bitte sagen, Miss Reilly, was Sie an dem bewußten Nachmittag *gesehen* haben?»

Sheila antwortete nicht sofort, sondern blickte weiter zum Fenster hinaus. Schließlich erklärte sie, ohne den Kopf zu wenden, kühl und gelassen: «Ich ritt nach dem Mittagessen zum Ausgrabungsplatz. Es wird gegen Viertel vor zwei gewesen sein, als ich dort ankam.»

«Trafen Sie dort einen Ihrer Freunde?»

«Nein, außer dem arabischen Vorarbeiter schien niemand dort zu sein.»

«Sie sahen Mr. Carey nicht?»

«Nein.»

«Merkwürdig!» sagte Poirot und blickte Carey an, der sich aber nicht rührte und schwieg.

«Haben Sie eine Erklärung dafür, Mr. Carey?»

«Ich machte einen Spaziergang, da es auf dem Ausgrabungsplatz nichts Interessantes zu tun gab.»

«Wohin gingen Sie?»

«Zum Fluß hinunter.»

«Nicht zum Haus?»

«Nein.»

«Ich vermute», mischte sich Miss Reilly ein, «daß Sie auf jemanden warteten, der nicht kam.»

Carey blickte sie schweigend an.

Poirot wandte sich wieder zu dem Mädchen: «Sahen Sie sonst etwas, Mademoiselle?»

«Ja. Nicht weit vom Haus Yarimjah sah ich im ausgetrockneten Bachbett das Auto der Expedition, was mir auffiel. Dann sah ich Mr. Coleman, er schlenderte mit gesenktem Kopf umher, als suche er etwas auf dem Boden.»

«Aber ich . . .» brauste Mr. Coleman auf.

Poirot unterbrach ihn mit einer gebieterischen Geste.

«Warten Sie. Haben Sie mit ihm gesprochen, Miss Reilly?»

«Nein.»

«Warum nicht?»

Das Mädchen antwortete langsam: «Weil er von Zeit zu Zeit stehen blieb und sich verstohlen umsah. Ich hatte ein unangenehmes Gefühl. So wandte ich mein Pferd und ritt davon. Ich glaube nicht, daß er mich gesehen hat. Ich kam nicht in seine Nähe, und er war zu vertieft in seine Beschäftigung.»

«Hören Sie!» Mr. Coleman war nicht länger zurückzuhalten. «Das alles klingt zugegebenermaßen etwas verdächtig, aber ich kann es ohne weiteres erklären: Am Tag vorher hatte ich einen prächtigen Tonzylinder in meiner Rocktasche steckenlassen, statt ihn in den Antiquitätensaal zu bringen — ich hatte ihn vollkommen vergessen. Und als ich wieder daran dachte, war er verschwunden, ich mußte ihn verloren haben, und zwar auf dem Weg vom oder zum Ausgrabungsplatz. Das war mir höchst peinlich, und ich wollte das Ding in aller Ruhe suchen. Ich erledigte also die Banksache in Hassanieh so schnell wie möglich, die Einkäufe ließ ich durch einen Kommissionär besorgen, und fuhr zeitig zurück. Dann versteckte ich den Omnibus und suchte über eine Stunde, habe aber nichts gefunden. Schließlich stieg ich wieder in den Karren und trudelte nach Haus. Natürlich haben alle gedacht, ich käme direkt aus Hassanieh zurück.»

«Und Sie erwähnten den Tonzylinder überhaupt nicht?» fragte Poirot freundlich.

«Das war unter den gegebenen Umständen doch natürlich, meinen Sie nicht auch?»

«Nein.»

«Also... nur nicht in Schwierigkeiten kommen! — das ist meine Devise. Sie können mich nicht festnageln. Ich bin nicht in den Hof gegangen, und Sie werden keinen Menschen finden, der das behaupten würde.»

«Das ist ja das Problem», sagte Poirot. «Die Dienstboten haben ausgesagt, daß niemand von außen den Hof betreten hat. Aber ich stellte dann fest, daß sie nur geschworen hatten, *kein Fremder* sei durch das Tor in den Hof gegangen. Man hatte sie nicht gefragt, ob ein *Angehöriger der Expedition* hereingekommen sei.»

156

«Dann fragen Sie sie doch», entgegnete Coleman. «Ich fresse einen Besen, wenn einer mich oder Carey gesehen hat.»

«Da kommen wir zu einer anderen interessanten Frage. Einen *Fremden* hätten die Leute zweifellos bemerkt, aber hätten sie auch von einem Expeditionsangehörigen Notiz genommen? Die gingen doch ein und aus, und die Dienstboten haben ihr Kommen und Gehen kaum beachtet. Es ist daher möglich, daß sowohl Mr. Carey wie Mr. Coleman durch das Tor hätten gehen können, ohne daß die Dienstboten sich daran erinnern würden.»

«Zum Teufel nochmal!» rief Mr. Coleman.

Poirot sprach ruhig weiter: «Von den beiden Herren, glaube ich, hätte man Mr. Carey noch weniger bemerkt. Mr. Coleman war am Morgen mit dem Wagen nach Hassanieh gefahren, und man hat ihn auch im Wagen zurückerwartet. Wäre er zu Fuß gekommen, hätten die Leute das eher bemerkt.»

«Bestimmt!» sagte Coleman.

Richard Carey hob den Kopf und blickte Poirot aus seinen tiefblauen Augen durchdringend an. «Klagen Sie mich des Mordes an, Monsieur Poirot?» fragte er, äußerlich ruhig, aber mit einem drohenden Unterton.

Poirot verneigte sich leicht. «Bis jetzt habe ich Sie alle nur auf eine Reise mitgenommen, auf eine Reise zur Wahrheit, und ich habe lediglich eine Tatsache festgestellt: daß jedes Mitglied der Expedition, auch Schwester Leatheran, den Mord begangen haben könnte. Daß einige von Ihnen kaum als Täter in Betracht kommen, ist von sekundärer Bedeutung.»

Zunächst habe ich also die *Mittel* und die *Möglichkeiten* geprüft, dann ging ich zum Motiv über und stellte fest, daß *jeder von Ihnen ein Motiv haben könnte.*»

«Aber, Monsieur Poirot!» rief ich empört. «*Ich* doch nicht, ich bin doch eine Fremde. Ich bin doch gerade erst hierher gekommen.»

«*Eh bien, ma soeur*, und hatte sich Mrs. Leidner nicht gerade davor gefürchtet? Vor einem Fremden von außerhalb?»

«Aber . . . aber . . . Dr. Reilly kennt mich doch ganz genau, er hat mich doch für den Posten vorgeschlagen.»

«Was wußte er wirklich von Ihnen? Nur das, was Sie ihm

157

selbst gesagt haben. Es hat auch schon falsche Krankenschwestern gegeben.»

«Sie können an das St.-Christopher Krankenhaus schreiben», begann ich, «und dort . . .»

«Zunächst beruhigen Sie sich einmal. Ich habe ja nicht behauptet, daß ich Ihnen *jetzt* mißtraue, ich habe nur gesagt, daß Sie jemand anderer sein könnten, als Sie vorgeben. Es gibt viele Betrüger, die als Frau verkleidet erfolgreich gewirkt haben. Dem jungen William Bosner wäre so etwas zuzutrauen. — Ich muß nun mit brutaler Offenheit weiter vorgehen, es ist unbedingt erforderlich. Ich habe jeden einzelnen von Ihnen genau geprüft. Um mit Dr. Leidner zu beginnen, so habe ich mich sehr bald davon überzeugt, daß die Liebe zu seiner Frau die Haupttriebfeder in seinem Leben ist. Er war ein von Kummer und Sorge um seine Frau gequälter Mann. Von Schwester Leatheran habe ich bereits gesprochen. Wäre sie ein als Krankenschwester verkleideter Mörder, so müßte sie unerhört geschickt sein; ich glaube aber, daß sie das ist, wofür wir sie halten: eine durch und durch zuverlässige Krankenschwester.»

«Vielen Dank», unterbrach ich seinen Redestrom.

«Mr. und Mrs. Mercado erregten sofort meine Aufmerksamkeit, weil sie beide sehr aufgeregt und unruhig waren. Zunächst zog ich Mrs. Mercado in Erwägung. War sie eines Mordes fähig und wenn, aus welchen Gründen?

Mrs. Mercado ist von zarter Konstitution. Auf den ersten Blick scheint es nicht möglich, daß sie die physische Kräfte besitzt, eine Frau wie Mrs. Leidner mit einem schweren Stein umzubringen; aber wenn Mrs. Leidner gekniet hätte, wäre es ihr möglich gewesen, und es gibt verschiedene Mittel, durch die eine Frau eine andere dazu veranlassen kann, niederzuknien. Oh, ganz äußerliche Mittel! Eine Frau kann zum Beispiel ihr Kleid kürzen wollen und die andere bitten, den Saum abzustecken; um ihr den Gefallen zu erweisen, würde die andere, nichts Böses ahnend, niederknien.

Aber das Motiv? Schwester Leatheran hat mir von den wütenden Blicken berichtet, mit denen Mrs. Mercado Mr. Leidner bedacht hatte. Mr. Mercado erlag offensichtlich Mrs. Leidners Charme. Doch ich glaube nicht, daß Mrs. Mercados Aversion auf purer Eifersucht beruhte. Ich bin überzeugt, daß Mrs. Leidner nicht das geringste Interesse an Mr. Mercado hatte — und zweifellos wußte das Mrs. Mercado. Sie mag wütend auf sie gewesen sein, doch nicht in dem Maße, um sie zu ermorden. Mrs. Mercado ist offensichtlich ein mütterlicher Typus, aus der Art, wie sie ihren Mann ansah, schloß ich, daß sie ihn nicht nur liebt, sondern mit allen Kräften für ihn kämpfen würde — und mehr als das, daß sie die Möglichkeit, es tatsächlich tun zu müssen, ins Auge blickte. Sie war ständig auf der Hut! Unruhig war sie seinetwegen, nicht ihretwegen. Und nachdem ich Mr. Mercado beobachtet hatte, ahnte ich auch, was sie beunruhigte, und mein Verdacht bestätigte sich: Mr. Mercado ist süchtig — in sehr vorgeschrittenem Stadium.

Ich brauche Ihnen allen wahrscheinlich nicht zu sagen, daß Süchtige bald jeden Sinn für Moral verlieren, daß ein Mensch unter dem Einfluß von Drogen zu Dingen fähig ist, die ihm früher nicht im Traume eingefallen wären. Ich halte es für möglich, daß es in Mr. Mercados Leben einen dunklen Punkt gab, eine unehrenhafte Handlung, ja, ein Verbrechen, das seine Frau hatte vertuschen können; aber seine Karriere hing vielleicht dennoch an einem Faden, da er, wenn etwas von seiner früheren Verfehlung ruchbar wurde, ein ruinierter Mann wäre. Und da war nun Mrs. Leidner im Haus, eine hochintelligente und machthungrige Frau. Sie hätte den zermürbten Mann dazu bringen können, ihr Vertrauen zu schenken, ihr alles zu gestehen. Dann wäre er in ihrer Macht gewesen. — Hier also war ein Motiv für die Mercados. Um ihren Mann zu schützen, ist Mrs. Mercado zu allem fähig. Beide, sie und ihr Mann, hatten während der berühmten zehn Minuten, da der Hof leer war, die Möglichkeit, die Tat zu begehen.»

Mrs. Mercado schrie: «Das ist nicht wahr!»

Poirot schenkte ihr keine Beachtung.

«Die nächste, die ich unter die Lupe nahm, war Miss Johnson. War sie zu einem Mord fähig? Ich glaube, ja. Sie war ein Mensch mit starker Willenskraft und mit eiserner Selbstdisziplin. Solche Menschen beherrschen sich ständig, doch eines Tages kann der Damm brechen. Wenn aber Miss Johnson den Mord begangen hätte, dann nur aus Gründen, die mit Dr. Leidner zusammenhängen. Wenn sie der Meinung gewesen ist, daß Mrs. Leidner das Leben ihres Mannes verpfuscht habe, dann ist es möglich, daß ihre Eifersucht, die tief in ihrem Unterbewußtsein schwelte, hätte ausbrechen und sich austoben können. Jawohl, Miss Johnson war unbedingt der Tat fähig.

Nun kommen wir zu den drei jungen Leuten.

Zuerst Carl Reiter. Wenn eines der Expeditionsmitglieder William Bosner sein sollte, dann am ehesten Reiter. Doch wenn er William Bosner ist, wäre er ein hervorragender Schauspieler. Und wenn er wirklich Carl Reiter ist, hatte er dann einen Grund zu diesem Mord?

Konnte Carl Reiter, den Mrs. Leidner ständig peinigte, vielleicht durch diese Behandlung dazu gebracht werden, sie zu ermorden? Demütigung verleitet Männer zu merkwürdigen Dingen. Es könnte also durchaus sein, daß er den Mord verübt hat.

Dann William Coleman. Sein Verhalten, nach den Angaben von Miss Reilly, ist natürlich verdächtig. Wenn er der Mörder war, dann nur, wenn sich hinter seiner fröhlichen Person William Bosner verbirgt. Ich glaube aber nicht, daß William Coleman als William Coleman die Veranlagung eines Mörders hat. Seine Fehler liegen in einer anderen Richtung.

Jetzt bleibt von den drei jungen Leuten noch Mr. Emmott. Auch hinter ihm könnte sich William Bosner verbergen. Was für Gefühle er auch für Mrs. Leidner hegen mochte, ich war mir sofort klar, daß ich von ihm nichts darüber erfahren würde. Von allen Expeditionsangehörigen scheint er Mrs. Leidner am besten gekannt zu haben. Ich glaube, daß er ganz genau wußte, was für ein Mensch sie war, ich konnte aber nicht feststellen, was für einen Eindruck sie auf ihn gemacht hat. Ich glaube jedoch, daß auch Mrs. Leidner sein Verhalten außerordentlich reizte.

Ich möchte sagen, daß von allen Expeditionsangehörigen, was Charakter wie Fähigkeiten anbelangt, Mr. Emmott derjenige ist, der am ehesten imstande wäre, einen wohlüberlegten Mord zu begehen.»

Zum erstenmal blickte Mr. Emmott auf und sagte: «Danke schön.» Seine Stimme klang leicht amüsiert.

«Die letzten auf meiner Liste sind Richard Carey und Pater Lavigny», fuhr Poirot fort.

«Nach dem Zeugnis von Schwester Leatheran und anderen konnten Mr. Carey und Mrs. Leidner sich nicht leiden. Miss Reilly hingegen äußerte über diese kalte Höflichkeit eine ganz andere Theorie. Und bald hegte ich keinen Zweifel mehr, daß sie recht hatte. Wie ich nach kurzer Zeit feststellte, befand sich Mr. Carey in einem Zustand höchster Erregung, er stand dicht vor einem Nervenzusammenbruch. Er sagte mir mit einem Ernst, an dem ich keinen Moment zweifelte, daß er Mrs. Leidner gehaßt habe. Zweifellos sprach er die Wahrheit. Er haßte Mrs. Leidner. Aber warum?

Es gibt nicht nur Frauen, die auf viele Männer eine große Anziehungskraft ausüben, sondern auch Männer, die die gleiche Anziehungskraft auf Frauen ausüben. Das nennt man heute ‹Sex-Appeal›. Und diese Eigenschaft besitzt Mr. Carey in hohem Maße. Er verehrte seinen Freund und Vorgesetzten und verhielt sich zunächst dessen Frau gegenüber gleichgültig. Das gefiel aber Mrs. Leidner nicht; sie mußte dominieren. Und so setzte sie alles daran, Richard Carey zu bestricken. Doch dann geschah etwas völlig Unerwartetes: Sie selbst wurde, vielleicht zum erstenmal in ihrem Leben, das Opfer einer überwältigenden Leidenschaft. Sie begann Richard Carey heftig zu lieben.

Und er, er konnte ihr nicht widerstehen. Das ist der Grund seiner nervösen Spannung: er fühlte sich zwischen zwei Leidenschaften hin- und hergerissen. Er liebte Louise Leidner, aber er haßte sie auch. Er haßte sie, weil er um ihretwillen seinen Freund betrog. Ein Mann haßt nichts so sehr, als wenn er gegen seinen Willen zu einer Frau in Liebe entbrennt.

Hier sind also alle Motive, die ich brauche. Ich bin überzeugt, daß es Momente gab, da Richard Carey am liebsten der Frau, die ihn betört hatte, mit aller Wucht in ihr schönes Gesicht geschlagen hätte.

Ich war die ganze Zeit über der Ansicht, daß es sich hier um ein *crime passionel* handelt, und in Mr. Carey hatte ich den idealen Mörder für ein solches Verbrechen gefunden.

Nun bleibt noch ein Kandidat auf der Mörderliste: Pater Lavigny. Er zog sogleich meine Aufmerksamkeit auf sich, weil er den Mann, der hier in ein Fenster geschaut hatte, so ganz anders beschrieb als Schwester Leatheran. Zeugenaussagen weichen stets voneinander ab, doch nie so völlig wie in diesem Fall. Vor allem bestand Pater Lavigny auf einem Charakteristikum, nämlich auf dem Schielen. Bald war mir klar, daß Schwester Leatherans Beschreibung die richtige sein müsse, daß also Pater Lavigny bewußt eine falsche Angabe machte, damit der Mann nicht gefaßt werde.

Dann aber mußte er von diesem verdächtigen Subjekt etwas wissen. Man hat ihn mit ihm sprechen sehen, weiß aber nur von ihm selbst, was er gesprochen hat.

Was tat der Irake im Moment, als Schwester Leatheran und Mrs. Leidner ihn sahen? Er versuchte durch ein Fenster zu schauen . . . durch Mrs. Leidners Fenster, wie die Damen dachten, aber mir wurde bald klar, als ich die Stelle prüfte, daß er ebensogut durch das Fenster des Antiquitätensaales geschaut haben konnte.

In der darauffolgenden Nacht wurde Alarm geschlagen: jemand sei im Antiquitätensaal. Als Dr. Leidner dazukam, war Pater Lavigny bereits dort und erklärte, er habe ein Licht gesehen; wieder haben wir aber nur seine eigene Aussage dafür.

Ich begann, mich für Pater Lavigny zu interessieren. Kannte jemand von der Expedition den bekannten Assyrologen und Inschriftenkenner vom Orden der Pères Blancs in Carthago persönlich? Augenscheinlich nicht. Ich stellte fest, daß ein Kabel nach Carthago geschickt worden war, weil Dr. Byrd, der ursprünglich die Expedition begleiten sollte, erkrankt war. Was gibt es leichteres, als ein Kabel abzufangen? Da es bei der Expedition keinen Inschriftenkenner gab, konnte sich ein geschickter Mann mit geringem Wissen durch Bluff ziemlich lange halten. Zudem wurden nur wenige Keilschrifttafeln gefunden, und, wie ich hörte, erregten die Resultate von Pater Lavignys Entzifferungen einiges Staunen. So kam ich zu dem Schluß, daß der Pater ein Betrüger sei.

War er Frederick Bosner?

Anscheinend nicht, und allmählich stellte sich etwas ganz anderes heraus. Ich unterhielt mich ausführlich mit dem Pater. Ich bin praktizierender Katholik und kenne viele Ordens- und Weltgeistliche, und er schien mir gar nicht in diesen Rahmen zu passen. Mit Menschen vom Schlage des Pater Lavigny habe ich schon häufig zu tun gehabt, sie gehören jedoch einem ganz anderen Stande als dem geistlichen an. Und so begann ich, Kabel in die Welt zu schicken.

Dann gab mir Schwester Leatheran, ohne es zu wissen, den Schlüssel. Wir betrachteten im Antiquitätensaal die goldenen Gefäße und die andern Kostbarkeiten, und da erwähnte sie eine Wachsspur an einer goldenen Schale. Ich fragte: ‹Wachs?› und Pater Lavigny fragte ebenfalls: ‹Wachs?› Sein Ton verriet alles. Ich wußte auf einmal, was er hier tat.»

Poirot hielt einen Augenblick inne und sagte dann zu Dr. Leidner: «Ich muß Ihnen leider die betrübliche Mitteilung machen, daß der goldene Becher im Antiquitätensaal, der goldene Dolch, die Haarspangen und einige andere Gegenstände nicht diejenigen sind, die Sie ausgegraben hatten, sondern sehr geschickte Nachahmungen. Unser Pater Lavigny ist, wie ich soeben durch die letzte Antwort auf meine Kabel erfahren habe, kein anderer als Raoul Menier, einer der gerissensten Diebe, die die französische Polizei kennt. Seine Spezialität sind Museumsdiebstähle, er hat einige bemerkenswerte auf dem Kerbholz, unter anderem einen ganz großen im Louvre von Paris. Mit ihm arbeitet Ali Yusuf, ein erstklassiger Goldschmied.

Wie man mir mitteilt, bereitete Menier gerade einen Diebstahl bei den Pères Blancs in Carthago vor, als Ihr Kabel eintraf. Der echte Peter Lavigny mußte krankheitshalber telegrafisch ablehnen, und es gelang Menier, in den Besitz dieses Kabels zu gelangen und an dessen Stelle ein Zusagekabel zu senden. Er fühlte sich dabei vollkommen sicher, denn selbst wenn die Mönche durch Zufall aus Zeitungen erfahren sollten, daß Pater Lavigny im Irak sei, würden sie das für eine Zeitungsente halten.

Menier und sein Komplice — der dann bei der Erkundung des Antiquitätensaales gesehen wurde — kamen hierher und arbeiteten zusammen; Pater Lavignys Aufgabe war, die Wachsabdrücke zu machen, nach denen Ali die Kopien anfertigte, und das tat er natürlich bei Nacht. Unzweifelhaft war er damit beschäftigt, als Mrs. Leidner ihn hörte und Alarm schlug. Was sollte er tun? Er behauptete einfach, im Antiquitätensaal Licht gesehen zu haben.

Das wurde, wie man zu sagen pflegt, geschluckt, doch Mrs. Leidner war nicht so dumm. Sie hatte die Wachsspuren gesehen und sich alles zusammengereimt. Und lag es nicht in ihrem Charakter, zunächst alles für sich zu behalten und Pater Lavigny ihre Macht fühlen zu lassen? Vermutlich ließ sie ihn merken, daß sie Verdacht geschöpft hatte, nicht aber, daß sie etwas wußte. Es war ein gefährliches Spiel, aber es machte ihr Spaß. Und vielleicht trieb sie das Spiel zu weit: Pater Lavigny kommt dahinter und schlägt sie nieder.

Pater Lavigny ist Raoul Menier — ein Dieb. Ist er aber auch ein Mörder?»

Poirot schritt durch das Zimmer, wischte sich mit dem Taschentuch die Stirn ab und sprach dann weiter: «So sah heute morgen für mich die Situation aus. Es gab acht Theorien, und ich wußte nicht, welche die richtige war. Ich wußte immer *noch nicht, wer der Mörder war.*

Aber Mord wird zur Gewohnheit. Wer einmal einen Mord verübt hat, mordet wieder.

Durch den zweiten wurde der Mörder überführt.

Die ganze Zeit über fürchtete ich, daß einer der Anwesenden etwas über den Mörder wisse und dieses Wissen für sich behalte. Dieser Betreffende war in Gefahr. Ich dachte dabei vor allem an Schwester Leatheran, eine energische Persönlichkeit mit einem lebhaften, wißbegierigen Geist.

Wie Sie alle wissen, wurde ein zweiter Mord verübt, doch das Opfer war nicht Schwester Leatheran — es war Miss Johnson.

Somit schied sie als Mörder aus, denn ich glaubte keine Sekunde an Selbstmord.

Wir wollen die Fakten dieses zweiten Mordes zusammenstellen:

1. Am Sonntagabend findet Schwester Leatheran Miss Johnson in Tränen, und am selben Abend verbrennt Miss Johnson einen Brief, der, wie die Schwester annimmt, die Handschrift des anonymen Briefschreibers aufwies.

2. Am Abend vor Miss Johnsons Tod trifft Schwester Leatheran sie auf dem Dach stehend, vor Entsetzen erstarrt. Auf die Frage der Schwester antwortet sie: ‹Ich habe gesehen, daß jemand von draußen hereinkommen kann ... unbemerkt.› Mehr will

sie nicht sagen. Pater Lavigny geht gerade über den Hof, und Mr. Reiter steht in der Tür des Fotoateliers.

3. Miss Johnson wird sterbend aufgefunden. Das einzige, was sie noch sagen kann, ist ‹Das Fenster . . . das Fenster›.

Das sind die Tatsachen, und wir sehen uns folgenden Problemen gegenüber:

Was für eine Bewandtnis hatte es mit dem Brief?

Was sah Miss Johnson, als sie auf dem Dach stand?

Was meinte sie mit ‹Das Fenster . . . das Fenster›?

Eh bien, wir wollen die zweite Frage, als die leichteste, zuerst beantworten. Ich ging mit Schwester Leatheran aufs Dach und stellte mich genau dort hin, wo Miss Johnson gestanden hatte. Sie konnte von dieser Stelle den Hof, das Tor, die Nordseite des Gebäudes und zwei Mitglieder der Expedition sehen. Hatte sie Mr. Reiter oder Pater Lavigny gemeint?

Blitzartig kam mir die Erleuchtung: Wenn ein Fremder von außen hereingekommen wäre, dann nur in Verkleidung; Pater Lavigny — mit einem Tropenhelm, Sonnenbrille, schwarzem Bart und der langen Mönchskutte konnte jedoch ohne weiteres durchkommen, ohne daß die Dienstboten ihn als Fremden betrachten würden.

Hatte Miss Johnson das gemeint? Oder war sie weitergegangen? War ihr klargeworden, daß Pater Lavigny ein Betrüger war und nicht der, für den er sich ausgab?

Auf Grund dessen, was ich inzwischen über den Pater erfahren hatte, neigte ich dazu, das Rätsel für gelöst zu halten. Raoul Menier war der Mörder, er hatte Mrs. Leidner umgebracht, um sie zum Schweigen zu bringen, bevor sie ihn anzeigen konnte. Nun hatte aber ein Mensch dieses Geheimnis erraten, also mußte auch Miss Johnson beseitigt werden. Um den Verdacht abzulenken, legte er nach der Tat den blutbefleckten Mühlstein unter ihr Bett.

Und so war alles klar! Wie ich sagte, war ich fast überzeugt, aber nicht ganz. Eine vollkommene Lösung muß *alles* erklären, und das tat diese nicht.

Sie erklärte nicht Miss Johnsons letzte Worte. Sie erklärte nicht, warum sie wegen des Briefes geweint hatte. Sie erklärte ihre Haltung auf dem Dach nicht . . . ihr Entsetzen und ihre

Weigerung, Schwester Leatheran das zu sagen, was sie *vermutete* oder *wußte*.

Und dann, als ich auf dem Dach stand und die drei Punkte überlegte: Brief, Dach, Fenster, da *sah* ich, was Miss Johnson gesehen hatte.

Und das erklärte nun alles!»

28   Das Ende der Reise

Poirot sah sich um. Alle Augen waren auf ihn gerichtet. Die Spannung hatte etwas nachgelassen ... nun war sie wieder da. Denn es mußte jetzt etwas kommen ...

Poirot sprach ruhig, gelassen weiter: «Die Briefe, das Dach, das Fenster ... ja, alles war mir klar, alles paßte in den Rahmen.

Ich habe gerade gesagt, daß drei Männer für die Zeit des Mordes Alibi hatten; zwei davon waren falsch, wie ich vorhin ausführte, und nun erkannte ich meinen erstaunlichen Irrtum: auch das dritte war falsch! Nicht nur *konnte* Dr. Leidner den Mord begangen haben ... ich war überzeugt, daß er ihn begangen *hat!»*

Ein entsetztes Schweigen folgte. Auch Dr. Leidner schwieg, er schien in einer anderen Welt zu weilen. David Emmott sprang auf und rief: «Ich verstehe nicht, worauf Sie hinauswollen, Monsieur Poirot. Wie ich Ihnen schon erklärte, hat Dr. Leidner bis Viertel vor drei das Dach nicht verlassen. Das ist so, ich schwöre es bei allem, was mir heilig ist. Ich lüge nicht! Er konnte es nicht getan haben, ohne daß ich es gesehen hätte.»

Poirot nickte. «Ich glaube Ihnen. Daß Dr. Leidner das Dach nicht verlassen hat, bestreite ich nicht. Doch was ich sah und was Miss Johnson gesehen hatte, ist, daß Dr. Leidner seine Frau ermorden konnte, ohne das Dach zu verlassen.»

Wir saßen wie erstarrt da.

«Das Fenster», rief Poirot, *«ihr* Fenster! Plötzlich wurde auch mir klar, was Miss Johnson entdeckt hatte: Mrs. Leidners Fenster befand sich direkt unter dem Dach, und Doktor Leidner war dort oben allein, er hatte keine Zeugen. Der schwere Stein lag griffbereit da. Es war so einfach, fast zu einfach. Es gab nur ein Problem: Der Mörder mußte die Gelegenheit haben, die Leiche an eine andere Stelle zu bringen, bevor sie jemand sah. Es ist von einer so unglaublichen Einfachheit!

Hören Sie zu, meine Herrschaften: Dr. Leidner ist auf dem Dach und arbeitet. Er ruft Sie, Emmott, hinauf, und während er mit Ihnen spricht, bemerkt er, daß der Araberjunge wie üblich Ihre Abwesenheit ausnützt und vor das Tor geht. Dr. Leidner hält Sie zehn Minuten fest, dann läßt er Sie gehen, und als er sie unten nach dem Jungen rufen hört, setzt er seinen Plan in die Tat um.

Er nimmt aus seiner Tasche die mit Plastilin beschmierte Maske, mit der er seine Frau schon einmal in Panik versetzt hat, läßt sie an einer Schnur über die Brüstung bis zum Fenster seiner Frau hinunter und schwingt sie gegen die Scheibe.

Mrs. Leidner liegt halb schlafend auf dem Bett. Plötzlich klopft etwas ans Fenster, sie wacht auf und sieht die Maske. Aber nun ist es nicht dunkel, es ist hellichter Tag, sie fürchtet sich nicht. Sie stellt fest, daß es eine lächerliche Maske ist, sie ist nicht entsetzt, sondern empört und tut, was jede Frau an ihrer Stelle tun würde. Sie springt auf, öffnet das Fenster, steckt den Kopf durchs Gitter und schaut nach oben, um festzustellen, wer ihr diesen üblen Streich spielt.

Dr. Leidner wartet mit dem schweren Stein, durch dessen Loch er einen Strick gezogen hat, in der Hand und läßt ihn im richtigen Moment hinunterfallen... Mit einem schwachen Schrei — von Miss Johnson gehört — bricht Mrs. Leidner auf dem Teppich unter dem Fenster zusammen.

Dann zieht Dr. Leidner den Stein nach oben und legt ihn, mit der blutbefleckten Seite nach unten, ordentlich zu den andern Steinen dieser Art.

Danach arbeitet er ungefähr eine Stunde weiter und setzt nun den zweiten Akt in Szene. Er geht die Treppe hinunter in den Hof, spricht mit Dr. Emmott und Schwester Leatheran und begibt sich schließlich in das Zimmer seiner Frau. Gemäß seinem Bericht spielt sich dann folgendes ab:

‹Ich sah meine Frau zusammengekauert vor dem Bett liegen. Einige Augenblicke war ich wie gelähmt und konnte mich nicht rühren. Schließlich trat ich zu ihr, kniete nieder und hob ihren Kopf hoch. Ich sah, daß sie tot war ... Endlich stand ich auf, mir war, als sei ich betrunken. Es gelang mir, zur Tür zu gehen und die Schwester zu rufen.›

An sich ist das die durchaus glaubhafte Haltung eines schwergetroffenen Mannes. Meiner Ansicht nach war es aber in Wirklichkeit so: Dr. Leidner tritt ins Zimmer, eilt zum Fenster, zieht Handschuhe an, schließt das Fenster, hebt die Leiche seiner Frau auf und legt sie zwischen Bett und Tür auf den Boden. Dann sieht er einen kleinen Fleck auf dem Teppich vor dem Fenster. Er legt den befleckten Teppich vor den Waschtisch und den vom Waschtisch vor das Fenster. Wenn der Fleck bemerkt wird, bringt man ihn in Zusammenhang mit dem Waschtisch und nicht mit dem Fenster ... ein sehr wichtiger Punkt. So kommt niemand auf den Gedanken, daß das Fenster etwas mit dem Mord zu tun haben könnte. Dann geht er hinaus in den Hof und spielt die Rolle des verzweifelten Gatten; das fiel ihm übrigens leicht, denn er liebte ja seine Frau wirklich.»

«Aber, lieber Freund», rief Dr. Reilly ärgerlich, «wenn er sie liebte, warum hat er sie dann ermordet? Aus welchem Grund? Können Sie denn nicht reden, Leidner? Sagen Sie ihm doch, daß er verrückt ist!»

Dr. Leidner sagte nichts und rührte sich nicht.

Poirot erwiderte: «Habe ich nicht eben erst gesagt, daß es sich um ein *crime passionel* handelt? Warum drohte ihr erster Gatte, Frederick Bosner, sie zu töten? Weil er sie liebte ... und schließlich machte er seine Drohung wahr.

Mais oui ... mais oui ... als mir klar wurde, daß Dr. Leidner sie getötet hat, wurde mir auch alles andere klar ... Ich kehre zum Beginn unserer Reise zurück ... zu Mrs. Leidners erster Ehe ... den Drohbriefen ... der zweiten Heirat. Die Briefe verboten ihr, irgendeinen anderen Mann zu heiraten, sie verboten ihr aber nicht, Dr. Leidner zu heiraten. Wie einfach ist das ... *wenn Dr. Leidner Frederick Bosner ist.*

Wir kehren jetzt zu dem jungen Frederick Bosner zurück. Er liebte seine Frau mit der überwältigenden Leidenschaft, die sie in Männer zu erwecken vermochte. Sie verrät ihn. Er wird zum Tode verurteilt. Er entkommt. Bei einem Eisenbahnunglück verliert er nicht das Leben, sondern es gelingt ihm, sich in den jungen schwedischen Archäologen Eric Leidner zu verwandeln, dessen Leiche bis zur Unkenntlichkeit verstümmelt wurde, und der als Frederick Bosner begraben wird.

Wie ist die Haltung des neuen Eric Leidner seiner Frau gegenüber, die ihn in den Tod hat schicken wollen? Er liebt sie noch immer. Er beginnt, sich ein neues Leben aufzubauen. Er ist ein äußerst fähiger Mann, sein neuer Beruf liegt ihm, er wird ein bedeutender Archäologe. *Aber nach wie vor ist er von der einen Leidenschaft besessen.* Er hält sich über das Leben seiner Frau auf dem laufenden, und er ist kaltblütig, unerbittlich entschlossen (denken Sie daran, daß Mrs. Leidner ihn Schwester Leatheran gegenüber als liebevoll, freundlich, aber auch grausam schilderte): *sie darf nie einem anderen Mann gehören.* Wann immer er glaubt, daß das eintreten könnte, schickt er ihr einen Brief. Er imitiert einige charakteristische Eigenheiten ihrer Handschrift für den Fall, daß sie sich mit den Briefen an die Polizei wenden würde. Frauen, die sich selbst anonyme Briefe schreiben, sind für die Polizei etwas Alltägliches, und so könnte sie auf Grund der Ähnlichkeit der Handschrift in einen solchen Verdacht geraten. Zudem läßt er sie im Zweifel, ob er noch lebt oder nicht.

Nach vielen Jahren hält er schließlich seine Zeit für gekommen: er tritt wieder in ihr Leben. Alles geht gut. Seine Frau hat nicht einmal im Traum eine Ahnung von seiner Identität. Er ist ein bekannter Gelehrter. Der ehemalige gutaussehende junge Bursche ist nun ein Mann in mittleren Jahren mit einem Bart und hängenden Schultern. Und die Geschichte der beiden wiederholt sich: Zum zweitenmal gelingt es Frederick, Louise zu beherrschen, zum zweitenmal heiratet sie ihn. *Und kein Brief verbietet es ihr.*

Aber *später* kommt ein Brief. Warum?

Ich glaube, Dr. Leidner wollte kein Risiko eingehen. Die ehelichen Intimitäten hätten Erinnerungen in ihr wecken können. Er will nun seiner Frau ein für allemal klarmachen, daß Eric Leidner und Frederick Bosner zwei verschiedene Menschen sind. Aus diesem Grund kommt also nochmals ein Brief. Dann folgt die recht kindische Geschichte mit dem Gas, selbstver-

169

ständlich aus dem gleichen Grund von Dr. Leidner arrangiert. Nun ist er beruhigt und zufrieden, er braucht keine Briefe mehr zu schicken, sie können eine glückliche Ehe führen.

Und dann, nach fast zwei Jahren, kommen auf einmal wieder Briefe.

Warum? Ich glaube es zu wissen: weil die Drohung in den Briefen immer eine wahre Drohung war; und darum hatte auch Mrs. Leidner solche Angst. Sie kannte die liebevolle, aber gleichzeitig grausame Natur ihres Frederick nur zu gut. Wenn sie einem anderen Mann als ihm gehört, wird er sie töten. Und sie hatte sich Richard Carey hingegeben.

Als Dr. Leidner das entdeckt, setzt er ruhig und kaltblütig den Mord in Szene.

Sie sehen jetzt, welche wichtige Rolle Schwester Leatheran spielte. Warum engagierte Dr. Leidner sie? Mir war das zunächst ein Rätsel. Eine tüchtige, zuverlässige Krankenschwester konnte bestätigen, daß Mrs. Leidner, als ihre Leiche gefunden wurde, bereits über eine Stunde tot war, der Mord also zu einer Zeit verübt wurde, da jeder bezeugen konnte, daß ihr Gatte sich auf dem Dach befunden hatte. Es hätte auch der Verdacht auftauchen können, daß er sie getötet hatte, als er ihr Zimmer betrat ... doch das stand außer Frage, wenn eine Krankenschwester sofort bezeugen konnte, daß sie bereits über eine Stunde tot war.

Jetzt wird auch die merkwürdige Spannung klar, die hier im Hause herrschte. Von Anfang an konnte ich nicht glauben, daß sie lediglich auf Mrs. Leidners Einfluß zurückzuführen sei. Jahrelang hatte diese Gesellschaft in bester Kameradschaft gelebt. Meiner Meinung nach hängt die Stimmung stets von der leitenden Persönlichkeit ab. Doktor Leidner besitzt eine starke Persönlichkeit, und ihm war es zu verdanken, daß die Atmosphäre so erfreulich gewesen war.

Eine Änderung dieses Zustandes mußte also von Doktor Leidner ausgehen und so war er und nicht Mrs. Leidner für die herrschende Spannung und Unsicherheit verantwortlich. Der nach wie vor äußerlich freundliche, liebenswürdige Dr. Leidner spielte nur noch Komödie, denn in Wirklichkeit war er ein Besessener, der einen Mord plante.

Und jetzt kommen wir zu dem zweiten Mord, dem an Miss Johnson. Beim Ordnen von Dr. Leidners Papieren muß sie im Büro den Entwurf eines anonymen Briefes gefunden haben.

Sicherlich war das für sie unverständlich, sie war bestürzt, denn es stimmte also: Dr. Leidner hatte seine Frau bewußt in Schrekken versetzt. Sie kann es nicht begreifen, sie ist außer sich, sie ist todunglücklich. In dieser Stimmung findet Schwester Leatheran sie, in Tränen aufgelöst.

Ich glaube nicht, daß Miss Johnson sofort Verdacht hegte, Dr. Leidner sei der Mörder, aber sie hat meine Experimente nicht vergessen, sie weiß, was man von Mrs. Leidners und Pater Lavignys Zimmer aus hören kann. Ihr wird klar, daß, als sie Mrs. Leidners Schrei hörte, das Fenster in deren Zimmer offen gewesen sein muß. Ihre Gedanken arbeiten weiter, kommen der Wahrheit immer näher. Vielleicht macht sie Dr. Leidner gegenüber eine Bemerkung über die Briefe, und er fürchtet sich nun auf einmal vor ihr.

Und dann, als Miss Johnson an jenem Spätnachmittag auf dem Dach steht, erkennt sie blitzartig die Wahrheit: Mrs. Leidner war von oben her, vom Dach aus, ermordet worden, durch das offene Fenster.

In diesem Augenblick kommt Schwester Leatheran zu ihr. Miss Johnson will nicht, daß die Schwester etwas von der entsetzlichen Entdeckung erfährt. Sie schaut absichtlich in die entgegengesetzte Richtung, weigert sich, etwas zu sagen, will sich die Angelegenheit erst durch den Kopf gehen lassen.

Und Dr. Leidner, der sie ängstlich beobachtet, wird es klar, daß sie die Wahrheit erkannt hat. Sie ist nicht die Frau, die ihr Entsetzen und ihren Abscheu verbergen kann.

Bisher hat sie ihn nicht verraten, aber wie lange kann er sich noch auf sie verlassen?

Mord wird zur Gewohnheit! Am Abend vertauscht Doktor Leidner die Gläser auf ihrem Nachttisch. Vielleicht wird man glauben, sie habe Selbstmord begangen. Vielleicht entsteht sogar der Verdacht, sie habe den ersten Mord begangen und sei von Gewissensbissen gequält worden. Um diesen Verdacht zu stärken, holt er den Mühlstein vom Dach und legt ihn unter ihr Bett.

Und so ist alles erklärt, alles paßt in den Rahmen ... vom psychologischen Standpunkt aus stimmt alles. Aber es fehlt der Beweis ... wir haben keinen Beweis ...»

Alle schwiegen. Wir waren vor Entsetzen erstarrt ... und auch vor Mitleid.

Dr. Leidner hatte sich weder bewegt noch gesprochen. Er saß da, wie er die ganze Zeit über dagesessen war, ein müder, gebrochener, alter Mann.

Schließlich rührte er sich und blickte Poirot aus sanften Augen an. «Ja», entgegnete er, «es ist kein Beweis da. Aber das macht nichts. Sie wußten, daß ich die Wahrheit nicht leugnen würde ... ich habe die Wahrheit nie geleugnet ... ich glaube ... ja, wirklich ... ich bin ganz froh ... ich bin so müde ...»

Dann sagte er schlicht: «Es tut mir leid um Anne. Das war gemein ... sinnlos ... das war nicht ich. Und sie mußte so leiden, die arme Seele. Nein, das war nicht ich. Ich hatte Angst ...»

Ein leichtes Lächeln umspielte seine schmerzlich verzogenen Lippen. «Sie wären ein guter Archäologe, Monsieur Poirot, Sie haben die Gabe, die Vergangenheit lebendig zu machen. Es ist genau so, wie Sie es gesagt haben. Ich liebte Louise, und ich tötete sie ... wenn Sie Louise gekannt hätten, würden Sie mich verstehen ... Aber ich glaube, Sie verstehen mich auch so ...»

29   Schluß

Es gibt an sich nichts weiter zu berichten.

«Pater» Lavigny und sein Kumpan wurden gefaßt, als sie in Beirut an Bord eines Dampfers gehen wollten.

Sheila Reilly heiratete den jungen Emmott. Ich glaube, das ist gut für sie. Er ist kein Waschlappen, er wird sie im Zaum halten. Mit dem armen Bill Coleman hätte sie nur Schindluder getrieben.

Ich pflegte ihn übrigens, als er vor einem Jahr eine Blinddarmentzündung hatte, und da gefiel er mir sehr gut. Seine Familie schickte ihn dann nach Südafrika auf eine Farm.

Ich bin nie wieder nach dem Orient gekommen; merkwürdigerweise habe ich manchmal Sehnsucht danach.

Dr. Reilly sucht mich stets auf, wenn er in England ist, er war es auch, der mich veranlaßte, wie ich schon erklärte, diesen Bericht zu schreiben. «Machen Sie damit, was Sie wollen», sagte ich zu ihm. «Ich weiß, die Grammatik ist schlecht, und es ist auch keine richtige Geschichte . . . aber so war es.»

Er will den Bericht veröffentlichen. Es wird mir komisch vorkommen, wenn mein Geschreibsel gedruckt wird.

Monsieur Poirot ging zurück nach Syrien und fuhr dann eine Woche später mit dem Orient-Expreß nach Hause, wo er wieder einen Mordfall aufzuklären hatte. Er ist klug, das muß ich zugeben, aber ich kann ihm nicht verzeihen, daß er sich über mich lustig gemacht hat, indem er behauptete, ich sei keine richtige Krankenschwester!

Auch Ärzte sind manchmal so. Sie wollen ihren Spaß haben, ohne Rücksicht auf die Gefühle anderer zu nehmen.

Ich habe viel über Mrs. Leidner nachgedacht und darüber wie sie wirklich gewesen sein mochte . . . manchmal glaube ich, daß sie eine fürchterliche Frau gewesen sein muß . . . dann wieder fällt mir ein, wie reizend sie zu mir war, welch sanfte Stimme sie hatte, und ich muß an ihr schönes blondes Haar denken . . . Ich glaube, daß sie mehr zu bemitleiden als zu tadeln war.

Auch Dr. Leidner tut mir schrecklich leid. Ich weiß, er ist ein zweifacher Mörder, aber er hatte sie so sehr geliebt. Es muß furchtbar sein, einen Menschen derart zu lieben.

Zuweilen, je älter ich werde und je mehr ich von den Menschen, von ihrer Trauer, ihren Krankheiten und ihren Lastern weiß, desto mehr tun mir alle leid. Was ist aus den guten strengen Grundsätzen geworden, in denen mich meine Tante aufgezogen hat?

Mein Gott, es stimmt, was Dr. Reilly gesagt hat. Wie hört man mit Schreiben auf? Wenn ich doch nur einen wirklich guten Schlußsatz fände.

Ich muß Dr. Reilly nach einem arabischen Spruch fragen.

Etwas Ähnliches wie der, den Monsieur Poirot damals zitierte.

Im Namen Allahs, des Allgnädigen, des Barmherzigen . . . In diesem Sinne etwa.

Die erste moderne Biographie der kühnsten Germanen

368 S./Ln.
illustriert

Eines der faszinierendsten Kapitel der frühen deutschen Geschichte.
Hermann Schreiber schrieb diese erste moderne Biographie des tollkühnsten und interessantesten aller Germanenstämme, die Geschichte des beispiellosen Aufstiegs und Untergangs der Vandalen, mit der Meisterschaft des anerkannten Historikers.

Das ägyptische Großreich im Spiegel der Lebensschicksale seiner bedeutendsten Herrscher

272 S./Ln.
illustriert

2500 Jahre herrschten sie über das Reich zu beiden Seiten des Nils, das der legendäre erste Pharao Narmer gründete. Und fast 2500 Jahre sind auch vergangen, seit der letzte Pharao auf der Flucht vor den Persern buchstäblich spurlos verschwand. Dazwischen lag die Epoche der kühnen Pyramidenbauer, der glorreichen 18. und 19. Dynastie mit Thutmosis, Amenophis, Echnaton und Ramses wie auch die Zeit der Bibelkönige und der Besatzungspharaonen.
Dieses Buch erzählt von ihren Taten und zeigt in mehreren hundert Abbildungen ihre unsterblichen Werke.

Der klassische Frauenroman

336 Seiten/
Leinen

Ein Roman voller Erotik, der zeigt, wie nahe beieinander Liebe und Haß, Glück und Verhängnis liegen. Schicksalhafte Dramatik und eine geheimnisvolle Atmosphäre beherrschen diesen Roman voll tropischer Leidenschaften.